贫嘴张大民的
　　幸福生活

刘恒　著

中国文联出版社

图书在版编目（CIP）数据

贫嘴张大民的幸福生活 / 刘恒著. -- 北京：中国文联出版社, 2021.11 (2025.8 重印)
ISBN 978-7-5190-4620-0

Ⅰ. ①贫… Ⅱ. ①刘… Ⅲ. ①中篇小说－小说集－中国－当代②短篇小说－小说集－中国－当代 Ⅳ. ①I247.7

中国版本图书馆 CIP 数据核字(2021)第 132531 号

著　　者　刘　恒
责任编辑　蒋爱民
责任校对　田宝维　牛亚慧
装帧设计　吉　辰

出版发行　中国文联出版社有限公司
社　　址　北京市朝阳区农展馆南里 10 号　　邮编　100125
电　　话　010-85923025（发行部）　010-85923066（编辑部）
经　　销　全国新华书店等
印　　刷　三河市龙大印装有限公司

开　　本　710 毫米×1000 毫米　　1/16
印　　张　20.25
字　　数　245 千字
版　　次　2021 年 11 月第 1 版第 1 次印刷　2025 年 8 月第 6 次印刷
定　　价　42.00 元

版权所有 . 侵权必究
如有印装质量问题，请与本社发行部联系调换

| 目 录 |

贫嘴张大民的幸福生活　001

伏羲伏羲　080

虚证　178

欢乐飞机　278

哀伤自行车　289

狗日的粮食　308

贫嘴张大民的幸福生活

他叫张大民。他老婆叫李云芳。他儿子叫张树，听着不对劲，像老同志，改叫张林，又俗了。儿子现在叫张小树。张大民39岁，比老婆大1岁半，比儿子大25岁半。他个子不高。老婆1米68。儿子1米74。他1米61。两口子上街走走，站远了看，高的是妈，矮的就是个独生子。去年他把烟戒了，眨眼屁股就肥了一倍。穿着鞋84公斤，比老婆沉50斤，比儿子沉40斤，等于多了半扇儿猪。再到街上走走，矮的在高的旁边慢慢往前滚，看不着腿，基本上就是一个球了。

张大民不是聪明人。李云芳了解他。他3岁才说话，只会说一个字，"吃！"6岁了数不清手指头，没长六指，却回回数出11个来。小学晚上了一年，还蹲了一班，听不懂四则运算。

中学又蹲了一班,不会解方程,经常求不出未知数。不聪明也没耽误高考,那是70年代的事了。语文47分。数学9分。历史44分。地理63分。政治78分。张大民感到骄傲。李云芳也考了,总分只比他多5分。政治不及格。人家问马克思主义的三个组成部分,她写的是《为人民服务》《纪念白求恩》《愚公移山》。这么胡说八道是很能说明问题的。李云芳也不是聪明人。张大民太了解她了。

他们是青梅竹马。张大民的父亲是保温瓶厂的锅炉工,李云芳的父亲是毛巾厂的大师傅,同属无产阶级,又是邻居兼酒友,没事儿就蹲在大树底下杀棋。文化不高,脾气也柴,杀着杀着能揪着脖领子打起来。

"老子拿笼屉蒸了你!"

"老子拿锅炉涮了你!"

孩子们就跟着吐唾沫。张大民很早就明白,李云芳的唾沫星子是酸的。蒸完了涮完了吐完了,两个老浑蛋加臭棋篓子又和好了。孩子们蜂拥到沙土堆上继续玩耍。张大民垒碉堡,挖壕沟,李云芳嘻嘻一蹲,半泡尿就把炮楼给端了。后来的新婚之夜,李云芳就喷着酸酸的唾沫星子说话。

"大民,你爱我吗?"

张大民都快晕过去了。

张大民的父亲是让开水烫死的。他站在离锅炉房八丈远的地方跟人说话,轰隆一声,锅炉黑乎乎地蹿出了房顶,一边飞一边洒开水,像一架灭火的直升机。锅炉工哎哟妈哎,就给浇趴下了。

那时候张大民不爱说话,死淘死淘的。看着父亲像汆丸子一样的脑袋,灵魂突变,变成了黏黏糊糊的人。话也多了,而且越来越多,等到去保温瓶厂接班,已经是彻头彻尾的耍贫嘴的人了。不变的是身高。锅炉爆炸以前是 1 米 61，一炸就愣住了，再也不长了。

李云芳晚一年接班，爱上了毛巾厂的技术员。张大民很难过，心想恋爱了也不跟哥们儿打声招呼，什么东西！假小子越长越苗条，越长越妩媚，不光唾沫星子是酸的，连套着高跟儿鞋一撇一撇的脚丫子都是酸的了。张大民找碴儿跟她说话，有话没话都想办法一句挨一句地跟她说话，不说憋得慌。他拎着塑料桶站在公共水龙头旁边，像看珠穆朗玛峰一样看着她，自己都听不清自己在说什么。

"你们厂夜班费 6 毛钱，我们厂夜班费 8 毛钱。我上一个夜班比你多挣 2 毛钱，我要上一个月夜班就比你多挣 6 块钱了。看起来是这样吧？其实不是这样。问题出在夜餐上面。你们厂一碗馄饨 2 毛钱，我们厂一碗馄饨 3 毛钱，我上一个夜班才比你多挣 1 毛钱。我要是一碗馄饨吃不饱，再加半碗，我上一个夜班就比你少挣 5 分钱了，不过你们厂一碗馄饨才给 10 个，我们厂一碗馄饨给 12 个，这样一算咱俩上一个夜班就挣得差不多了，就没有什么区别了。可是你们厂的馄饨馅儿肉搁得多，算来算去还是我们厂亏了。表面看起来你们厂的夜班费少几毛钱，实际上 1 分钱都不少！云芳，你觉得呢？"

"我觉得我都糊涂了。"

"哪儿糊涂了？我帮你算。"

"大民，你说点儿别的吧。"

"夏天到了，你爸爸都穿上大裤衩儿了，你妈也穿上大裤衩了，你……"

李云芳心想，他怎么这么啰唆呀！又想他爸爸被烫死以后，他们家的生活确实困难多了，连一碗馄饨都要数着吃了，太惨了。她的目光一软，他的嘴皮子就受了刺激，硬梆梆的越说越来劲了。

"你爸爸的大裤衩用绿毛巾缝的，是吧？你妈的裤衩是粉毛巾缝的，对不对？你两个弟弟的裤衩是白毛巾，你姐姐和你的大裤衩子是花毛巾，我没说错吧？吃了晚饭，你们一家子去大马路上乘凉，花花绿绿是不是挺……"

李云芳红着脸笑了："我们一家子穿开裆裤，你管的着吗！"

"你看你看，你根本没明白我的意思。我觉得花花绿绿挺……挺温馨的。我就是不认识你们家，一看这打扮也知道起码有三个人在毛巾厂上班。这能赖你们吗？不发奖金老发毛巾，你们家柳条包都撑得关不上了，这能赖你爸爸，能赖你吗？我要是毛巾厂的，就用花格子毛巾做套西装，整天穿着上班，看看厂领导高兴不高兴！"

"大民，你贫不贫呀！"

"其实我也没别的意思。你们一家子穿着毛巾在屋里待着，我就什么都不说了。上街还是应该注意影响。缝裤衩的时候应该把字儿缝起来。每个屁股蛋儿都印着一行'光华毛巾厂'，好像你们全家走到哪儿都忘不了带着工作证一样。"

"快闭嘴吧，水都溢了。"

"我的话还没说完呢！"

"你少说两句不行吗？"

"不行，不说够了我吃不下饭。"

"那你就饿着呗！"

李云芳不当回事，闪着细腰嘻嘻哈哈地走开了。他嘴唇发干，嗓子眼儿里塞满了自知之明，知道一堆废话她一句也没听进去。他自卑得睡不着觉，摸着两条短腿，想着两条长腿，发现自己跟她没什么好说的了。

天下的王八蛋都是一样的。聪明的技术员去了美国，走前说不吹，走后来了一封信，说还是吹了吧。李云芳得了忧郁症，开始几天不说话，随后就不吃东西了。她披着一块粉色的缎子被面，在自己的床上坐了三天，谁劝也不下来。她母亲的哭声在大杂院上空久久回荡。张大民很高兴，心说该，该！大半夜睁开眼，接着说该，活该！鼻子突然一紧，眼窝儿就湿了。

李云芳的姐姐找到张大民，流着泪嘟囔，好话说有一万句了，死马当活马医，你也给几句试试？张大民矜持了一下，她姐姐忙说我们没别的意思，这么没出息谁还要她呢。张大民又矜持了一下，梳了梳头发，漱了漱口腔，换了一双厚底儿鞋就跟着去了。

他吓了一大跳。李云芳脸色苍白，两腮深陷，肿眼像两只烂桃子，目光凝视着桌子底下的一个地方。他坐在她对面，半天不知道说什么。她的小虎牙以前特别好看，现在凶狠地龇着，像野猪的牙一样。

"云芳，你知道你披着什么东西吗？"

她一点儿反应都没有。

"你披着一块杭州出的缎子被面，你知道吗？它是你妈给你缝结婚的被子用的，你把它披在后背上了，你还给披反了。你现在的样子就像个变魔术的，不是台上的，是天黑了马路边儿那种，你觉着自己挺高级是不是？"

还是一点儿反应都没有。

"你为什么不说话？江姐不说话是有原因的，你有什么革命秘密？你要是再不吃饭，再这么拖下去，你就是反革命了！人家董存瑞、黄继光都是没办法，逼到那份儿上了，不死说不过去了。你呢？裹着被面咽下最后一口气，你以为他们会给你评个烈士当当吗？这是不可能的。顶多从美国给你发来一份唁电就完事了。你还不明白吗！"

李云芳眼珠儿一动，把脸转过来了。张大民擦擦脑门子上的汗粒子，扭头说有烟吗？李云芳的弟弟颠颠地跑进来，给他点了一支烟，悄声说你接着说，我爸让你接着说，又颠颠地跑出去了。张大民暗叫说个屁！这是美丽活泼的假小子李云芳吗？他的心都碎了。

"云芳，我帮你算一笔账，你不吃饭，每天可以省3块钱，现在你已经省了9块钱了。你如果再省9块钱，就可以去火葬场了。你看出来没有？这件事对谁都没有好处，你饿到你姥姥家去，也只能给你妈省下18块钱。你知道一个骨灰盒多少钱吗？我爸爸的骨灰放在一个坛子里，还花了30块钱呢！你那么漂亮，不买一个80块钱的骨灰盒怎么好意思装你！这样差不多就一个月不能吃东西了。你根本坚持不了一个月，这件事就这么算了，你还没挣够盒儿钱呢！云芳，西院小山他奶奶都98岁了。你才23岁，再活七十五年才98岁，还有七十五年的大米饭等着你吃呢，现在就不吃了你不害臊吗！我都替你害臊！我要能替你吃饭我就吃了，可是我吃了有什么用？穿鞋下地，云芳，你吃饭吧。世界上最好的东西就是饭了，吃吧。"

李云芳嘴唇动着，外边传来叽叽喳喳的声音，似乎要急着喝彩了。张大民举着一只手，不知要干什么，大家静下来，静得能听见李云芳肠子的声音，咕儿咕咕儿咕咕咕儿咕咕咕咕儿。

"云芳，你有什么话就直说吧。别装模作样了，我早知道你为什么不吃不喝了。不就是怕上茅房吗？你嘴唇哆嗦什么？你是不是尿裤子了？没尿裤子你捂着被面干什么？你不说话也没用，你不说话说明你心虚，说明你的裤子早就湿了。别以为你捂着被面我们就什么也看不见了。快把被面扔了吧，充什么大花蛾子，你不烦我们早就烦了。你换一个花样儿行不行？你头上顶个脸盆行不行？不顶脸盆顶个酱油瓶子行不行？我们烦你这个破被面了。"

李云芳嘴唇都咬白了。张大民欠欠身子，从晾衣绳上揪了一条毛巾，又从床上揪了一条枕巾，他把枕巾蒙在脑袋上，把毛巾递给李云芳，用鬼鬼祟祟的目光看着她，口气有点儿伤感。

"我拿你一点儿办法都没有了，你把它蒙上，我领着你偷地雷去吧。你知道哪儿有地雷吗？"

李云芳张着大嘴，哇一声巨响，就把一切悲愤和忧伤都哭出来了。她扑倒了张大民，喷了他一脸唾沫，一边号啕一边连咬带掐，把他当作了爱和恨的朦胧替身。李云芳的家人冲进来，找不着那两位人物，只看见粉晃晃的缎子被面摊在床上，像飘来飘去的旗子。旗子底下漾着哭声和胡言乱语，是跑调跑得厉害却非常诱人的男女声二重唱了。

"大民，你怎么这么坏呀！"

"云芳，我不坏你就好不了啦！"

"大民，你怎么……这么好呀！"

"云芳，恕我直言，你的腿你的腿你的腿腿腿……怎么这么这么这么长呀！"

听着听着，李云芳的母亲也号啕了。李云芳的姐姐也跟着号啕了。病人思路清晰，爱憎分明，不用担惊受怕了。李云芳的父亲跑到小厨房悄悄抹眼泪，一个人嘟嘟囔囔，多好的一对儿呀！贫了点儿，也矬了点儿，可是这俩小兔崽子一公一母是多么合适的一对儿呀！

李云芳不治而愈，嫁给了张大民。从此，两个人就过上幸福的生活了。

张大民家的房子结构啰唆,像一个掉在地上的汉堡包,捡起来还能吃,只是层次和内容有点儿乱了。第一层是院墙、院门和院子。院墙不高,爬满了牵牛花,有虚假的田园风光,可以骗骗花了眼的人。院门松松垮垮,是拼成一体的两扇旧窗户,钉着几块有弧度的五合板,号码都在,告诉来人它不是一般的木头,它是大礼堂的椅子背儿。推开院门,里面是半米深的大坑,足有4平米。左边支着油毡棚,摆满了蜂窝煤,右边支着一辆自行车,墙上挂着两辆自行车,自行车旁边还挂着几瓣儿紫皮蒜,蒜瓣儿底下搁着一个装满垃圾的油漆桶。张大民家的人管这个填满了的大坑叫——院子。第二层便是厨房了,盖得不规矩,一头宽一头窄,像个酱肘子。这是汉堡包出油的地方。前后窗,左右墙,头顶上,脚底下,全是黑的和黏的,怎么擦也没用。灯泡永远毛绒绒的,吊在电线上,像个长不大也烂不掉的瘪茄子。厨房的门槛不错,有膝盖那么高,水泥很厚,怪怪的,像一道水坝。穿过厨房就进了第三层,客厅兼主卧室,10.5平米,摆着一张双人床和一张单人床,一张三屉桌和一张折叠桌,一个脸盆架和几把折叠凳。后窗不大,朝北,光淡淡的,像照着一间菜窖。最后一层是里屋,6平米,摆着一张单人床和一张双层床,猛一看像进了卧铺车厢一样。墙上没窗户,房顶上有个窗户,白光直着照下来,更像菜窖了。这个多层的汉堡包掉在地上,掉在城市的灰尘里,又难看又牙碜,让人怎么吃它呢!

张大民嚼了一百遍,还是咽不进去。婚前一个月,锅炉工的长子召集了家庭会。大家腿碰腿挤在客厅里,像一堆蒜瓣儿凑成了一颗大头蒜一样。李云芳坐在门口,孤零零的,像大蒜旁边的一粒葱花儿。张大民兄妹五个。弟弟是单数,三民五民;妹妹是双数,二民四民。几个民都不爱说话,话都让最大的民说了。做母亲的也不爱说话，她有病。锅炉工一死她就病了，不是脑子的病，是烧心。当胃病治了多年，还是烧心。她爱喝凉水，有了冰箱就改吃冰块儿了。相框里的锅炉工心情不好，愁眉苦脸地看着他的老婆和一窝孩子们，嘴角撇着，像刚刚骂完了一句脏话似的。李云芳的心情也不好，未来的婆婆咔嚓咔嚓地嚼着冰块儿，让她后脊梁直冒冷气。幸好未来的丈夫令人愉快，耍贫嘴都耍到她的心坎儿和胳肢窝里去，多难的事听着也不难了。

"再过一个月我就要结婚了。本来说好再过三个月结婚，可是我等不及了。水不是一下子烧开的，不小心一下子烧开了，也只好灌暖壶了。把开水灌到暖壶里，盖上盖儿就踏实了，沏茶还是洗脚，就随你的便了。明白吗？这是我第一次结婚。我整夜整夜睡不着，老想我还缺哪几样东西，越想越睡不着，人我是不缺了，在门口坐着呢。我就缺个结婚的地方。结婚跟睡觉根本不是一码事。睡觉哪儿不行？钻到箱子里都能睡。躺在马路边也能睡。结婚试试？不行。妈，弟弟们，妹妹们，我和云芳要在咱们家里屋结婚，只好委屈你们在外屋挤一挤了。我整夜整夜睡不着觉，就是说不出这句话。现在我把它说出来了。听懂了没有？我们两个人睡里屋，你们五个人睡外屋。这么干你们同意吗？我和云芳没意见，你们要是没意见就这么定了。下午我就可以收拾屋子了。四民你想说什么？你是不是反对我结婚？"

四民嘴唇动了动，不说了。她是护校的走读生，一说话就脸红，在家里也改不了。张大民笑着，东看看西看看，脸皮有城墙那么厚，骨子里却惭愧得不得了，汗都贴着耳朵一股一股地流下来了。

"结婚就结婚呗。这院儿里结婚的多了！说那么多废话干吗？"

二民冷冷地说着，顿了顿，站起来出去了。她在肉联厂下水车间大肠组做清洗工,身上老带着说不清楚的味道,脾气也差些,她一出去,空气立刻不一样了。三民做了个深呼吸,咳嗽了几声,朝左右笑了笑,挪挪屁股,又没有动静了。母亲咽了一口冰,对三民说老三,你放屁了吗?你哥等你话呢。三民是邮差,在平安里一带给人送信送报纸,在家里烦了也常常冒出一句报——哩,嗓门儿蛮大的。

"三民,你也反对我结婚吗?"

"我不反对。我凭什么反对?"

"你心里有话,我看出来了。"

"不说了。都是自己的事。"

"说吧。你不说我结婚都不踏实。"

"我第一个女朋友要是不吹,我就在你前边了。第二个女朋友要是不吹,还能赶你前边。现在……我什么都不说了。"

"你要有现成的,我先尽着你。"

"哥,你不用客气了。"

"谈几个了?"

"六个。"

"慢慢挑,别着急。"

"哥,我先挑着,您结婚吧。"

母亲说老三,是挑萝卜呢还是挑冬瓜呢?又说老三,给我拿块冰,挑瓷实的,不瓷实不凉。老三给母亲取了一块冰,似笑非笑地钻到里屋去了。李云芳闷头坐着,心想一个个看着挺老实,都不是省油的灯啊。

"五民,我结婚你反对吗?"

五民不吭声,读着破旧的数学课本。五民是家里的知识分子,戴眼镜，穿运动鞋，擦正规的护肤霜，是兄妹中的异类。去年高中毕业没考上大学，人深沉了不少，今年摩拳擦掌准备再来一次。看他不屑的眼光，结婚似乎是件昆虫界的事情。

"问你呢，你反对我结婚吗？"

"真没意思。我本来不想说话，你逼着我说话。其实你的本意是想堵别人的嘴，不让别人说话。谁有资格反对你结婚？我觉得除了你的情敌，没人反对你结婚。你问我根本就是问错了对象。哥，你别不高兴。你应该占一间房子。我们知道此地有银三百两，你就别啰唆了。我只想知道你让我睡哪儿？"

"是啊，睡哪儿？洗洗都不方便。"

四民跟着嘟囔，脸红得像西红柿，张大民叹了口气，觉得小弟的说法实在有理，废话太多了，应当说点儿实质性的问题了。

"早替你们想好了。我能白白睡不着觉吗？总的原则是少花钱多办事，做到增加一个李云芳，不增加一件新家具。除了东西要摆得合适，我们还得给人留出下脚的地方，屁股撞脑袋是免不了的，都是一家人也就无所谓了。我争取一碗水端平，除了云芳，咱都是一个妈生的，我……"

母亲说你快说，说完完了，我烧心！

"里屋的单门衣柜不动，外屋的双人床和三屉桌搬到里屋。镜子搁在三屉桌上，代替梳妆台用，李云芳对此没有意见。里屋的双层床搬到外屋东北角，三民睡下铺，五民睡上铺。上铺离窗户近离灯也近，读书方便。五民呀，哥是真心为你好，你要明白。里屋的单人床架在外屋的单人床上，变成一个新的双层床，摆在靠门口的西南角，进出方便，在屋里洗不成的可以到小厨房洗。四民，你要心疼姐姐你就睡上铺。二民胖，还要赶肉联厂的早班……"

"我愿意睡上铺,可是,哥,我觉着床都睡满了。你让咱妈睡哪儿呢?"

"箱子!双人床底下有两个箱子,单人床底下有一个箱子,里屋单人床底下还塞着一个箱子,加起来是四个木头箱子。拼起来刚好是一张床,宽 90 公分,长 200 公分,高 50 公分,放在外屋西北角分毫不差。我早就量好了。我真想睡这几个箱子。要不是结婚,要不是非得跟云芳睡一块儿,我真想睡箱……二民,别在厨房嘟囔,进来说。"

"箱子不平,你想硌死妈!"

"用砖头和木头找平。"

"砖都上来了,你就是想硌死妈!"

"嚷嚷什么?我还没往箱子上放东西呢!瞎嚷嚷什么?你以为我心里好受吗?妈,您少吃点儿冰,听我说。我不让您睡箱子,我让您睡席梦思。我买一张弹簧垫子搁在箱子上,这能叫睡箱子吗?二民,你说说看,我让咱妈睡席梦思,你心里是不是还硌得慌?你要还硌得慌就是你自己的事了,跟箱子就没关系了。"

二民不响了。

五民撩开床单,看看床下的箱子,直起腰来,什么也没说。四民也跟着看了看,把手搁在母亲腿上,似乎表示着没法子了,只能这样了。

母亲说甭瞎花钱,给弄个草垫子吧。

张大民笑着,羞愧地搓了半天手,好像上面打满了肥皂一样。

"妈,咱就席梦思了……咱该摆桌子了。折叠桌直径 90 公分,三民的床和妈的床隔着 60 公分,二民的床离门口只有 30 公分,摆在哪儿呢?告诉你们吧,我把它摆在三张床的结合部,离二民的床更近一些。你们不用看,我早就摆过 108 遍了。晚上,中间是一块布帘,外边男里边女。白天,把布帘拉开,支上折叠桌,吃饭的吃饭,做功课的做功课,高兴了还可以打打牌。到了晚上,把折叠桌折起来,把折叠凳也折起来,统统放在门后头去。这样,夜里起来就不会绊倒了,也不会因为绕来绕去踩到尿盆上面了。"

"折叠桌放在门后头……门后头的冰箱放哪儿呢?"

五民目光真诚,充满信服与困惑。

"五民,这就牵扯到敏感的问题了。你往这里看。你和三民的双层床摆好以后,到这个地方。那边是里屋的门框。中间的距离是 55 公分。你知道冰箱的宽度吗? 55 公分!什么叫活见鬼?这就是活见鬼了!我不把它摆在这个地方都对不起它了。可是冰箱不是五斗柜,它是要出声儿的。过一会儿嗡一下,嗡得越来越勤了。听,又嗡了,还哆嗦!太敏感。你和三民只好委屈一下了。尤其是三民,喜欢头朝外睡,以后不得不脚朝外了。"

里屋没有动静。大家的注意力刚放松,咚一声,三民的脑袋从里屋伸到外屋,脸有点儿白,气有点儿粗,受了辱的样子。他嗓门儿很高,不过没提冰箱,提的是另一件家用电器。

"电视放哪儿?"

张大民愣住了。

"你把三屉桌搬到里屋当梳妆台,我没意见。你把电冰箱搁我脑门子上,我也没意见!可是,三屉桌上的电视放哪儿?放哪儿!"

张大民真的愣住了。他把 18 英寸的昆仑牌彩色电视机干干净净地忽略掉了。他在心里朝自己怒喝,比三民的声音还大,放哪儿放哪儿放哪儿哪儿哪儿,满腹回声不绝。

"三民,急什么?不就是嗡一下吗。"

"……电视放哪儿？"

"我天天拿手抱着它，都解气了吧？"

张大民在切菜板的四个角上紧了四条螺栓，在四条螺栓上拧了四根铁丝，然后在切菜板的四条螺栓和四根铁丝之间摆上了电视机。然后……然后，张大民就把这个黑乎乎的呆头呆脑的东西挂在外屋的房梁上了。

婚礼比较寒酸，但是这台空中电视机成了众人惊喜和赞美的中心。张大民撇开新娘子，站在切菜板底下讲解了半个小时。他一会儿拔掉天线，一会儿拔掉电源线，就像忙着给自己挑选合适的上吊绳似的。

曲终人散，新人入了洞房。终于结婚了。终于把所有人挡在门外，赤条条地爬上只属于两个人的双人床了。张大民跪在床脚，像急等着跑百米，又像刚刚跑完了马拉松，百感交集，眼神儿像做梦一样。李云芳靠在床头问：

"大民，你爱我吗？"

"我不爱你，我费这么大劲干吗？"

两个人扎扎实实地过上幸福的生活了。

第二年七月，下了三场大雨。下第二场大雨的时候，大杂院的下水道让一只死猫堵住了。三民用雨衣罩着第十一位女朋友，情意绵绵地湿乎乎地来到家门口。哇！女的尖叫了一声，跳起来足有半尺。张大民正在舀水，屁股上坠着三角裤衩，像一块破抹布，听到声音连忙蹲下了。小院儿变成了游泳池，中间横着一块跳板，跳板旁边的水面上浮着一个洗脸盆和一颗脑袋。脑袋水淋淋的，没有表情，仿佛脱离了身体而单独漂在那个地方。只凭一声叫唤，三民的第十一位女朋友就给张大民留下了十二分恶劣的印象。挑来挑去，八亩地的萝卜都挑遍了，就挑了个这！哇，不是味儿。

三民牵着女友踏上跳板，像离船走向码头，更像离开码头登船。屋里黑洞洞的。雨声轰鸣，水势悄悄上涨，小船就要在风雨飘摇中沉没了。哇！张大民又听到一声尖叫。小姐刚上船就把接雨漏儿的尿盆踩翻了。

三民来到雨中，一边帮着舀水，一边报告了一个沉重的消息。他说哥，我在家具店订了一张双人床，钱已经交了。空中一串儿炸雷滚过，张大民缩着脖子哆嗦了好几下，就像双人床正从天上轰轰隆隆地砸下来一样。

"哥，帮我想想办法，摆哪儿啊？"

"不接着挑了？累了？"

"怎么挑也是剩下的，好赖就是她了。"

"一惊一乍的，行吗？"

"习惯了，还行。"

"看着挺妖的。"

"长的就那德行，其实不妖，挺懂事的。看电影老掉眼泪。我不跟她好，她就钻汽车轱辘，挺懂感情的。这是缘分。反正双人床已经买了。她是巫婆是蛤蟆，我也不换人了。"

"买床急什么，家具店又塌不了？"

"我的水也开了，我也要灌暖壶。哥，你选好了地方，明天我雇辆三轮儿把它拉回来，后面的事就不用你操心了。"

"别雇三轮儿，贵着呢。我替你把床背回来，你自己找地方得了，行不行？"

"不行。运的事你别管。你就管摆，一家子数你会摆。你让我摆哪儿我就摆哪儿。你不给我摆，你不管我，我就不结婚。"

"废话，摆茅房去，你去吗？"

"不去。"

"你不去我去。明儿我上茅房住去。茅房不让住我住耗子洞，耗子洞不让住我住喜鹊窝，鸟窝不让我住我住下水道！我他妈钻下水道找死猫就伴儿去！我……"

"哥你冲我发火，你冲着大街嚷嚷什么！"

"我乐意！"

张大民跳到门口，在风雨中大喊大叫。他的无名火来势汹汹，满口胡说八道，三角裤衩朝膝盖方向慢慢滑去，半个黑不溜秋的屁股都露在外边了。

"明儿我睡茅房睡警察楼子，我乐意！"

屋里咣当一声，然后是——哇！小姐不长眼，也不长记性，又在相同的地方把那个接雨漏儿的倒霉的尿盆踢翻了。

哇！

让暴风雨来得更猛烈一些吧！

有人要住茅房啦！

事后，张大民向邻居解释，他说的是气话。他明白茅房是干什么用的，总而言之不是睡觉用的。如果是自己家的茅房，住一住倒也罢了，用双人床堵塞公众的出口，不合适，也不道德。他怎么可能住在那儿呢？

母亲搭腔说这是实话，他怕蛆。

茅房问题解决了。双人床问题搁在老地方，谁也没有办法。第三场大雨倾盆而下的时候，张大民半夜醒来，眼珠儿一转，想出了一个办法，打了个哈欠，又想出了一个办法。他睡不着觉了。他摸到厨房喝水，没摸到暖瓶，摸到了一把头发。闪电在雨夜中划过，头发下面是三民的脸，发呆，发绿，还有点儿发蓝，像一颗刚刚摘下来的挂着绒儿的大冬瓜。张大民刚要发作，嗓子突然一堵，觉得再这样愁下去，三民就要出人命了，双人床就要杀死他可怜的弟弟了。

"干什么呢你，不睡觉？"

"不敢睡，一闭眼全是腿儿。"

"什么腿儿？女的？"

"不是……是马。一大群马跑过来，扑棱扑棱的，全是马腿儿。一闭眼没别的，全是咖啡色的马腿儿！"

"三民，你有病了。"

"跑近了一看，不是马腿儿。"

"什么腿儿？"

"床腿儿，数都数不清。"

"三民，你真的有病了。"

"哥，我没病。"

张大民给三民点了一支烟，自己也点了一支烟，一边抽一边叹气，听着风声和雨声，觉得生活——幸福的生活——让一群长了蹄子的奔腾的双人床给破坏了。

"我没病，可是我很难受。"

"你哪儿难受？"

"我说不出来。"

"得说出来，憋着不说就长瘤子了。"

"就这儿……两根眉毛中间，偏上一点儿，裂了一条缝儿，很难受。昨天下午，我找我们领导谈话，我找我们领导借房子，我……我找我们领导谈借房子的事，我找我们领导……找我们领导……"

三民掉泪了，抽搭了几下。

"快说，别憋着！"

"领导对我很好，问我你排队了吗？我说我排队了。他说好同志，好青年，你慢慢排着吧，如果中间没有人加塞儿，到21世纪上半叶你一定可以分到自己的房子了。"

"张着嘴请人往里塞大粪，你自找的！"

"……我说我可以加个塞儿吗？领导说你是好同志，好青年，你不能加塞儿。我说小王怎么就加塞儿了，来得比我晚，干得没我好？领导说……领导说你知道小王的爸爸是谁吗？哥，我难受极了。"

三民又落泪了。

"我也难受。可是，让咱妈现给你找一个长翅膀的爸爸，好像是来不及了。你当时就跪下来，认你们领导当干爸爸，人家未必就缺儿子，好像也来不及了。"

三民不吱声了，狠狠地撸了一把鼻涕。张大民挪到厨房门口，隔着水坝似的门槛朝外看了看，积水不多，离警戒线还早着呢。他把烟屁股丢在雨里，小火头儿哧一下就不见了。

"三民，我有办法了。"

"你有什么办法。"

"我想的不成熟。我一直在琢磨要不要告诉你。想来想去，我决定还是告诉你。这样对你的心情有好处。你老想床腿儿凳子腿儿，钻进牛角尖儿就出不来了。你应当钻到别的地方试一试。下水道堵了一只死猫，那是死猫，你一钻说不定就钻过去了。不是真钻，是打个比方，说明一种态度。咱们这种人不能靠别的，靠别的也靠不上。只能靠东钻钻西钻钻，上钻钻下钻钻。本来没有路也让咱们钻出一条路来了，本来没有地方搁双人床，使劲儿一钻，搁双人床的地方就钻到了。三民，我的办法其实很简单，我都不好意思说出口。咱们家不是有双层的单人床吗？"

"你的意思是……"

"把两张双人床摞起来。"

"……摞起来？"

三民小声笑着，自己问着自己，很兴奋，搓了半天手。不过，他很快就沉默了，大概看清了摞起来是件很严峻的事，一点儿也不值得高兴。他摇头，叹气，抱紧两条胳膊，好像刚刚被奔驰而来的床腿儿踩了肚子一样。张大民也沉默了。他闻到了一股馊味儿。摞起来确实不是一个好主意。初想也还不错，深入地想一想就不行了。摞起来的双人床不光摇摇欲坠，一关电灯它还没完没了地叫唤，咯吱咯吱咯吱的，粗俗，没有教养，还下流！张大民直纳闷，这么不要脸的办法是怎么想出来的？他真想铆足了劲给自己一个大嘴巴了。

"三民，我这儿还有一个办法。"

三民捂紧脑门儿，好像有点儿害怕。张大民给三民续了一支烟，自己也续了一支烟，一边抽一边问自己，说好呢还是不说好呢？不说吧，好歹也算一个办法，说了吧，还是一个不要脸的办法！床没地儿摆，身子没地儿放，单单要张脸搁哪儿呢！豁出去了。

"摞着摆不合适，咱挨着摆！"

"挨着摆？"

"我们的床挨着你们的床。咱不摞着了，不分上下了。咱分里外。你们是新婚，你们在里边。我们在外边。我们是老夫老妻了，脸皮有冰箱那么厚了。我们把双人床摆在你们的双人床旁边，不知你们的心里怎么想，反正我们是不在乎了。"

"挨着摆不就成大通铺了吗？"

"你这么理解也不算错。"

"……不挨着不行吗？"

"行不行，你听我给你分析。我的左手是我们的床，我的右手是你们的床，你看明白喽。里屋只有这么大，摞着摆可以，挨着摆塞不进去，只能摆在外屋。外屋也只有这么大，右手摆在里边，左手摆在外边，中间不挨着，你看怎么样，左手这里出了什么事？"

"出了什么事？"

"我们的床把门口堵住了！"

"……我懂了。"

"你真懂了吗？"

夜雨茫茫，张大民的手在三民眼前上下翻飞，代表着两张不幸的双人床，像两只饥饿的野兽的爪子。又一道闪电划过去，照亮了张大民的脸，是淡紫色的，也照亮了三民的脸，是深绿色的。彼此恐惧地望着，至少在一瞬之间生了怀疑，怀疑对方也怀疑自己到底还是不是人。不是人，是什么东西呢？是人，又算哪路人呢？

三民的婚礼很热闹。出了风头儿的不是新郎，不是新娘，是五民。五民苦读三载，考中了西北农大，喝完喜酒便要远走高飞了。众人给新人敬酒，也给五民敬酒，都捎带着问一句，为什么考农大呢？考农大也要考北京的农大，为什么考西北的农大呢？五民含笑不语，咕咚咕咚地往嗓子里灌酒，灌着灌着就出语惊人了。

"我受够了！我再也不回来了。毕了业我上内蒙，上新疆，我种苜蓿种向日葵！我上西藏种青稞去！我找个宽敞地方住一辈子！我受够了！蚂蚁窝憋死我了。我爬出来了。我再也不回来了。哥，我有奖学金，你们别给我寄钱！我不要你们的钱！你们杀了我，我也不回来了。我自由了！我……"

五民起初傻乎乎地笑着。众人也跟着笑，后来就不笑了。五民泪流满面，舌头发硬，眼神儿完全不对了。众人连忙打圆场，别喝啦别喝啦，再喝就该想媳妇啦！张大民把五民揉到没人的地方，想给他几下。五民脑袋一低，扎在张大民肚子上就失声了。

"家里缺钱花。你们别给我寄钱！"

"你是亲生的，不是妈在大街上捡的！"

"把我的床拆下来。别让妈睡箱子了，让妈睡我的单人床吧！"

"妈睡箱子睡舒服了，睡别的睡不惯了。"

"咱们家太憋了，喘不过气来。"

"吃两勺胡椒面儿就不憋了。"

"哥，我都快憋死了！"

"你自己不找死，谁也憋不死你。"

婚礼圆满结束了。太阳落山了。新郎张三民搀着新娘毛小莎姗姗而来，翩然如在梦中。他们推开了钉着椅子背儿的院门，走过大坑似的院子，跨过高高的门槛兼挡水坝，穿过厨房的菜味儿和油烟味儿，蹭过大哥和大嫂的床头，绕过用三合板钉的像厕所挡板似的隔断，眼前豁然一亮，不由长长地长长地长长地出了一口气。他们终于看见自己的双人床了。它在新郎的心里奔腾过。它在新郎的眼睛里奔腾过。现在，它安静了。

在三合板隔断的南边，张大民仰面躺着，比床还安静。他一只手搂着李云芳的脖子，另一只手摸着李云芳的肚子。肚子很饱满。一分钟比一分钟饱满。他们的孩子已经四个多月了。在三合板隔断的北边，能贴着的都贴着，能绕着的都绕着，能含着的也含上了。起初是多么安静。月亮正悄悄地升上来，可是，且慢！这片黑洞洞的诗意顷刻之间就出了问题。

哇！

接下来就一发而不可收拾了。

张大民暗自呻吟，再一次深深地感到生活——幸福生活——让弟媳妇一连串莫名其妙的声音破坏了。他想起了五民的抱怨。憋得慌？喘不过气来？他觉得自己也快憋死了。

哇！

天呐，又他妈来了。

张大民在小饭铺请三民吃饭。他点了炒腰花儿、溜肥肠儿、拍黄瓜、煮花生，又要了四两白酒。他有点儿心疼。他挣钱不多，所以很爱钱，花钱的时候特别难受。他从来不请别人吃饭，也不请自己吃饭。只有别人请他吃饭的时候他才去。吃别人请的饭，他不难受，也不心疼，胃口特别好。现在，他一点儿胃口都没有了。看着三民有滋有味细嚼慢咽的样子，自愧弗如的感觉又一次撞疼了他的心头。本想等三民度完了蜜月再请这顿饭，可是情况愈演愈烈，不得不提前破费了。

"三民，婚后感觉如何？"

"还行。哥，怎么臊乎乎的？"

"腰花儿洗得不干净。"

"我感觉还行，就是挺累的。"

"是累。日子还长着呢，悠着点儿。"

三民红着脸得意地笑了。

"我是心累。哥，怎么臭烘烘的？"

"肥肠儿就是这味儿。"

"哥，真的，我就是心累。"

"别的地方不累？"

"不累。"

"你不是心累。三民，我了解你。你小时候的脸色就跟别人不一样。我一直在观察你，一直观察到现在。你瞒不了我。心累，你脸是绿的。干活儿累了你脸白。你脸要黑了就是吃多了，撑着了。你能瞒我吗？快撒泡尿照照你的脸，看看它现在什么色儿？"

"什么色儿？"

"跟你的床一个色儿，咖啡色的！床是咖啡色很正常，人没晒着没烫着的，凭什么跟咖啡一个色儿？你看看你的下眼皮，是发了霉的咖啡，都长蓝毛儿了。三民，我再给你点一个炒腰花儿，臊乎乎的你也得吃，多吃。你得好好补补你的肾。我认为你的心不累，你的肾太累了，搞不好已经累坏了。小姐，再来一个腰花儿，炒嫩点儿，夹点儿生最好，快啊。三民，我对你说，我是过来人，我的话你要听进去。人，不能为了一时痛快，连自己的腰子都不顾了！不顾腰子，到时候你后悔可来不及了。吃吧，多吃。"

三民依旧吃着笑着，却不敢得意了。

张大民咂了一口白酒，很苦，没有他的心情苦。他应当怎样表达自己的不满呢？他还是拿不定主意。他是长子，管弟弟可以，管弟弟的媳妇可以不可以？管弟弟的媳妇的……声带可以不可以？好像不可以。但是，不管行吗？这算不算干涉别人的私生活？可是，不干涉，别人还生活不生活！

张大民含着酒，像含了一口别人的尿。三民吃得很香，满面春风，根本不考虑请他吃饭的人的心情。

"哥，再给我来一个腰花儿。"

"我带的钱……算了！来一个就来一个。"

"刚开始臊，吃着吃着就不臊了。"

"这就叫身在臊中不知臊啊！"

"哥，你什么意思？"

"三民，你见过公鸡踩蛋儿吗？"

"听说过，没见过。"

"公鸡往母鸡背上一踩，母鸡吱吱嘎嘎胡叫唤，就跟有谁要宰它似的，德行大了。"

"哥，你到底想说什么？"

三民慢慢放下筷子，笑得很难看，从耳朵到胳膊全红了。张大民不动声色，目光坦然，心里很紧张，手心儿和脚心儿都在冒汗，尾巴骨也隐隐作痛，有点儿坐不住椅子了。本想说三合板隔断北边的事，怎么说到公鸡踩蛋儿上去了？张大民语重心长地看着三民，给三民夹了一片半生不熟的腰花儿，觉得自己顾不了那般许多了。

"三民，你觉得幸福不幸福？"

"挺幸福的。怎么了？"

"不管多幸福，眼里也不能没别人。"

"我们怎么了？"

"大家都是过来人。吃过猪肉，见过猪跑，也跟着一块儿跑过，谁瞒谁呀！可是，为什么我们能做到的，你们就做不到呢？"

"你们做到什么了？"

"我们从来不叫唤！"

张大民很压抑，嗓音猛了些。三民木呆呆的，似乎没听懂，嘴唇上挂着一片腰花儿，就像刚刚咬掉了一块舌头。小饭铺静了片刻，不多的几个人都朝这边看着。张大民有点儿不自在，压低了嗓音，眼睛却盯着别处。

"三民,我得正正经经告诉你,这么叫唤,不符合国情,也不符合咱的身份。您要在外国有一大别墅,别外国了,您就是在郊区弄一小别墅,您和您媳妇都可以随便叫唤,你们把手拢在嘴上大声嚷嚷也不碍事,高兴么,舒服么,嗓子眼儿痒痒么!可是,如果七八口子挤在一间半破屋子里,我看咱们还是得慎重。我和你嫂子已经挺过来了。你们打算怎么办?"

张大民的目光追着一只苍蝇,飞飞停停,最后很不情愿地落在三民的脸上。三民的脸发紫,嘴唇更紫,有点儿缺氧。他闭着嘴,牙疼似的皱紧眉毛,夹起一片炒腰花儿看了看,又放下了。

"哥,你别激动。我还没激动呢。我们的情况你了解吗?每天上床我们都互相叮嘱,小声点儿小声点儿千万小声点儿,你知道吗?我趴在那儿像趴在一块豆腐上面,脑袋上顶着一碗水,屁股上也顶着一碗,好像一动弹水就洒出来了。我们容易么!我们小心得不能再小心了,我们又不是木头,控制不住了哼哼几声都不许吗?"

"那也叫哼哼?真会哼哼!"

"哥,你别激动。"

"只许你们哼哼,不许我激动?你们把自己的幸福建立在别人的痛苦之上,还不许我激动?我们也是人,我们不是木头,我们都有耳朵,我们倒想不激动,行吗?人家让吗?小姐,再来一盘炒腰花儿,别洗,越臊越好。"

"哥,我不吃了,我够了。"

"我吃!我的肾还没补呢!"

三民不说话了,捂着脑门儿叹气。张大民一边吃一边激动,一边激动一边算着花了几个钱,越算越心疼,越心疼越激动得受不了,胳膊和手抖得厉害,下巴也跟着抖,筷子说什么也夹不住东西了。

回家的路上，张大民几次想吐没吐出来。

回家就上床了，翻来覆去的，怎么也睡不着。他口中念念有词，听不清说什么。李云芳推他问他，他一概不理，继续嘟囔。月到中天的时候，他推醒了李云芳，想说什么半天没说出来。月光映着他的额头，表情非常痛苦，好像他整个肚子里的东西都被人挖走了。

"你怎么了？"

"云芳，亏了。"

"亏什么了？"

"他们多收了一盘腰花儿钱！"

"闹了半天你算账呢！"

"怎么算怎么不对，多收了我7块钱！"

"我给你7块钱。睡吧。"

张大民还是睡不着。三合板隔断的北边静悄悄的，静得让人不放心，好像有人故意跟他捣鬼似的。他又一次推醒了李云芳，小声说你听你听，神秘兮兮的样子令人恼火。

"听什么？什么也听不见。"

"这就对了。云芳，这说明花钱花得值，我们一点儿也不亏。我不心疼。他们多收两盘炒腰花儿的钱，我也不心疼。我们花钱买的是什么东西，他们谁也不知道，只有我们自己心里明白。多花7块钱又算得了什么呢？云芳，我真的不心疼。我就是有点儿堵得慌，这儿，就是这儿……堵得慌。不是腰花儿，好像是一个特别大的猪腰子，整着堵这儿了。"

张大民指了指脖子下边的某个地方。李云芳敷衍了事地给他揉了揉，知道他醉着，也知道他是心疼钱，又好气又好笑，真想把他从床上掀下去。

"你别嘟囔起来没完没了，快睡！"

"我睡我睡，值了太值了……这就睡。"

可惜，他想睡也睡不成了。

哇！

张大民一骨碌爬起来，三步并作两步跑到院子里，一摸便摸到了垃圾桶，埋头就吐。钱白花了。他吐得很仔细，把一肚子腰花儿和一腔悲愤全都吐出来了。李云芳跟到院子里给他捶背，听见他满嘴臊烘烘的却还在不停地嘟囔，好像跟那个垃圾桶有说不完的悄悄话似的。

第二天早晨，张大民爬上了墙头，在上边呆立了半个小时。墙外是一棵石榴树，没有石榴，长着密密麻麻的树叶。墙皮上爬满了牵牛花，开着俗气的粉色的花朵，一些花朵开到树上去了。石榴树外面是过道，邻居们走进走出，纷纷昂起下巴，看着墙头上的人，猜不透他要干什么。张大民抱着胳膊，眯缝着睡眼，不屈不挠地盯着前方偏下的某个地方，一副做梦做不醒要永远做下去的样子。往他胳膊上缝两个翅膀，这小子呼扇几下，说不定就迷迷瞪瞪飞起来了，说不定就像大蚂蚱一样飞到无边的美丽的原野里去了！总之，他要不想往外飞，戳在墙头上摆那个臭架势干什么用呢？

半个钟头之后，张大民爬下了墙头，找了一把铁锹，开始拆他们家的院墙。他把院门整个卸下来，发现墙体很松，拿肩膀头一顶，半堵墙轰隆一声就塌到外面了。一股烟尘笼罩了石榴树，就像有人在天上瞄准儿，很凑巧地往那儿丢了一颗大炸弹。张大民真的飞起来了。他不是蚂蚱。他是一架轰炸机。不知道从哪儿载了那么多仇恨，轰轰隆隆，咚咚锵锵，只几下就把他们家的院墙炸平了。家里人很默契。没有谁阻拦他，也没有谁帮助他，似乎在遵循某种秘密的部署。果然不出所料，对门儿邻居家的大儿子跳出来了。

"你丫干吗呢你？"

"我拆墙呢。亮子，你有事儿吗？"

"你丫拆墙干吗？"

"憋得慌，透透气。"

"有你丫这么拆的吗？"

"拆慢了，怕你跑出来帮忙。快点儿拆，等你跑出来帮忙，已经拆完了，想帮忙也帮不上了。没别的意思。亮子，我是不想麻烦你。屁大的事儿，我自己撅撅屁股就干了，不麻烦你了，你快点儿回家歇着去吧。"

"谁跟你丫贫呢？"

"你不歇着，帮我捡砖头得了。"

"你丫到底想干吗？"

"不好意思，想盖间小房儿。"

"想砍树是不是？你前脚砍我后脚就告办事处去，罚个千八百的，罚死你丫的！大民，我说话算话，你丫信不信？"

"我信，我怕你。"

"怕我就别砍树。"

"我不砍树。"

"怕我就别往我们家这边盖！"

"怕你我也得盖。离你们家还远着呢。我不砍树。我真的不砍树。我把石榴树盖在房子里，让它从房顶中间穿过去。我整个早晨都在想这件事。这件事对谁都没有坏处，对你也没有坏处。你快点儿告到办事处去，就说这个爱树的绝招儿是你琢磨的，他们一感动说不定能奖你个千八百的。我一分都不要。我觉得咱们俩完全想到一块儿去了。我要替这棵石榴树请你喝啤酒,我……"

"我抽你丫的你信不信?"

"你抽我干吗?"

"我这就抽你丫的你丫信不信?"

"咱别急,咱先抽支烟吧。"

张大民递出一支烟,被打飞了。他追过去弯腰拾起来,吹了吹土,自己点上,愉快地吸了一口,又愉快地吸了一口。他笑得很友好,心说你才傻呢,你不抽我事情还麻烦了呢。亮子高高大大,在轧钢厂做翻砂工,是个塔一样的人。两个人站在一起,就像一头驴和一头象站在一起,前景很不美妙。张大民略微有些担心,你要真抽我,我受得了吗?把我牙打掉了怎么办?把我鼻子打歪了怎么办?他一边抽烟一边得出了结论,受不了也得受着,打成什么样儿是什么样儿,为了双人床为了安宁为了受罪的耳朵根子,豁出去了。他故意把烟屁股扔在对方脚边,抬眼看了看蔚蓝色的天空,就像抓紧时间抒发最后一下的烈士一样。

我……我我我要豁出去了!

"你不是想抽我吗?我站在这儿,我让你抽,你随便抽,我要哼哼一声儿我都不是人!可有一样儿,咱俩现在就说清楚,你抽完就完了,我转过身儿去盖房,你可别吱声儿。你要吱一声儿你都不是人养的,你就是王八蛋!"

"我拿砖头花了你丫的!"

翻砂工终于暴跳起来了,真的捡了半块砖头。张大民心头一惊。他用砖头拍我脑袋怎么办?他把我拍成了大傻子怎么办?翻砂工的眼神儿稍稍往旁边躲了一下。张大民倍受鼓舞,脑袋又烈士一样昂起来了。

"你花！我把脑袋搁这儿，你快花！"

"……我拍死你丫的！"

"拍扁了我，我也得盖房。树南边2米多，我占1米，还剩1米多，长两条腿儿的长俩轱辘的都能过去，你有什么不乐意的？这棵石榴树是我爸种的，我把它盖在屋里，是对我爸的纪念，你凭什么说三道四？"

"废话！我妈胖，你丫装不知道！"

"你妈胖跟我有什么关系？"

"废话！我妈胖，我妈过不去！"

"1米多，你妈过不去？汽油桶都能过去，你妈过不去？你妈腰围4尺4，是腰围！展开了量摊平了量，4尺4当然过不去，一围不就过去了吗？4尺4也甭除4，也甭除了，你就除以2，能过不去？两个你妈都过去了！当然，其中一个得侧着身子……亮子，你认为我分析得有道理吗？"

翻砂工站在废墟上浑身哆嗦。

"我妈腰围多少？"

"4尺4，胡同口儿裁缝说的。"

"你丫再说一遍！"

"不是4尺4？4尺6？"

"你丫敢再说一遍？"

"4尺8？"

"我他妈……"

啪！

不轻不重，犹犹豫豫，却发出了很乖巧的一声——啪！张大民脑袋嗡，跟有回声一样。他记得躲了一下，可能没躲好，躲到砖头上去了。黏糊糊的东西淹住了一只眼,他用另一只眼哀怨地看来看去,看见了许多胳膊和许多腿,发现自己不知何时已经躺平了。他真的把我给拍了。他怎么真的把我给拍了,像拍一个生西瓜一样?张大民听见了亮子的胖母亲在骂人,没骂别人,是骂自己的儿子不是东西不是人揍的,骂得很纯朴,听不出有指桑骂槐的味道。血还在流。完了,他把我的主要血管给拍破了,我要死了!听见有人想去派出所,张大民拼命挣扎,睁大了那只独眼,像扭亮了一个电灯泡,照照这边,照照那边。

"谁想去派出所?去派出所干吗?谁去派出所我跟谁急!谁报案我跟谁玩儿命……"

许多只手把他抬起来了。这些手要把这个英雄人物抬到医院的急诊科里面去了。张大民听见了母亲的哭声和李云芳的几声抽泣。他从那些手上抬起头来,把那只血淋淋的眼睛和那只干净的眼睛一块儿转过去,鬼使神差地摇着一条胳膊,就像革命者要远走他乡了。

"没关系!妈,你把砖头挑出来,摞在树旁边儿。云芳,把你们家那袋水泥也搬过来,上小山子他家借两个瓦刀……等我回来!我没事。你们抓紧时间准备吧。"

不到两个小时他就自己走回来了。他脑袋特别大,有篮球那么大,缠满了纱布,只露着前面一些有眼儿的地方,别的地方都包着,连脖子都包着了。其实只破了一个小口子。医生不给缝,他偏要缝,医生就不缝。不光不给缝,还不给包,打算用纱布和橡皮膏糊弄他。他偏要包,医生就不包,他死活也要包,不包不走,医生一着急,就把他的脑袋恶狠狠地彻底地包起来了。他要再不走,医生就把他的屁股也一块儿包上了。张大民很高兴,进了大杂院就跟人寒暄,做出随时都准备晕倒的样子。

"没事！就缝了18针，小意思。别扶我！摔了没事，摔破了再缝18针，过瘾！我再借他俩胆儿，拿大油锤夯我，缝上108针，那才真叫过瘾呢！你问他敢吗？我是谁呀！我姓张，我叫张大民，姥姥！"

他一头撞进亮子家的屋门，示威似的举着大白脑袋，把亮子肥硕无比的母亲吓得倒吸了一口凉气。

"大妈，亮子呢？"

"上夜班了。"

"回来吗？"

"不回来了，住集体宿舍了。"

"哟，我这儿还缺个和泥的呢。"

"把他叫回来？"

"算了，别吓着他。"

"今儿这事儿……"

"大妈，我们闹着玩儿呢您看不出来？"

"大民子，你说我裤腰4尺8，不是寒碜我吗！记住喽，我的裤腰不是4尺8，是3尺6！往后别胡咧咧。"

"太好了，来三个您也过去了！"

张大民的宫殿就这样落成了。床架子勉勉强强塞进去，放不下床屉，让石榴树挡住了。张大民抽了半盒烟，想出了个好办法。他把床屉竖着锯开，在两边各挖了一个半圆，像古代用刑的木枷，往床架子上咔嚓一合，犯人的脖子——那石榴树就从双人床中间长长地伸出来了。为了适应这种独特性，李云芳对褥子、床单等床上用品进行了适度的改造。她还往石榴树上糊了一层白纸、让树干与墙皮保持近似的颜色。屋里剩了窄窄的一条儿，什么也放不下，就搁了一盆绿萝，顿时春意盎然。邻居们过来参观的时候，张大民正趴在床底下，两条腿伸到门外边。大家问你干什么呢，他不说话。又问你趴在那儿干什么呢，他才轻轻地叹了一口气。

"我给石榴树浇水呢。"

两口子躺在这张床上怎么也睡不着觉。第一个晚上成了节日。张大民躺在外边，李云芳躺在里边，中间是那棵石榴树。他们说呀，笑呀，说到要紧处，李云芳还掉了几滴眼泪。他们坐起来，躺下，又坐起来，再躺下，还是丢不开这棵石榴树。它愣磕磕地竖在两个腰之间，真是太奇怪了，也太有趣了。李云芳把一条长腿搭在树上，用手指头寻找张大民的伤疤，在头发里摸了半天也没摸着。

"你那18针呢？"

"我也找呢，我的18针哪儿去了？"

"坏！半夜，这棵树可别吓死我。"

"一睁眼，嘿，插了个第三者！它要是男的，我哪儿打得过它呀！"

两个人叽叽咕咕笑到小半夜。张大民把手放在李云芳肚皮上，发现又鼓了不少，儿子正茁壮成长呢。他的手像一只挂了帆的小船，向美丽的湍急的下游驶去，驶去，驶去了。

哇！

怎么回事？张大民问李云芳你跟谁学的，你也有毛病了吗？两个人抱着脑袋，无声地笑成了一团。张大民甜蜜地叹息着，把李云芳的耳垂儿叼住了。

"云芳，学坏可太容易啦！"

两个人又过上幸福的生活了。

有了自己的房子，房子里还有一棵树，张大民和李云芳就觉得万事俱备只欠东风了。他们为肚子里的孩子取名——张树,然后踏踏实实地等着张树准点儿爬出来,与肚子外面的这棵树会合。等得无聊的时候,张大民又有了新的牵挂,发现两个人挣钱两个人花和两个人挣钱三个人花不是一回事,是完全不同的两回事了。他把死期存单摆在床单上,把活期存折放在枕头上,左手拿着现金,右手攥着国库券,依照不同的顺序一遍一遍往上加,越加越无法控制情感,对钱的热爱像潮水一样涌进胸膛,一直涌到了嗓子眼儿,让他数着数着就数不出声音来了。钱真好,真是好,就是好,只是太少了,再多一点点就好了,不过多那么一点点一点点也还是太少了。

他们的积蓄很分散,加起来只有980元,颠三倒四加了无数遍还是980元,世上有那么多公母,钱却没有公母,否则处境就会大不一样了。张大民盯着李云芳奇妙的大肚子,承认了自己的限度,知道自己没有别的本事了。不过他又立刻安慰自己,钱是有公母的,钱要没有公母,利息从哪儿来呢?他想算算980元的利息,算不出来,小家伙难产了。

钱好是好,少了就不好了。

他们婚前没有积蓄。他们跟多数穷孩子差不多,挣了薪水交给父母,自己不留钱,花多少要多少。张大民和李云芳稍有不同,是两种风格。李云芳娇气,想花就要,随花随要。张大民不是这样。张大民是这样——他根本就不花钱!除了买饭票,他连根冰棍儿都不买。不想花当然不想要,不想要想花也不要。他对钱的珍惜是从骨子里来的,又渗到血管里去了。后来上夜班熬不住,染了烟瘾。烟德却不好,从来不敬烟,又染了蹭烟的瘾,比烟瘾还大。他只抽4毛钱以下的烟,通货膨胀以后他自己也没有膨胀,长时间在1块钱以内一盒的水平伤感地徘徊。他为花钱抽烟难受,在别的方面就更不肯花钱了。

婚后他们建立了自己的财政系统。先由李云芳负责,她也爱钱,可是爱得不深,钱也不知都逃到哪儿去了。后来张大民篡权,把爱洒向每一个角落,像磁铁一样,一分钱一分钱又一分钱,纷纷被他吸过去噙过去,情况就大为改观了。只攒了980元,不是不狠心,是挣的不多的缘故。一个月不到100块,拿了多少年?每月每人交伙食费30元;孝敬双方老人各20元;支援五民读书15元;他抽烟不到15元;她怀了孩子每个礼拜吃一只鸡腿儿加起来绝对不止15元;洗个澡1元;剃个头又1元;她的头不止1元;她去医院让大夫摸肚子,骑不了车,坐公共汽车公共电车再换地铁,来回多少元?他不能不陪她去医院让大夫摸肚子,也骑不了车,来回又是多少元?如果挤不上车打出租车,再碰上个比你还爱钱的司机拉着你兜圈子,那可真要了人的命了,那就是血流不止了,什么也剩不下了。

980元,是一堆金子。

第二年春天,天气还有点儿凉,张树先来到医院,然后就回到那棵石榴树身边去了。他大声哭着,特别不高兴,对生活特别有意见,闭着眼就是不睁开。张大民扒张树的眼皮,先扒开一只,扒了扒,又扒开一只,把他乐得嘴都合不上了。

"我儿子是个天才,他拿眼斜我呢!"

天才更愤怒了。大杂院的猫循声凑过来,五六只,七八只,高高低低挤了一窗台儿,都歪着脑袋往里看,想研究研究这只猫凭什么跟自己不一样,凭什么叫得这么傻,想吃老鼠了吗?

"真是个天才,眼珠儿还动呢!"

眼珠儿要不动这位就是棵死树了。

李云芳不下奶。那么好的身材，该凹的凹，该凸的凸，就是不下奶。张大民心里直哆嗦，花钱如流水的岁月终于来到啦！他买了五条鲫鱼，五个猪蹄儿，熬呀熬呀，把李云芳的脖子都给灌长了，还是不下奶。母牛不下奶，能叫母牛吗？张大民很纳闷，只好向真牛求救，给儿子订了几袋儿鲜奶。不行，张树拉稀，拉一种像芥末油一样的稀。马上换奶粉，还不行，改拉一种白色儿的像色拉油一样的稀了。张大民在商店里痛苦地转来转去，把钱包都攥出汗来了。这不是欺负我吗？这不是欺负我不趁钱吗？他一咬牙一闭眼，买了一桶很贵很贵的美国奶粉，捧回家刚刚迈进家门的时候，整个人看上去都快不行了。

"我让你拉！我让你拉！"

他如丧考妣，像捧着一个骨灰盒。张树还算争气，也有良心，没往死里逼他爸爸。他吃了这种奶粉就踏实了。他停止拉稀，开始拉黄酱，灿灿的，软软的，黏黏的，懂行的都说，这是好屎，是屎中最正常的一种屎，谨向你们表示最衷心的祝贺了。

"我儿子是个天才，都会拉人屎了！"

张大民想笑，一捏钱包，发现还没到笑的时候，且得哭一阵儿呢。吃中国奶粉拉稀，吃美国奶粉不拉稀，什么肠子！三天吃半桶，五天吃一桶，九天吃两桶，什么肚子！崇洋媚外不说，一桶桶吃下去，哪天断了顿儿，就该吃他的中国爸爸了。

张大民蹲在地上算账，把钱没完没了地扔给美国的牛奶公司，不如把钱一次性地扔给自己家的奶牛。奶牛绝对是好奶牛，只不过哪个零件出了问题，有根筋没有转过来。他又买了五条鲫鱼，五个猪蹄儿，炖啊炖啊，灌哟灌哟，李云芳的两个乳房像两个乳白色的气球一样胀起来，还是不下奶。他气势汹汹地拎回来一个王八，摔在菜墩子上，举刀就剁，大卸了八块也不住手，接着剁，咚咚咚咚，就像什么也没剁，只是砍菜墩子，砍一个怎么砍也砍不动的菜墩子。李云芳一听就明白了，王八便宜不了。

母亲说，我菜墩子还要呐。

二民也给震得不高兴了。

"你媳妇不下奶，你拿王八撒什么气呀！王八招你惹你了，剁那么碎干吗？"

"知道多少钱一斤吗？"

"多少钱一斤也没听说拿王八吃馅儿的。"

"我还吃它骨头呢！"

"有这么节约的吗？"

"它没长毛，它长毛我连毛一块儿吃！"

"知道的是剁王八，不知道的还以为你剁媳妇呢。不就是不下奶么。你剁王八，王八也不下奶，王八就是王八。明儿我给我外甥买几桶美国奶粉，贵就贵，谁让他倒霉呢，摊上个没奶的。"

"二民，你别来劲！"

李云芳在床上想，不是省油的灯啊。

张大民不剁了，端着刀运气。母亲说剁差不多行了，得有二两木头末子了。二民躲进屋里，还嘴硬，嘟嘟囔囔不肯罢休。

"本来就是！整天鱼啊鱼啊，吃了多少鲫瓜子了？你给咱妈买过吗？咱妈半年都吃不上一回鱼！又来王八了，成皇后了！你心那么细，买好的吃也想着妈点儿，比什么不强！我来什么劲了？我就是看不惯！"

张大民哑口无言。他看着菜刀，想把它举起来，在自己后脖梗上狠狠地来一下。脑袋一昏，就说起胡话来了。

"妈又不下奶！"

"可妈是妈。"

"我上个月刚买过一回鱼。"

"那不叫鱼！"

"就是鱼，是带鱼！"

"比表带儿宽点儿有限！"

"那也是带鱼！"

"还是臭的！"

"不赖我，我钱不够！"

"买王八够！"

"二民，你跟我来劲！"

"你媳妇才来劲呢！"

母亲说小兔崽子你们都给我闭嘴！

张大民和他的妹妹张二民都不想闭嘴。张大民发现张二民越来越古怪了。张大民急了。张大民知道应该说什么了。

"二民，你不就是嫉妒云芳吗？你从小儿就恨她，闹了半天现在还恨她，恨得连虎牙都快长到门牙这边儿来了。小时候，别人叫她大美妞儿，叫你丑八怪，你就哭。哭有什么用？哭得眼泡儿都大了，到现在也没消肿。她腿长点儿，你腿短儿，有什么关系？长的短的不都得骑着自行车上班吗？她骑28，你骑不了26骑24，腿再短点儿有22，你怕什么？你嘴大点儿，她嘴小点儿，这有什么要紧？她嘴小吃东西都困难，恨我了想咬我都张不开牙，哪儿像你呀，一嘴能把我脑门儿给咬没喽，她应该嫉妒你，你说是不是？你头发比她黄，比她少，再黄再少也是头发，也没人拿它当使了八年的笤帚疙瘩……"

母亲说给我闭上臭嘴!

二民趴在床上哇呀一声就哭起来了。

张大民听着,又回到了童年,回到早已消逝的无忧无虑的甜蜜岁月中去了。

"二民,你还跟我来劲吗?"

"活该活该!没奶活该!"

"二民,你还买美国奶粉吗?"

"没钱活该!报应报应!"

"二民,你别买。你敢买我们也不敢吃。我还怕你往里边儿掺耗子药呢!"

二民哇呀呀呀哭得更加惨痛。母亲说老大,你个混账东西,越说越没谱儿了!张大民耷拉着脑袋,拎着菜刀,盯着被剁成肉酱的王八,喘气越来越粗,越来越急,似乎要当着母亲的面抹脖子剖肚子以表明心迹,让母亲亲眼看看他的赤胆忠心和满腹柔肠了。

"妈,冰箱里还剩一条鲫瓜子。您想红烧还是清蒸还是糖醋?我这就给您做。"

母亲说把我奶打下来你喝吗?

张大民热泪盈眶,什么也不想说了。他把煮好的王八端给李云芳,她老半天不敢张嘴。它颜色发红,稠乎乎的,像山楂酱或草莓酱一样,散发着生猛的腥味儿,里面还掺杂了一小股清新的甜丝丝的菜墩子的味道。

"吃吧,这就是偏方上说的王八羔子了。"

"对不起。大民,真对不起。"

"对不起我没事,你得对得起这个王八。"

"要是还不下奶怎么办?"

"你说呢？让张树嘬嘬我的奶头儿试试？"

"真对不起了！"

一夜无话。天快亮的时候，张大民被哭声惊醒。他翻身爬起来，发现不光孩子在哭，孩子的妈也在哭。李云芳楚楚动人地看着他，表演似的把手往乳房上一搭，嗖，一股奶射到石榴树上，再一搭，嗖嗖，两股奶白花花的一块儿射到石榴树上，整个屋子都让浓烈的奶香塞满了。张大民抱紧李云芳，觉得不妥，分开又舍不得，就用自己的手换掉她的手，嗖嗖嗖，把奶水喷了一脸。本来有跟着哭一鼻子的念头，这么一闹分散了注意力，也弄不清湿乎乎的鼻梁上有没有自己的泪珠儿了。

"您的下水道堵的时间也太长啦！"

"大民，真对不起你。"

"别往树上滋了，快换一棵树吧。"

张树叼住奶头就不撒嘴了。

"真是天才！我还没教他，他自己就会了。"

"大民，我想吃鸡腿儿。"

"知道我兜里还剩多少钱吗？"

"多少钱？"

"4块钱。买鸡爪子可能还够。"

"那就给我买两个凤爪吧！"

"凤爪也贵。云芳，你吃鸡脑袋吗？"

"鸡脑袋有毛。"

"我给你买两根鸡脖子吧？"

"不用了，我一想就没有食欲了。"

"我也是。我都起鸡皮疙瘩了。"

"我现在不想吃鸡腿儿了。"

"我赞成，想吃以后再吃。"

两个人头挨着头，亲嘴儿，叹气，接着亲嘴儿，继续叹气，显露了幸福过后的疲乏。张大民仍然平静不下来，为李云芳湿润的奶头儿激动，也为李云芳想吃鸡腿儿的念头而困惑。他自己什么都不想吃。现在，有张树一个人吃就够了。亲娘的奶水终于把美国奶粉打败了。不对！是一只中国的王八，一只变成了浆糊的大王八，把美国的牛奶托拉斯给彻底击溃了。它们再也别指望从张大民的裤兜里往外掏钱了。谢天谢地，孩子的妈通啦！

我们自己有奶了！

两个人亲嘴儿亲得牙床子都疼了。

"我不想吃鸡腿儿了。"

"鸡皮疙瘩刚下去。"

"大民，我想……"

"你想喝白开水吗？"

"我……"

"我早就给你晾好了。"

"好吧。那就来一杯白开水吧。"

"……味道好极了。"

张大民自己先喝了两口，然后把杯子递给李云芳，相信她必有同感。张大民很舒服地闭上眼睛，听见白开水在李云芳喉咙里发出咕咕的声音，暗自想道，除了不花钱的白开水，她还需要点儿什么呢？这个儿子要吃奶母亲想吃鸡腿儿父亲打算舔掉碗底儿的王八渣子的家庭，到底还需要点儿什么呢？

张树过满月那天，张大民做了一锅卤，请全家吃了一顿捞面条。

吃到半截儿，张大民用筷子捅了捅张三民，我跟你说件事。张三民笑着说，怎么这么寸呐，我也想跟你说件事。两个人躲在小厨房谦让起来，你先说，你先说，还是你先说，我先说就我先说。张大民凑近张三民的脑袋，压低了声音，像一只哼哼着的大蚊子，要在三民的耳朵上叮一下。他说你能借我200块钱吗？张三民僵住了，含着一嘴面条，就像十几条蛔虫正从牙缝里爬出来。张大民连忙解嘲，算了，算了，就算我什么都没说，该你说了。张三民把蛔虫咽回去，很困难地闭着嘴，似乎生怕它们再钻出来，过了半天才从牙缝儿里挤出几个字。我们看中了一台音响，钱不够，想跟你借300块钱。张大民挥挥手，算了，算了，就算咱们俩什么都没说，就算你放了一个屁，我也放了一个屁，风一吹了，行了，没有味儿了。

回到屋子里继续吃面条。张大民看见张二民去厨房加卤，也装着要加卤，蹑手蹑脚地跟到灶台旁，脸上洋溢着谄媚的笑容。张二民越来越古怪了，大脸浓妆艳抹，像扑了三层没加水的淀粉，眉毛又粗又黑，像两条毛毛虫，一犯犟毛毛虫就一耸一耸地动起来了。张大民轻轻地笑着，二民，我想跟你说个事。话一出口便有些后悔，不行呀，太直露啦，赶快绕个弯子补救一下吧！

"二民，你的妆化得越来越地道了。"

"我没钱！有钱也不借给你！"

张二民突然张开大嘴，要吃了他，至少是要把他的脑门子咬下来。张大民被彻底噎住，明白自己被人民币遮住了双眼，又一次错误地估计了形势了。不错，血浓于水，可卤还浓于血呢，只要自己吃着合适，还把血做成血豆腐拌在卤里呢！不错，人嘴能说人话，可说着说着高兴了或不高兴了，这张嘴还会放屁呢，比真屁都劲大，还能砸人一溜儿跟头呢，能砸得你半天爬不起来哭不出来明白不过来呢！张大民真的蒙了，不过，他迅速地爬起来，掸掸身上的土，擦擦脸上的唾沫星子，沿着自己的思路继续摸索着前进了。

"二民，不是钱的事儿，是你搞对象的事。听说你在肉联厂搞了个临时工，大家很关心你。听说临时工是个农村户口，还是山西的农村户口，大家更关心你了。我们知道你在恋爱上遇到很多挫折，不是一般的多，还净碰上有眼无珠的人，里边儿还有几个狼心狗肺的人，这都不是你的责任呀！而且也无损于你的形象呀！你还是你。你还叫张二民。你还像从前一样，朴素、善良、丰满、坚强……话不多，句句都能说到点儿上；不爱笑，在心里笑也有办法让人看出来；爱哭，哭一会儿就不哭了，哭完了比哭以前更懂事儿了。你有这么多优点，凭什么不自信呢？你应该好好想想，是把这么多优点交给一个有户口的人呢，还是交给一个从山西冒出来的爱吃醋的人呢？我要是你，我就张开大嘴告诉他，别往前凑，离老娘远点儿！二民，你可千万别糊涂。早市上萝卜3毛一斤，到中午2毛一斤，天一黑就1毛一斤了。这时候过来个家伙，问你5分卖吗，你一不耐烦心一软，说不定就卖了。太贱了！二民，我们都很难过。我们不是为自己难过。5分钱里没有1分钱是我们的。你白给人家我们也没有办法。我们就是觉得不能这么早就泄气，价儿高一点儿不碍事，从早上都到晚上了，再蹲两个小时怕什么？你蹲不了我们替你蹲。怎么拍拍屁股就跟人走了呢？你也太不自信了。你看我，我都蹲到后半夜了，我就不走，怎么样，李云芳还不是自己爬到我秤盘子里来了。你好好等等，说不定能等个什么东西呢。二民，我就说这个事，我不说钱的事。你还有一个优点，刚才忘说了。你喜欢攒钱，谁也不知道你攒了多少钱。慢慢攒吧，我们根本不想知道，又不是我们的钱。不过我还是要提醒你，千万别告诉山西人你的存折放在什么地方！也别带在身上，他摸你的时候顺手给摸走了就惨了。让他给摸走了，还不如自己花呢，还不如借给别人花呢，还不如借给……"

张二民眼含泪花，把面条全戳烂了。

"张大民，我谢谢你。"

声音很低，然后突然抬高了八度。

"张大民，我有钱也不借给你！"

停顿了片刻，轰隆，又抬高一个八度。

"张大民，我嫁给一只山西猴儿，你管得着吗？我乐意！我拿存折喂一头山西的大叫驴，我气死你，张大民！"

母亲说怎么了？怎么又掐上了！

张大民说没事，没事，醋瓶子掉卤里了。

张树一辈子只有一个满月，本想吃一次胜利的面条，团结的面条，朝气蓬勃的面条，结果吃成了一次失败的面条，分裂的面条，垂头丧气的面条。面条堵在张大民的心口上，像铁丝一样支棱着，半个月都没有消化。他在保温瓶厂申请了困难补助。补助有三档，50元，40元，30元。申请很踊跃，比申请入党还踊跃，他怕打破脑袋，没申请50元，申请了40元。班组筛了一道，工段筛了一道，筛到车间这一道40元一档的只剩下两个人。张大民和那个人去工会介绍情况，一边走一边产生了幻觉，看见自己捡了个钱包。钱包瘪瘪的，以为什么也没有，打开一看，是40块钱，10块钱一张，一共四张。他看四下无人，就把钱包偷偷揣起来，心里很高兴。他在工会的椅子上坐下来的时候，脸都红了。那个人开始介绍情况，父亲偏瘫，母亲白内障，岳父糖尿病，岳母让车撞了，老婆心动过速，大儿子多动症，二儿子血色素偏低，还缺钙，半夜老抽筋儿……张大民站起来，扭头儿向外走。工会干事叫他，该你了，你干吗去？他说你们爱给谁给谁吧，我钱包丢路上了，我得捡钱包去了！

过了一些日子，李云芳老在家里闻到油漆味儿。起初不在意，不料油漆味儿越来越浓，半夜醒过来闻闻，呛眼睛，还呛鼻子。她把脸贴在墙上，贴在床单上、闻着闻着就闻到张大民的头发里去了。她推醒他，让他坦白，他不坦白。她使劲儿拧他，让他说，他就不说。她就用两个指甲片掐住他米粒儿大的一块肉，慢慢往起提溜。他说哎哟，饶命啊，我说我说，油漆商店一个站柜台的大美妞儿看上我了，她老拿手摸我头发，还摸我别的地方，不信你闻，味儿都串到后臀尖上去了。哎哟！李云芳，把我掐死了有你什么好儿啊！有本事掐我一嘟噜，掐我的汗毛眼儿算干吗呀！张树，张树，醒醒，快咬你妈奶头！快点儿，咬一个抓一个，别撒嘴，儿子！咱俩一人咬一个，别跟我抢！哎哟，给我报仇啊，你妈把你爸掐死了，你妈把你爸的麻筋儿都给掐出来了，你妈把你爸的水儿都给挤出来了……

闹累了，夫妇俩静静地躺着，谁也不说话。李云芳给张大民揉着刚刚掐过的地方，张大民丝丝地往嘴里吸气，像吃多了辣椒一样。

"云芳，我调到喷漆车间去了。"

那边不言语。

"有岗位补贴，每个月多挣34块。"

还是不言语。

"都说有毒。我看没毒。喷漆车间都是农民工，一个个壮得驴似的，有什么毒？我才不怕呢！人家都没事，我能有什么事？有人说我有病，他才有病呢！我没病。我就是想多挣钱。多挣钱也算病，我愿意天天得病，只要别病死，一辈子有病才好呢！云芳，34块！

一个人生活费有了，鸡腿儿也有了，不是挺合适么！漆味儿怕什么？闻几天就闻惯了。我刚进喷漆车间老头晕，一个礼拜就不晕了。油漆有股苹果味儿，有的有股栗子味儿，闻惯了不闻都不行，不闻头晕。云芳，你别拦着我。我要想挣钱，老虎都拦不住我。我就是老虎，我是玩儿命挣钱的老虎，谁拦着我，我吃谁！你要拦着我，我天天晕俩大马趴给你看，我晕在大街上不起来，你得乖乖地把我抬到喷漆车间去。云芳，我说话算话，你信不信？"

"我把你抬到火葬场去！"

李云芳笑着，扑哧一声，终于哭了。

"明天拿洗衣粉洗头试试，再有味儿就没办法了。他们说用碱也可以。你说行吗？我记得蒸窝头才用碱呢。云芳，我是不是记错了？我记得碱是发面用的，不是洗头用的。倒不妨试一试。往头发上撒点儿碱面儿再上班，下了班拿水一冲，没味儿了更好，有味儿肯定也不是过去的味儿，说不定满脑袋都是窝头味儿了。云芳，你爱吃棒子面儿吗？我……"

李云芳睡着了。张大民一手搂着李云芳，一手搂着张树，陷入了一股绵绵不绝的油漆的清香之中。他沉醉地闭上眼睛，幻想着一个满身碱味儿的张大民昂首阔步地走在挣钱的路上，突然捡到了一个钱包，数了数有34块钱。他把钱包据为己有，一点儿也没脸红，继续昂首阔步地向前迈进了。从此以后，他们又过上幸福的生活了。用了很多肥皂，用了很多洗衣粉，还用了不少碱面儿。可是有什么用呢？什么东西能阻挡幸福的脚步呢？谁也无法阻止张大民用五彩油漆来粉刷他们的幸福生活了。

他们的幸福生活是油漆味儿的了。

张树周岁那年，张二民结婚了。全家人都不赞成她的婚事，她收拾了自己的东西，冷冰冰地扫了全家人每人一眼，扬长而去，去了便很少回来了。她先跟着山西人去了山西，在一个叫霍县的地方完了婚事。霍县是什么地方，全家人谁也没听说过，是个每人每顿儿都得来一碗醋的好地方吧？后来山西人在顺义包了个猪场，她就辞了工作，跟着喂猪去了。据说发了，发了跟全家人也没有什么关系。张大民老想，哪天她赶着一头大肥猪回娘家，我就把她连人带猪一块儿轰出去！可是她始终不露面，说明发了——所谓发了，不过是没安好心的谣言罢了。我们还没发呢，她凭什么就发了！没错，谣言罢了。

张树两岁那年，张四民从护校毕业，实习也结束了，分到九院的妇产科做助产士。她还在家里住，在家里吃早饭和晚饭，中午带饭盒。饭盒上老有一种淡淡的来苏水味儿，身上和床铺上也有这种味儿。张四民也越来越古怪了。她和张二民不一样，不往脸上扑粉儿，不画眉毛，也不涂嘴。她不让别人坐她的床，也不让别人碰她的被子，坐了碰了，她就不高兴。她不高兴别人看不出来，脸上平平静静的，只是不说话。也不是完全不说话，只是不主动说话，别人跟她说话她还是很有礼貌的，她的不高兴便十分隐蔽。那天张大民堵在大门口想心事，忘了给张四民让路，她就那么悄悄地站着，不说话，等了有十分钟。张大民醒悟之后连忙闪开，她笑了笑，侧着身子过去了，还是不言语。张大民奇怪，哪儿得罪她了？事后才知道，他用了她的擦脸毛巾。张大民向李云芳哀叹，她跟你属于同一个品种，比你还瘆人！李云芳指点他，这叫洁癖。张大民由哀叹转向哀鸣，咱们这种破家也出这号儿人？洁……洁癖？这不等于从下水道里蹦出个卫生球儿吗！张大民由此卫生了不少，变得格外小心了，除了洁癖，张四民还有工作癖，业务上很钻研。她交际少，不贪玩儿，老看产科方面的书……那一年，张四民做了先进工作者，以后她便年年都是先进工作者了。

张树三岁那年，张五民从西北农大来了一封信，信不长，每个字有枣儿那么大。信的开头说，他仍旧不回来过暑假，他要去体验民情。母亲说什么叫体验民情，张大民说我也不知道，是到村儿里看看热闹吧。母亲叹息一声，他就不想看看我？信的中间说，他补选了学生会副主席，半年以后，争取竞选正主席。母亲乐了，主席的官儿有多大？张大民说没多大，跟居委会主任差不多吧。母亲撇撇嘴，不乐了。信的结尾说，我要考研究生，我需要很多书，书是知识的海洋，我迫切需要在里面自由地游泳。然后笔锋一转，信的最后一句话豁然写道——听说你们都长了两级工资，请每个月多给我寄30块钱，切切！母亲停了一会儿才说，我管10块钱，剩下的你们管。张大民说我也管10块钱，剩下的三民管。张三民说我不管，我正攒钱买摩托车呢，在食堂吃咸菜都吃了一年了。张四民说我管吧。母亲叹息一声，你才挣几个钱？先进工作者微微一笑，我一个人花不了多少钱，又微微一笑，30块钱都让我管吧，就算五民替我读研究生了。张大民很难过，他从小就喜欢这个妹妹，现在更喜欢这个妹妹了。母亲问自由地游泳是什么意思，看样子对五民很不放心。张大民说自由地游泳就是游自由泳，就是狗刨儿，当主席了，大风大浪了，学会狗刨儿了！年底，主席来信报捷，竞选已经成功，开始全面地总地负责学生会的具体工作了。这一次没提钱。张大民松了口气，只要别加钱，您开始负责全国全党全军人民的工作我们也管不着您呐！母亲还老跟邻居显摆，我儿子当主席了，好像家里出了个居委会头儿多光荣似的，多不容易似的，多给祖宗脸上贴金似的！太愚昧了。

张树四岁那年,张三民的媳妇毛小莎不知动了哪根儿筋,开始频频地调工作。先从百货商店调到轻工局,又从轻工局跳到文化馆,最后在文化馆一拧屁股,又蹓到哪个旅游公司里去了。张三民对着家人疑惑的目光,乱挑大拇哥,我媳妇有路子!不久借到一套楼房,一室一厅,搬家的时候,张三民牛气得不行,连大拇脚指头都挑起来了,我媳妇有路子!张大民心说,整天跳槽,不老老实实在一个地方撒尿,有路子也是鸟路子。

一天下午,张大民正在喷漆车间喷漆,传话说外边有人找,连忙跑出去,一看是张三民。喝了不少酒,舌头转动,眼珠儿转不动,傻子一样转着一只大拇哥,眼泪唰一下子就下来了。他说哥,就说不下去了。他说哥,又说不下去了。张大民心里一紧,谁死了?他摇晃三民的肩膀,拧三民的左耳朵,最后给了三民一个大嘴巴,啪嚓!三民的喉头跳了一下,就哭出声音来了。

"我媳妇……"

"你媳妇怎么了?"

三民继续晃着那只大拇哥。

"我媳妇……"

"你媳妇有路子,我知道。"

"我媳妇……"

"我明白,她有路子。"

"路子……婊子!"

"你媳妇……"

"我媳妇是个婊子!"

张三民哭倒在大哥的肩膀上。张大民不知为什么,有点儿欣慰。早就听出来了,不是一只好鸟,是一只浪鸟!张大民在张三民的后腰上拍了拍，想起了儿时的情景，三民脖子里让人灌了沙土，跑回家也是这样哭的。现在，他无法领着三民追出去，灌对方一脖子沙土了。鸟固然不是好鸟，可毕竟是一只鸟啊！歌喉婉转，羽毛美丽，是做小婊子，还是竖大牌坊，人家有人家的自由啊！张大民说别哭了，挺起来，擤擤鼻涕，说说，怎么好好的就成了婊子了？张三民说了两个小时也没说清楚。大意是肚子疼，请了半天假，打开单元门一看，媳妇正领着一个男的穿裤子呢，跟军训时候的紧急集合一样。张大民劝他想开点儿，别以为就自己倒霉。这种鸟很多，有越来越多的趋势，随便挑一座居民楼看看，隔一个笼子一只，可能邪乎点儿，隔两个笼子一只，那是一定不会错的，不信就拉出来遛遛。张三民没想到有这么多战友，听大哥一说，觉得有道理，慢慢就平静了。他底气不足地嘟囔，真恨不得杀了她。张大民说千万别杀她，你要么放了她，爱飞哪儿飞哪儿，要么就给她拔拔毛，告诉她不老实，拔光了算，别让她不知道你是谁！我建议你重找一只。不会叫唤都没关系，关键是要品德优良，死蹲一个茅坑儿不起来，得是真正的好品种，就像我媳妇那样。张三民没有正面回答他，走的时候只是连连叹息，早一点儿给她拔毛就好了，早一点儿拔就好了。晚上刚回家，张三民就来了传呼电话。张大民没有醒过味儿来，兴冲冲地说怎么着，你给她拔毛了吗？

"哥，我们和解了。"

张大民差点儿没背过气去。

"哥，别告诉咱妈。"

手能从电话线伸过去，就抽他了！

"哥，我原谅小莎了。"

"什么鸟儿东西！"

张大民摔了电话，气得眼冒金星。那只鸟往三民嘴里拉了一摊屎，吧嗒儿一下，丫没给吐出来，丫给吃进去了！

秋天，张五民回来了。完全变了一个人。个子高大，肩膀结实，眉清目朗，谈笑自如，嗓音嗡嗡的，听着特别厚实，特别舒服。母亲一见他就哭了，抱着不撒手。他很得体，显然见了不少大世面，不怕别人哭，用低沉的喉音管自说道，老人家，身体怎么样，这几年您受苦啦！张大民站在旁边纳闷，又钻出一只，是哪儿飞来的呆鸟呢？不论从内容到形式，这一位怎么看怎么不一般，颠过来倒过去，揉开了掰碎喽，怎么看怎么不是凡人，也不是张大民他们家的人。他没有考研究生，直接参加分配，准备到农业部下边的一个司下边的一个处里去做事。他很快就去报到，并很快住进部里的单身宿舍了。他用浑厚的嗓音提出建议，家里要尽快装个电话，否则多不方便，有事都没法儿通知你们。张大民的脑袋嗡一声就大了。

"不是正等着您挣钱交初装费呢么。"

张五民一愣，很有风度地笑了笑，没有接话。主席不白当，会察言观色了。

"你不用通知我们，部长想接见了，你直接把他拉咱家来不就完了么。"

"大哥，你越来越风趣了。"

"你不是想去新疆种苜蓿种向日葵吗？怎么不去了？人家给种满了，新疆没你地儿了吧？新疆没地儿了，扭头儿奔内蒙呀，怎么一脑袋扎到水泥大楼里去了，不嫌憋得慌了？"

"那时候我的想法很幼稚，很可笑。"

"怎么也没考研究生啊？"

"大家都认为我适合走仕途。"

"身上多带俩保险钩儿。"

"怎么呢？"

"爬两步就挂一个，小心别掉下来！"

"我借大哥的吉言了。"

小子向外走的时候，脚步咚咚直颤，好像是一辆坦克开到社会上去了。母亲说我们老五最有出息了，又问仕途是什么意思，什么叫仕途，是泥道儿吗？张大民说您甭问我们，您肯定看见过。场子中间戳一根杆儿，一敲锣，一群猴儿抢着往上爬，中间那根杆儿就叫仕途。咱家老五的出息大了去了。

母亲说比喷漆的活儿强点儿不？

"您寒碜我干吗？"

张大民灰溜溜地找石榴树就伴儿去了。石榴树样子没变，粗了不少，撑裂了屋顶的油毡。外面一落雨，树皮就跟着流水，缠上毛巾不管用，把儿子的毛巾被裹上，居然管用了。张大民看着水淋淋的石榴树，觉着一个人的眼泪在流，永远也流不完了。

张树五岁那年，家里出了一件大事。除夕下午，全家人包饺子。母亲拿了10块钱，上街买醋，买蒜。张树像小尾巴儿一样跟着她。先到副食店买醋，然后拎着醋瓶子去菜市买蒜。蒜挑好了，搁在秤盘里也约好了，一摸没钱。赶紧回副食店，我买了一瓶醋，你们没找钱。那边说不可能，您的醋呢？赶紧回蒜摊儿，我的醋呢？那边说啥醋，俺们就卖蒜，俺们不卖醋。母亲回到家里，失魂落魄，喃喃自语，老糊涂了把钱给丢了把醋也给丢了。张大民说没事没事，丢了就丢了，张树呢？母亲哼哼了一声，就坐在地上了。

张树没有走远。李云芳哭天抹泪地来到街上，发现儿子正在菜市溜达，背着小手儿，看看茄子看看扁豆，视察得正来劲呢！他不慌不忙地向众人汇报，奶奶跑了，奶奶没影儿了。后来奶奶回来了，奶奶又往那边跑了，奶奶又没影儿了。奶奶上哪儿了？

奶奶一个人儿回家了。

大家笑过之后，没有当回事。老人记性不好不是一天两天了，多了个笑话而已。上街别带孩子，买东西少带钱，炒菜别忘了关火，还能让老太太怎么样呢？总不能让她和孙子一块儿上幼儿园吧？半个月之后，母亲失踪了。

那天正好张五民回来，母亲说你爱吃茄子，我给你做烧茄子，我给你上街买茄子去。谁也没拦她，一去便失了踪影。起初都不在意，张大民还开玩笑，妈买俩茄子，丢了一个，正满世界找呢，找什么，自己给吃了！后来过了吃饭时间，突然觉得不妙了。晚上，大家坐在派出所走廊里等消息，张大民把张五民骂了个狗血喷头。吃什么烧茄子？不吃烧茄子你烧得慌？不吃烧茄子你拉不出屎来？不吃烧茄子你爬不上去是不是？想吃自己烧去！妈丢了，我看你吃什么！妈要找回来，你爱吃什么吃什么！妈要找不回来，我……我吃你！我烧了你个大瘪茄子，我吃你！哥儿俩都哭了。大学生，知识分子，机关工作人员，仕途的跋涉者——张五民同志无法忍受羞辱与悲伤，终于跳起来了。

"这是命运！能赖我吗？"

"不赖你赖谁！"

"应该诅咒的是命运！"

"拉不出屎赖茅房！你不馋烧茄子，命运能这样儿吗？你不在家，妈命运挺好的，你一回家，妈就不走运了，你还说什么呀？赖人命运干吗呀？这事儿从头到尾我都看着，不赖命运，就赖你！一听吃烧茄子，哈喇子都下来了，您还仕途呢您，快找个小饭铺跑堂儿去吧！您不嫌寒碜，我们还嫌寒碜呢。命运跟谁过不去，也应该找你这样儿的，找爱吃烧茄子的，找咱妈干吗？"

"我不就这一种爱好吗！"

"一种爱好就把妈弄没了，多俩爱好，把大家都弄没了，你就踏实了！"

"你不能这样跟我说话！"

"我还能跟谁这么说话？"

"我现在是科长，不许你伤害我！"

"爬得够快的！科……长，好好，很好，科长……我没别的爱好，我就爱吃科长！我现在就烧了你！我吃红烧科长！还真拿自己当道菜呢！你给我一边儿待着去吧。还科科科……科长呢！茄茄茄……茄子！大生茄子！"

值班民警推门出来，很不高兴，吵什么吵什么，分遗产早点儿了吧？张大民抓住民警一条胳膊，哈着满嘴酒气，凑近了往人家脸上喷，露着一脸套近乎的纯朴的傻笑。

"拜托了！说什么也得帮我们找回来，不找回来我们不答应！人民的警察爱人民，人民的警察找母亲！我们兄妹几个就这么一个妈……我们的妈也是你们的妈，你们得快点儿找，不快点儿找，碰上人口贩子，把咱妈卖了，咱们还对得起人民吗？同志……"

"灌了几泡尿？有一百个妈也让你丢了！"

"我就一个妈，加上你的妈才俩妈。"

"瞎扯什么！"

民警把他揉开，与五民小声说话。

"这小子是谁？"

"……我大哥。"

"平时对老妈不上心,丢了又装洋蒜?"

"……他就那德行!"

"酒鬼?把老妈的钱偷着喝了,是不是?"

"……他人就那德行!"

"他会不会找个没人的地方……我的意思是,他会不会把你妈给扔了?"

"那倒不会!"

张五民脸红了,又补了一句。

"他还没有坏到那种程度。"

民警朝张大民的傻脸摇摇头,回屋去了。兄弟俩在派出所的长椅上睡了一夜。没有消息。爱吃冰的母亲,说话短促有力的母亲——真的失踪了!张大民找到母亲的相片,放在相框里,摆到冰箱上。全家人围着圆桌坐着,不敢看母亲的笑容,都看着冰箱。张五民很难过,朝冰箱鞠了三个躬就出去了。

"妈,我再吃一口烧茄子我就不是人。"

张大民不信,狗改不了吃屎,张五民改不了吃烧茄子。农业部食堂一出味儿,汪汪汪,头一个冲上去的不是别人,肯定是年轻有为的张科长。部长爱吃烧茄子那就另说了。

张大民也给母亲鞠了三个躬。

"妈,您就这样走了。您为了让小五儿吃一顿烧茄子,就这样匆匆地离开了我们。哪儿都能找到茄子,找不到鲜茄子也能找到茄子干儿,可是我们上哪儿去找您呢?"

张四民说别说了,就趴在桌子上哭了。

五天以后,在河北省的一条乡间公路上,风尘仆仆走着一个老太太。她满头草屑,一步三摇,像啃苹果一样啃着一个茄子,网兜儿里还拎着一个茄子。巡警把车停下来问她，大娘，这是去哪里呀？老太太一嘴京腔儿，我们家搬家了，我找不着家了。老太太一上车便催，快走，我儿子等着吃烧茄子呢！

"您儿子是谁呀？"

"我儿子是主席。"

"什么主席？"

"正主席。什么都管。"

巡警们互相看了看。

"……是政协主席吗？"

"是。"

"他叫什么名字？"

"老五。"

巡警们又互相看了看。

"您家在哪儿住？"

"前边儿，房子里长棵石榴树的就是。"

巡警们就什么都不说了。

第二天上午，保温瓶厂厂长办公室接到一个电话，公安局打来的。先问有没有一台会飞的锅炉，又问有没有一个人让这台锅炉给弄死了，最后说有这么一个老太太……办公室的老干事跳起来，这不是张大民他妈吗！干事像鹰一样飞进喷漆车间，落在迷迷瞪瞪干活的张大民背后。

"你妈没丢！你妈在河北呢！"

张大民差点儿栽到油漆桶里去。母亲被搀进家门的时候，连自己的相片都认不出来了。她扒着冰箱看了又看，老问这是谁家的闺女呀，真俊！医院下了诊断书，二期老年进行性痴呆症，据说到三期就该吃自己拉的屎了。母亲的病情没有恶化,时好时坏,好的时候比好人差不远,坏的时候比最坏的孩子都差得多了。她没事老开冰箱,不拿东西,打开看一看,歪着脑袋想一想,再关上。过五分钟又打开,还不拿东西,想一想,看一看,笑一笑,就关上。张大民很恼火。他去电器修理部打听,能不能给冰箱上把锁?人家小心翼翼地看着他,您有非常贵重的食品需要保存吗?他说没有,就是点儿剩菜。人家就用蔑视的目光看着他了。

"您想把冰箱改保险箱?"

"不是。我就是想省电。"

"省电?您把插销拔下来不就行了么。"

"拔下来我找你干吗?"

"谁知道您找我干吗,吃多了!"

张大民生了一肚子气,回家找根行李绳子,捆犯人一样把冰箱给捆上了。添了许多麻烦,省电省了不少,也算不是法子的法子,好歹把母亲玩儿冰箱的毛病给治住了。晚上,没人敢陪她睡觉,张大民就陪她睡觉。她半夜爬起来,四处摸索,不知要干什么。

张大民操心的事情便越来越多了。

张树六岁那年,家里又出了一件大事。张二民不生孩子,让山西人打得鼻青脸肿,自己跑回来了。母亲不认识她老问你是谁呀,哪庙的,老在这儿坐着干吗?二民脾气犟多了,说话不梗脖子,三五句说到伤心处,便闷着头儿吧嗒吧嗒掉眼泪。张大民陪着她一块儿叹气,你看你,不听我的,非要嫁一山西猴儿,让猴儿给挠了吧?非要拿存折喂一山西大叫驴,还要气死我,我还没气死呢,山西大叫驴一尥蹶子,把您给踢背过去了。现在怎么办?

"大哥,我的命好苦啊!"

这是过去那个张二民么？不过，尽管她左手俩戒指，右手仨戒指，胳膊上一根镯子，脖子上一条链子，金灿灿的一嘟噜，身上却还是原先那股味道。在肉联厂大肠组的时候，都说是肠子味儿，那是客气。现在猪场的干活，八格牙路，用不着客气，就直说那是猪粪是臭大粪的味道了！金子都冒出屎味儿来了，她的命能不苦么？张大民还有一个意思不跟别人说，只在半夜扪着心口跟自己说，戴多少金子也是鼻青脸肿，我们云芳一粒金子没有，我们云芳不鼻青脸肿！再者说了，那是金子吗？谁敢保证那是金子？拿几块烂铜充数罢了！

山西人来了。灰西服，大戒指，大镏子，大链子，也是一片金光！一张嘴，露出来俩大金牙！他把点心和水果放在桌子上，把酒放在冰箱上，把两条烟放在凳子上，突然不知道应该坐哪儿了。他朝老太太鞠了一躬，妈！口音很浓，舌头上像勒着两根儿线一样。妈不理他，只是郑重地发问，你是谁？哪庙的？他立刻不知所措，脸红脸白，像进了校长室的小学生了。这个山西人给张大民留下了非常美好的印象。最美好的印象便是，山西人也鼻青脸肿，比张二民鼻还青脸还肿，真是彼此彼此，女貌郎才，皆大欢喜啦！张大民看张二民不理他，便把他请到自己的小屋里，缓和一下气氛，也想顺便跟他谈一谈。山西人吃惊地看看石榴树，小心地在床边坐下了。

"怎么称呼？"

"李木勺。"

"勺儿？什么勺儿？"

"舀蜂蜜的勺儿，我爹是养蜂的。"

"木勺先生……"

"你就叫我勺子吧，二民叫我勺子。"

"勺子……咱俩是头一回见面。上次你把我妹妹娶走了，也没打招呼，我就不追究了。这回你把我妹妹脑门子打个大包，都青了，跟白洋淀的咸鸭蛋似的，我可就不想饶你了。我这当哥哥的要好好批批你了。"

"该批该批！打也不冤！"

张大民对他的印象便越发美好了。

"贫下中农爱打老婆，这我们知道。可是，你跑到工人阶级家里来打老婆，这合适吗？你也不问问，我们工人阶级同意吗？想打人，上了街看谁不顺眼，你打谁不行，干吗躲在屋里打自己的老婆呀？工人阶级一专政，往死里打你一顿，你受得了吗？往后别打老婆，手痒痒了给自己几个大嘴巴，舍不得打嘴巴就扇自己的屁股蛋子，又解了自己的气，还过了打人的瘾，也没什么后遗症，多好！实在憋不住，你拿脑袋撞电线杆子，你跳到水库里喝一肚子水，你哪怕拎根棍子跳到猪圈里揍老母猪一顿，把它揍残废喽……你也别打老婆！老婆是谁呀？陪你干活儿，给你做饭，帮你出主意，甜的留给你吃，苦的留给自己吃，剩一口饭了也给你多半口，她吃小半口，老婆容易吗？白天忙够了，晚上还陪你乐呵。你乐呵够了，爬起来就打老婆，你算什么东西？你还是个人么你？你要再打我妹妹，我把你木头勺子撅两截儿喽！我上山西霍县刨你们家祖坟去！"

山西人的眼睛闪烁着悔恨的泪光。

"该刨该刨！你是个好嘴！道理明，道理通。悔死啦，对不起二民，她是个好老婆！大哥，你是不知道……我打她可比不上……比不上她凶哩！"

"我妹妹揍你了吗？"

"我不说。我丢人！"

"女的打男的我就管不着了。跟自卫有关的事我也不管。你们两口子的事还是得你们两口子管，我说多了就不合适了。"

"你会说！说得明！大哥，你说说看……她扬着铁锹追我，我绕了三排猪圈也躲不过。我一追她，她一翻就翻到猪场墙外面去哩！你给说说看……"

"上窜下跳的，都着什么急呢？"

"我们俩都想孩子！"

"想能想出来？打能打出来？得踏踏实实做工作，还得碰运气，蛮干不行。"

"运气赖！她赖我，我赖她。"

"给二民瞧过病吗？"

"瞧过三个医院，都没有病。"

"那就是你的毛病了。"

"我没有病。我家伙好使！"

"好使也不行。骡子好使，管什么？光撒种不长东西。想孩子就赶紧瞧病！"

"你好嘴。你说咋着就咋着。"

山西人答应瞧病。张大民答应陪山西人瞧病。两个人脾气相投，分手之际像刚刚拜了把子的兄弟一样。出门的时候，李木勺指指石榴树，屋子不大，咋还下个柱？张大民谦虚地告诉他，那不是柱，那是棵树。李木勺不胜唏嘘，你们城里人的日子真是不容易啊！

贫下中农终于觉悟了。

张大民在鼓楼附近打听了一家医院。第一次去，居然没挂上号。第二次俩人天不亮就去了，又差点儿没挂上号。"骡子"太多啦！进诊室的时候，李木勺腿肚子转筋，非要拉着张大民一块儿进去不可。

张大民先好言相劝，见说不通，就把他往门里一推，玩儿去！……

四个月之后，李木勺领着张二民来报喜。他先给岳母鞠了一个躬，然后扑通跪下了，抱着张大民的大腿就不停眨巴眼睛，想掉眼泪。张树在一边看着，突然冒了一句，卑躬屈膝！把众人吓了一跳，这叫什么话？

"天才！我儿子会说大人话了！"

"大哥，他不是天才，是天才的娃儿，你是天才！大哥，二民怀上了，我谢谢你啦！"

"她怀上了你谢我干吗？"

"没有你她就怀不上！"

"闭嘴！怎么连屁都不会放了！"

"没有你，我吃不上神仙药。他们吃六百副药都怀不上，我吃了六十副就怀上了！没有你就没有我。大哥，受我一拜！"

咚，真磕了一个头。爬起来，掏出了一把戒指，有五六个。张大民只看了一眼，眼就花了。他想干吗？全给我吗？

"大哥，拿着！你家三口人，六只手，一手一个。没啥送，小意思，多喂几口猪就有了，圈里几千口，卖不清！这东西不赖，我看你们哪个手都空着，就缺它。大哥，你嫌少？你嫌少我……"

"我倒不嫌少……不是铜的吧？"

李木勺急得张嘴就咬，挨着咬。

"铜的？大哥，咱俩是生死之交！铜的？大哥，你救了我一条命啊！铜的？大哥，你还救了我老婆一条命啊！铜的？大哥……"

"别咬了！别咬坏喽！真不是铜的，我……我就挑一个，就一个！剩下的，你爱给谁给谁。我就挑一个。"

张大民挑了一个小巧的，夜里往李云芳的手指上一箍，严丝合缝，蓬荜生辉。云芳高兴得不得了，却小声嘟囔，这合适吗？张大民说这是我的报酬，用仁慈和智力换来的。

勤俭节约外带抠门儿的张大民让艰苦朴素外带寒酸的李云芳戴上金光灿灿的9999成色的大戒指了！他们的脸上露出了满足而欣喜的笑容。他们过上更加幸福的生活了。不仅如此，他们让妹妹和妹夫也过上幸福的生活了。

普天之下皆幸福了。

张树是高才生，不是天才，也差不多了。他功课好，爱琢磨事，喜欢刨根问底儿。后来，张大民在电视里看到一个老红军，三天两头儿给学生们做报告，表情非常凝重。老红军也叫张树。张大民再看儿子，看儿子那双早熟的眼睛，就有点儿浑身不自在了。两口子商量妥当，给张树改名张林。张大民去派出所改户口本儿，半道进厕所小便。小便池的墙上写着——张林是我儿！还画了一只四条腿的小王八！不行。不能叫这个惨名儿。张大民从厕所出来的时候，他儿子已经叫张小树了。

张小树有一个好朋友，是张四民。张四民不爱说话，跟张小树却有说不完的话。吃饭的时候，张小树老使唤别人。妈，给我姑盛一碗饭，爸，给我姑舀一碗汤。举着一双小筷子，老给他姑夹粉条儿。云芳逗他，不给我夹我不要你了！他说我姑爱吃粉条儿，你爱吃肉，妈，我给你夹肉。敷衍了事地夹了一块肉，又忙着去扒拉粉条儿了。张四民很疼这个孩子，老给他买这买那，让张大民很不高兴。

"你老给他买。我们老不给他买。我们诚心不买，就等着你买，不就是这样吗？"

"下次不买了。这孩子真好，知道心疼别人。你和嫂子好福气……"

下次接着买。张大民有时探她的口风,让她把男朋友带家来,给大伙儿看看,参谋参谋。她就红了脸,半天不说话。等别人把这个话茬儿忘了,她才小声说,我哪儿有男朋友啊,就像自己跟自己叹气似的。张大民认为她有,这么好的女孩儿不可能没有,只是脸皮儿薄,不熟不摘罢了。

第九次被评为先进工作者之后,张四民晕倒在九院的产房里。起初以为是贫血,深入地一查,却是白血病,已经到不易救治的程度了。自从锅炉工被烫死之后,家庭再一次迎来了严重的危机。痴呆症救了母亲,使她看不懂发生的灾难,也没有一丝痛苦。她到了嗜睡的阶段,离吃屎的阶段已经为期不远了。剩下的人轮流到医院看护,老大三天,老二两天,老三一天。老五忙,只在星期天与全家聚到医院,陪姐姐坐半个小时,说几句伤感话,或者说几句转移注意力的话,说的听的都很难受。家里早就装了电话,老五出了一部分钱,别人出了一部分钱。电话很好使,没有杂音,老五厚实的声音嗡嗡地传过来,就像没走远,就躲在冰箱后头说话似的。装了这个电话之后,张副处长——他又爬上去一截儿——就很少回那个叫作家的令人憋闷的地方了。

张三民坐在病房外边的走廊里,有医院的酒精味儿挡着,身上的酒气稍稍降低了一些,脸却是酗酒者的脸,无论如何也是遮挡不住的了。这个没有出息的弟弟呀!张大民可怜他,又恨他,懒得管他家里那些丑事。见了面就心软,不知道能不能帮帮他了。

"还不离?"

"不离。我耗死她!"

"耗死你自己了。"

"我不离，她就是我老婆。"

"三民，跟她离了吧。她这么欺负你都不像欺负一个人了！揍她一顿，让她滚蛋吧！……"

"哥……我离不开她。"

他用布满血丝的眼睛看着哥哥，就像一个输光了的赌徒，随时准备伸手借钱。张大民懒得搭理他了。三民朝四民的病房那边偏了偏头，玩世不恭地哼哼着，人活着有什么劲呀，想明白喽，混一天算一天完了！张大民心说滚你的蛋吧，思路却跟着顿了一下，是呀，人活着有什么劲呢？该死的不死，不该死的却眼睁睁地要死去了！

人活着有什么意思呢？

张二民和李木勺也来了。李木勺把张大民拉到一边，说一些把兄弟的心窝子话，吃什么好药，吃什么好东西，跟我说，我买！张大民难过得不行，拍着木勺的胳膊肘子只想哭，兄弟，吃什么也没有用了。

张四民却很平静，只要家人在，只要同事在，脸上永远挂着苍白的笑容，像灿烂的纸扎的花朵。生命正从她年轻的眼角悄悄溜走，她大睁着眼睛，要不停地凝视人间，让目光多多地留下来。她拉着张小树的小巴掌，反反复复地摩挲，眼神儿令人不忍目睹，像告别爱子的亲娘一样。每逢此时，李云芳便拉着张大民出去，在走廊里乱转，不说话，怕一说话失声哭出来。

张小树对病没有意识，以为小姑住几天便要回家，去过几次便知道事情严重了。毕竟是聪明孩子，很直接很有力地触到了生死，一举一动都含着深深的畏惧了。

"姑，你不会死吧？"

"你说呢？"

"姑不会死！"

"为什么？"

"姑是好人！"

"好人就不死吗？"

"好人都不死！"

"说得对！好人永远活着！"

张小树振奋了片刻，又害怕了。

"姑，你要死了怎么办？"

"姑不死。"

"万一死了怎么办？"

"那姑就永远没有男朋友了。"

"姑，你有了男朋友再死，行吗？"

"行。我男朋友是谁呀？"

"我还没想好呢。"

张四民亲着张小树的手背，湿润的眼睛盯着孩子的小指甲，叮嘱自己别忘了告诉嫂子，该给孩子剪剪指甲了。

"姑，你觉得我爸怎么样？"

"挺好的。"

"你喜欢他这样儿的吗？"

"他话太多了。"

"那你喜欢什么样儿的？"

"姑喜欢个子高高的。"

张小树点点头。

"姑喜欢说话少的人。"

张小树陷入了沉思。

"姑，我要长得高高的高高的，行吗？"

"行！"

"姑，我要做说话少的人，行吗？"

"行！"

"姑，我要做你的男朋友，行吗？"

"行！"

"你喜欢我吗？"

"喜欢！好孩子……"

"姑，我永远喜欢你！"

"姑也是……姑忘不了你！"

张四民忍了多时的泪水缓缓地流下来，滴在孩子的手背上。这冰凉的泪水惊吓了孩子，恐惧和哀伤终于爆发了。

"姑，你别死！"

"姑不死。"

"姑，你别死呀！姑！"

孩子在病房中号啕大哭，显得十分突然。李云芳赶来拽走他，哭声更大了。李云芳低叫怎么这么不懂事呀，把他拽得跌跌撞撞，一进电梯却抱紧了孩子的脑袋，给你姑争口气呀，给你姑争口气呀，说着说着自己也号啕了。

灾祸降临之际，也伴随着两件喜事。车间领导找张大民谈话，说干得年头儿不短了，嘴损点儿，活儿地道，准备提他做副段长，已经报上去了。张大民芝麻大的官儿都没当过，一听便有点儿晕头转向，连干不了让别人干吧之类的客气活都没说出来。走开以后颇为后悔，觉得自己显得太馋了一点儿，好像盼当官盼了八百辈子了，实际上确实一次也没有想过，戴红领巾的时候想当小队长没当上，明显是不算数的。一想自己也要当官了，没有任何不舒服，哪儿也不难受，脚丫子好像比过去还轻点儿了。正品着这件好事，突然想到天命不定，生死无常，官儿算个屁呀！再大的官也是屁，是大屁！更何况一个破工段长，还是副的，领着一群人一天到晚撅着屁股喷漆罢了！

另一件好事却不同，张大民先是震惊，随后便心花怒放，整夜没睡踏实，中间笑醒了好几次。居民区要拆迁了。从消息下来，到户户落实，像一场秋风荡过，街墙上到处都是拆、拆、拆的白灰大字，像往昔皇朝令人惊心动魄的斩、斩、斩了！

拆迁公司到家里来过四回，和蔼可亲，似乎处处都想为住户着想，做出要和住户联合起来，一块儿占国家便宜的样子。量完了面积，核定了户口，给张大民家标定了一个三层的三居室。老人一间，大龄女青年一间，三口之家一间。大家都说结局很好，不可能再好了，张大民却不干。他的标准是一套三居室加一套一居室，或两套两居室。人家说你没有根据。他说我有根据。人家问你有什么根据。他说我的根据是这样的——我儿子是天才，他已经跳了一级，我准备让他再跳两级。他得找个地方踏踏实实地温习功课，我儿子需要一个……书房。说到书房，张大民觉得绕嘴，话一出口便羞羞答答的了。人家说国家没有给天才儿童准备书房，他一生下来就大学毕业也没有用，再说他才12岁。我儿子都1米66了，比我还高！人家就笑了，他身高2米，你们两口子也得跟他在一个屋里对付。张大民非常痛心，这么对付天才，国家迟早得后悔啊！拆迁公司的人深表同感，咱们先把合同签了，让他们后悔去吧！张大民坐下来签合同，真实的念头只是略感不足而已。居室是烙饼，书房是大葱，天上掉烙饼卷大葱固然很美妙，光掉个大烙饼也可以了，总算比饿肚子要强得远了。

好消息带到病房，引出了始料不及的后果。明明知道住不成了，张四民却描绘了未来的房间，叮嘱周围的人为她布置。看不见的屋子成了美景，在临终前深深地吸引了她，也满足了她。弥留之时，心中已经没有别的事物，只有断断续续的两个字，窗帘。买了贵重的窗帘拿来，她摸着，轻轻摇头。突然想到她喜欢绿色，赶紧换了绿丝绒的一种，她小心摸着，又轻轻摇头。李云芳心思细微，去布店撕了一块最便宜的混纺布，淡淡的绿色，很薄，几乎要透明，张四民手指一触便不撒手了，抓到离眼睛很近的地方一寸一寸地看着，就像看自己度过的一个又一个平凡的日子一样。她说不出话，只露出一丝淡淡的笑容，似乎与淡淡的布融为一体了。死前回光返照，竟然清晰地吐出了几个字。那是她一生的总结，也是赠给张小树最真切的遗言了。

"姑走了以后，你要帮我打扫房间啊！"

张小树拉着姑的手，已经不会哭了。追悼会很隆重，来了很多人，净是不认识的人。张大民没有让母亲去，怕她出丑，结果却是自己出了丑。家人在医院哭的时候，他没有哭。往围满鲜花的遗体身旁一站，他觉得不对劲了。来了那么多人，却没有人是她的男朋友。他总认为她是嘴上说没有男朋友，他还认为她没有男朋友也没什么。现在他知道她是真的没有男朋友，而没有男朋友对她来说真是太不公平了，对这么好的女孩儿太不公平了，对我妹妹太不公平了！张大民像村妇一样大哭起来。他看着妹妹苍白凄苦的侧脸，哭得昏天黑地，把张小树都吓坏了。

事后，九院的同事们纷纷议论，张四民挺漂亮的，她哥怎么长那样呀，矮得跟坛子似的。还有人说，那人是谁呀，是她乡下的大表哥吧，哭得跟傻帽儿似的！张大民确实出尽了丑。然而，秀丽而不幸的先进工作者，毕竟在哥哥高亢而粗鲁的哭声中平静地远去了。她哥哥对得起她了。

拆迁公司的人来到家里，先给活人鞠了一躬，又给死人的相片鞠了一躬，然后说对你们的不幸表示最衷心的慰问，谨请节哀，坐下来签合同吧。张大民一愣。签什么合同？不是签过合同了吗？

"那是草签，不算数的。"

"够啰唆的，签就签吧，签哪儿？"

"……把名字写这儿。"

"等等……什么时候三间变变变变……变两两两……两两两间了！我们还没销户口呢！我妹妹骨灰还烫手呢！"

没有家里人拦着，张大民就把那穿西装的黄口小儿剁了。邻居们也很吃惊。张大民举着菜刀满院乱追，拆迁公司的小伙子满世界乱窜，大皮鞋都跑掉了。这不像大民子干的事儿呀？他是砖头拍脑袋上都不知道还手的主儿，今天这是怎么了？明白了，心疼他妹妹呢，受刺激了！

强制拆迁那天，张大民抱着石榴树不下来。推土机把小房都推塌了，他还挂在树枝上摇晃，像一只死心眼儿不开窍的土猴子。他像煽动暴乱一样慷慨陈词，一字一泪——我妹妹把沙发都挑好了；我妹妹把壁挂都挑好了；我妹妹把窗帘布都挑好了；我妹妹……你们不能这样对待我妹妹呀！你们把房子还给我妹妹吧！同志们，我妹妹死不瞑目呀！

强制人员一点儿也不生气，不慌不忙地凑过来，都笑话他。活人的房子都不够住，还给死人要房子，做什么梦呢！把糊涂虫从树上捏下来，让丫好好醒醒！五六个大小伙子揪住四肢，七手八脚地把他给抬下来了。张大民找不着台阶，索性破釜沉舟，鲤鱼打挺儿，杀猪一样号起来了。

"你们不能夺我妹妹房子！把三居室还给我们！那棵石榴树是我爸爸种的，你们不能铲了它！把三居室还给我们吧！您就让我们住个三居室吧，我儿子是天才，我得给我儿子拾掇一间书房呀……求求你们啦！大叔大爷祖宗哎，可怜可怜我们吧……"

强制人员更笑话他了。待会儿妹妹，待会儿爸爸，待会儿儿子，您惦记得还挺全？有本事惦记点儿自己的脸面呀？这会儿求爷爷告奶奶了，晚了！舔我们脚丫子也没用了！吃窝头去吧，你！

恰好一位视察的领导干部在场，远远地看着，十分忧虑。这个同志怎么这么不懂法！怎么这么不懂法！你们要加强普法宣传，重在教育，重在和风细雨，雨露滋润。当然，对那些害群之马和胡搅蛮缠的人，绝不能心慈手软，要毫不留情，加强力度，狠狠打击，从而发展大好形势，维护安定局面，把我们的各项工作推向前进，向……献礼！哗，鼓掌！

害群之马张大民咎由自取，被行政拘留，给关到黑乎乎的铁笼子里去了。进了笼子冷静一想，觉得实在出丑，比在追悼会上还丑，不胜懊悔。

两个礼拜之后，害群之马姗姗归巢，面孔微黑，胳膊稍细，两眼炯炯有神，就像刚从海滨度假归来一样。他担心老婆会披着被面儿迎接他，结果发现两居室井井有条，老婆正扎着围裙给他做鱼呢！老婆用锅铲杵他的脑门子，恨得咬牙切齿，你一个小蚂蚱，乱蹦什么呀！

"就算我乱蹦，就算我蹦水里了！可是……谁也没告诉我那水是开的呀！"

张大民坐下来，老觉得屋子里缺东西。噢，想起来了，石榴树不见了。今非昔比，在一间没有树的屋子里过日子，是一件多么无聊多么无趣的事情啊！张大民想他亲爱的树了。

车间领导又把张大民叫去了。张大民正襟危坐，叮嘱自己别当回事，不就是个副段长吗。领导说你要正确对待。他耸耸肩膀，我尾巴再长也翘不到天上去。领导说你一定要正确对待。他心说，您看我像骄傲自满目空一切自以为是贪污腐败的人吗？我要当了副段长，我首先……

"张大民同志，我现在正式通知你，经车间领导研究决定，并报请厂长办公室批准，从即日起……您下岗了！"

张大民让雷给劈死了。

半个月之后，北城一带的居民小区里出现了一个神秘的人物。他身材短粗，满面愁容，用一个特制的网袋挎着一大堆暖壶，前胸五六个，后背五六个，品种还不一样。他见了老太太就凑过去，露出巴结的笑容，像受够了邪气的小媳妇一样。

"我们厂快倒闭了，积压了很多暖壶。您要要我给您便宜点儿，就算您发善心，就算您支援我了。我们厂开不出支来，每人发了七百个暖壶，其他什么都不管了。您说孙子不孙子？一个暖壶还没卖呢，先得租厂里的地儿搁它们。您说缺德不缺德？您看这暖壶多好，像胖娃娃不像，您还不抱一个回去，就算捡个耷拉孙儿，跟您就伴儿了……"

"不要！我们家有。"

"来一个，多一个是一个！"

"是真的吗？"

"依您的意思是纸糊的？"

"有胆吗？"

"哟！我摔一个您看看？"

"不要！要买商店买去。"

"我比他们便宜！"

"便宜没好货。不要！"

"大妈，您走好，赶明儿暖壶（卒瓦）了找我！"

"还不撂下歇歇，一脑袋汗。"

"不敢歇。我得找个坎儿再歇着，撂这儿我就拎不起来了。您要真心疼我，别买这个大的，你买个小点儿的吧？"

"不要不要！"

张大民终于把老太太吓跑了。他钻进塔楼，谎称给领导送礼品，蹭电梯到顶层，然后逐户敲门，一层一层往下敲。敲开一扇门扉，里面站着一位英俊少年，比儿子大不了多少。

"我是新兴技术开发研究所的，我们发明了一种新型的保温产品，质量优良，品种繁多，花色齐全，实行三包……"

"……去去去去去去去！"

再敲开一扇门，站着个美丽少妇，比老婆年轻多了，漂亮多了。

"我是……"

"滚！"

张大民逃至黑洞洞的楼梯里，实在不想动了，真有身心交瘁之感。他放下暖壶，坐在台阶上吃面包，一个挎着十几个鸟笼子的人悄悄走过去。大哥，你要鸟笼不？张大民看见了自己，轻声说伙计，刚才谁骂你了？

"狗汪汪怕甚，能咬俺一嘴不中？"

张大民填饱了肚子，又继续袭击剩下的屋门去了。他从北城转到西城，给许多人留下了新鲜的印象，以至一栋楼丢了一袋大米，人们立刻想到他。肯定是那小子，他把大米灌在暖壶里背走了！人们布下天罗地网，等他吃回头草，他却不屈不挠地转到东城去了。

两个月卖了十四个暖壶。他把烟戒了，缩头缩脑，又矮了一大块，李云芳怕他自卑，鼓动他去香山爬山。带全家一块儿去。他说不想爬山，没脸爬山，让香山爬我吧，把我这个废物点心埋了吧！李云芳逗他，天塌了个儿高的顶着，你那么矬，怕什么？他也逗李云芳，天塌了个儿高的全趴下了，我趴不下去，我背着一嘟噜暖壶，不砸我砸谁呀！两口子还像从前那样畅快地笑着，却含了酸酸的味道了。

那年夏末，毛巾厂的技术员回来了。可能有衣锦还乡的意思吧，要请厂里的朋友吃饭，也请了李云芳。她不想去，同事们说你必须去，给他一个面子，他敢来劲，我们帮你掀桌子，不信他不把尾巴夹起来。李云芳告诉了张大民，问去还是不去，满以为他会说又不是没吃过饭，吃他的饭干吗，不去！听到的却恰恰相反，去！快去！干吗不去！挑最贵的菜点，好好敲他一顿！平时逮不着美国鬼子，好不容易逮着一个，死吃！菜不够，把他也蘸酱油咽喽！别忘了给我带条胳膊，我想嚼他不是一天两天了，我倒满了酒杯等你！张大民嘻嘻哈哈，像往日一样没正经，李云芳就不再说什么，开始打开柜门儿给自己找裙子了。她的后脑勺没长眼睛，没看见他的脸一下子阴云密布，目光也暗下去，灰下去，惶惶然如丧家之犬了。

"……在哪儿请？"

"鸿宾楼。"

李云芳前脚走，张大民后脚就跟出来了。没干过这种事，知道是丑事，知道不该干，可还是硬着头皮干下去了。盯梢儿吗？吃醋吗？怕最后一根稻草离开自己漂走吗？下起了小雨。不久便下大了，变成了瓢泼大雨。张大民落汤鸡一样站在树底下，看着鸿宾楼的灯光和大玻璃后面的红男绿女，陷入了一生中最大的精神危机。折腾了半辈子，三十六拜都拜了，最后一哆嗦也哆嗦了，还是一事无成啊！

张大民在雨中走到半夜，一推家门发现李云芳在客厅坐着，饭桌上搁着一叠钱，绿不叽的，不是中国钱。

"你干什么去了？"

"看你们吃饭去了。"

"你……"

"钱都付了？"

"急死我！真有你的！"

"他想买你什么？"

"……你浑蛋！"

李云芳给了张大民一个嘴巴。那叠外国钱，把张大民残存的最后一点儿自尊给击碎了。怪就怪技术员自作多情，把888美金放在礼品衬衣里，要给受赠人一个惊喜，殊不料吓坏了李云芳，还打碎了她们家的醋坛子，把男主人逼得悲痛欲绝，差点儿打开窗户从阳台跳下去。长夜难眠，夫妻俩倾心长叙，一个扒开肋骨让对方看心脏红不红，一个扒开肚子让对方看肠子直不直。不免相拥而泣，说了哭，哭了笑，笑了再说。悲乎哉？极乐也！这时候突然咚咚咚，有人敲卧室的门。

"爸，你们干吗呢？"

"……你妈胳肢我呢。"

"妈胳肢你，你哭什么？"

"……乐极生悲啦。"

"……注意点儿影响！"

天才！这日子没法儿过了。

张大民和技术员在京伦饭店大堂见面的时候，离飞机起飞的时间不多了。技术员接过装钱的信封，十分腼腆，脸涨得通红，一边看表一边吞吞吐吐的不知要说什么。张大民没想到对方是这种风格，正所谓见了熊人压不住火，一张嘴，嗓子眼儿蹿出一只狗，汪汪汪汪，连他自己都不知道叫的是什么了。

"在美国年头儿不短了吧？学会刷盘子了么？美国人真不是东西，老安排咱们中国人刷盘子。弄得全世界一提中国人，就想到刷盘子，一提刷盘子，就想到中国人。英文管中国叫瓷器，是真的么？太孙子了！中文管美国叫美国，国就得了，还美！太抬举他们了！你现在是美国人，你心里最清楚，那儿美吗？是人待的地方吗？他们叫咱们瓷器，咱们管美国叫盘子得了！"

"对不起，我要去赶飞机了。"

"我送送你。以后别这么随便给人钱。你塞给我们云芳，我们云芳都哭了，觉得受了侮辱。我知道你对不起她，心里有愧，想补偿补偿，可是这点儿钱拿不出手呀。等您发了大财，拿出十万八万的，用红带子扎上，单腿儿一跪，把它们当面交给云芳，不比你现在藏着掖着的强？这点儿钱你留着回美国买汽油使吧，别瞎耽误功夫了。赶明儿钱不够花了跟我说，我让云芳寄给你，咱就甭客气了，谁跟谁呀？哪儿跟哪儿呀？你说是不是！"

"对不起，车来了，再会！"

"我给您开门。上飞机小心点儿，上礼拜哥伦比亚刚掉下来一架，人都烧焦了，跟木炭儿似的。到了美国多联系，得了艾滋病什么的,你回来找我。我认识个老头儿,用药膏贴肚脐,什么病都治……回纽约上街留点儿神,小心有人用子弹打你耳朵眼儿,上帝保佑你,阿门了。保重!"

出租车开出老远了,他才住嘴。嗓子眼儿发干,太阳穴嘣嘣直跳。张四民去世以来,下岗以来,吃醋以来,一切一切的憋闷都随着这通胡说八道吐出去了。天蓝了,云白了,走在大街上两只脚一颠一颠地又飘起来了。

"大民,你怎么跟他说的?"

"我说很高兴认识你,欢迎您下次来家中做客,拜拜!"

"真的?"

"骗你我是王八蛋。"

"总算会说人话了!"

中秋节前夕,张大民在一位厂长家里一口气推销了六百个暖壶。他怕那位厂长有脚气,否则就趴下来亲吻那两只大脚丫子了。普通的居民楼,普通的单元门,普通的肥头大耳的汉子,看不出脑袋上有什么光环。张大民一边防备挨踹,一边念经似的发布广告词,我是保温瓶厂的推销员,我们的保温瓶举世无双……

"卖暖壶的么?进来进来!"

张大民的生活由此掀开了新的一页。厂长说他们厂水质有污染,刚刚更换了输水设备,职工家属贪几个小钱却不肯换暖壶,他要扣他们的奖金买暖壶,他要逼他们换暖壶!张大民确实看了看厂长的脚,他颤抖着说,我敲了足有一万个门了,终于看见了一个人,一个真正的人,一个伟大的人。中国有救了。中国的工人阶级有救了。我们靠暖壶吃饭的人有救了!出门的时候他跟厂长开玩笑,我打了一年猎,就指望哪天逮只兔子,今天一进山,撞上个熊猫儿!厂长哈哈大笑!

"国宝啊?不敢当!也就是一狗熊吧!"

张大民领着全家去爬香山了。在鬼见愁下面的索道站,他又犯了抠门儿的毛病。单程多少钱。双程多少钱。大人多少钱。儿童多少钱。掰着手指头算乱了套。李云芳不理他,越理他越乱,干脆走到一边,等着他从雾里走出来。他爬出来了。

"让妈和小树坐缆车,咱俩爬吧?"

"你不怕掉下一个去?"

"可也是。那你跟他们坐,我自己爬?"

"仨人坐得下吗?"

"可也是。那你跟妈坐,我和小树爬?"

"小树惦记坐缆车惦记多少日子了?"

"可也是。那你跟小树坐,我和妈爬?"

"怎么爬?"

"我背着我妈爬。"

"大民,别抠那几个钱啦!"

"我不是怕吓着咱妈么!"

李云芳和张小树坐着缆车不见了。张大民背着老母亲攀上了林间石道,省了几个钱令人欣慰,后背让母亲的身体偎着,更让他心胸舒泰。母亲能看见什么呢?一想到母亲的目空一切,不免又嘲笑自己的孝心之迂了。他大声说,妈,那片树都烧红了,您看见了么?

母亲一语不发。

四个人在山顶聚合了。风很大,黄栌的颜色已经到了暗淡的时辰,那一片一片的大火不久便要熄灭了。张大民又大声说,妈,您看见那片大火了么？树林都着起来了，过一会儿就烧过来了，您看见了么？

母亲说了两个字，锅炉。

锅……炉！

母亲念起遥远的父亲来了。

张小树托着腮帮，看远山的云影，进了天才必入的境界，目光正摇上去摇上去，跃然于云端之外了。

"爸，人为什么会死呢？"

"我也不太懂，问你妈。"

"妈，人活着有什么意思呢？"

"有时候没意思，刚觉得没意思又觉得特别有意思了。真的，不信问你爸。"

"爸，人活着没意思怎么办？"

"没意思，也得活着。别找死！"

"爸，为什么？"

"我说不大清楚，我跟你打个比方吧。有人枪毙你，没辙了，你再死，死就死了。没人枪毙你，你就活着，好好活着。儿子，你懂了吗？"

"OK！爸爸你真棒！我懂啦！"

"云芳，你懂了么？"

"没懂！"

"那我再揉碎了给你说一遍……"

"就你懂？德行！"

"我也是刚刚弄明白的。都是天才闹的！守着个天才，长学问了。"

母亲用清晰的声音说道——锅炉！张大民恍惚看到父亲和四民在云影里若隐若现，老的问日子好过吗？小的问可爱的孩子幸福吗？待要端详却又飘然不见了。日子好过极了！孩子幸福极了！有我在，有我顶天立地的张大民在，生活怎么能不幸福呢！张小树雀跃着在林火中引路，红叶如一片血海。张大民背起白发苍苍的母亲，由李云芳在一旁小心翼翼地搀护着，缓缓向山下走去。母亲朝着迷茫的远方再一次重复了两个字——锅炉！

他们消失在幸福的生活之中了。

伏羲伏羲

一

话说民国三十三年寒露和霜降之间的某个逢双的阴历白昼，在阴阳先生摇头晃脑的策划之下成了洪水峪小地主杨金山的娶亲吉日。早晨天气很好，不到五十岁的杨金山骑着自家的青骡子，他的亲侄儿杨天青骑着一头借来的小草驴，俩人一前一后双双踏上了去史家营接亲的崎岖山道。太阳已经高过岭脊，雾蒙蒙的像个让南瓜汤泡碎了的鸡蛋黄。杨金山在骡子腰上晃来晃去，脑袋上的礼帽像个掀翻了而倒扣着的灯碗。十六岁的杨天青秃头刮得白而又白。在秋日肃冷的早风中闪着天真而健康、喜悦而生动的光芒。他们和他们胯下的牲口在山顶消失之后，疲软的太阳也随即消失，阴云四溢，风里流窜出阴沉的潮味儿。挨到晌午终于下起了雨。起初像老人的尿，不久便如线如注，山谷内外沙沙沙响得连声了。等着喝喜酒的人纷纷跳着脚回家，剩几个耐性大的聚在屋檐下抽烟袋，酸溜溜地预言着新娘子的长相。都说史家营王麻子的二闺女长得奇俊，又是谁都不曾见过，便七嘴八舌连荤带素地把她描成一棵水汪汪的嫩芽，叹息这生灵要由杨金山来糟蹋了。倒不是觉着他不配，而是认为他的福气未免太大了些。没有三十亩山地的家当，别说二十岁的雏儿，就是脱了毛的母羊也未必看得上那条瘦弱虚空的汉子。杨金山不是本事很大的男人，阳气颇衰微的。他和前妻在一条土炕上滚了差不多足有三十来年，却没有任何造就，此乃最好的证据。他们头一次来洪水峪扫荡那天，金山的前妻恰好在落马岭的芝麻地里锄草，隔着老宽老宽的一条山谷，哪个瞎了眼的鬼子一枪就把这个汗淋淋的不会养孩子的女人毙掉了。人家把她当成了老八团神出鬼没的游击兵。抗日战争最吃紧那几年，小地主杨金山朝思暮想的是造一个孩子，为造一个孩子而找一个合适的同谋。他对年轻女人产生了异乎寻常的兴趣。尽管他的最终目的是顺利地制造一个健康的后代，然而眼下假如没有瘟头瘟脑的侄子在跟前碍眼，他深感自己会从被雨淋湿的骡子背上腾空而起，像只老鹰似的向那个骑着毛驴的女人扫过去，扑过去，压过去，了结一种浓厚的趣味。

女人唤作王菊豆，双十的年纪，生着杨树般颀长的身材和一团小蘑菇似的粉脸。她用两条直溜溜的长腿卡着那头活泼的小草驴，稳重地沿着下行的山道移动。红袄闪耀，像一堆阴雨浇不灭的火，淋了雨的发髻黑油油地放光，又像一大块烧乏了的乌炭。

"天青，看摔了你婶儿！"

天青两脚泥巴，闪闪跌跌地走在毛驴和骡子之间，用枯树枝懒洋洋地却又不停顿地去拂扫那头驴子的后部。他不是嫌牲口走得慢，而是在忍受一种深刻且神秘的无聊。他每扫一下，草驴就默契地甩动尾巴，无意识地将排泄器官露给他欣赏。他神情木讷得很，似乎沉浸于某种困难的研究，被众多细节诱惑了。

"天青，到头里牵住缰绳。"

山道呈现了一个坡度，杨金山看到前边的驴蹄子在打滑，有些不放心。侄子漫不经心的样子也让他恼火。做叔叔的竟然不知道，十六岁的后生大抵也是饱含了某种趣味的。

天青依照吩咐绕近驴脑袋，一手扯住牛皮短缰，一手拽住粗麻笼头，手指肚触到了热乎乎软乎乎湿乎乎的牲口下巴。不由地回脸看了看，雨丝后面的脸蛋子让他吃了一惊。在史家营看到的那片如云如霞的胭脂全花了，花搭搭的雨迹纵流横淌，像一颗纹络美观的落了秧的熟南瓜。天青忽而想到，应该用一块干干的清洁的白布把这个南瓜包起来，最好是把它揣到怀里。天青忽而又感到空虚，他牵着毛驴在泥道盘桓，觉得自己正一丝一丝地化成漫天雨雾中的一股凉气。秋雨破坏了他叔叔的喜事，也把他无忧无虑的心境破坏了。

"到石堂子避避雨不？雨大了。"

"湿也湿了，走吧。"

"天青，把我的衫子给你婶儿披上。"

"不啦！湿也湿了……"

婶子的声音很细微，但叔叔却不再有新的言语和动作了，天青没有回头，耳朵里只有吧唧吧唧的声音，是牲口的八只硬蹄和自己的两只脚在泥水里活动。驴唇把一些暖气喷到他手背上，痒痒的却是光光的脑壳和后脖颈，似乎是女人嘴里的气在吹他。

后来，雨就大得不行了。离石板茬三里地的谷口有一间石堂子，像扩张的蛤蟆嘴一样对着泥泞的小路。叔叔骂骂咧咧地从骡鞍鞒上跳下来，又捧油罐子似的把女人抱到地上。婶子钻进了蛤蟆嘴，叔叔也挤进去了，天青凑到跟前，发觉里面已没有多大余地。叔叔和婶子的眼睛表达着完全相反的意思，天青就闹不明白自己到底该不该进去。叔叔的目光更确凿，天青便知道自己是进不去的了。

"你到林子里找地界儿避避，拴牢牲口，小心让秋雷惊了狗日的。"

天青走了几步，叔叔又追上来扔给他一条羊肚子汗巾，把沉甸甸的礼帽也移到他头上。石堂子里黑洞洞的，然而天青分明感到婶子的眼睛射出了许多温暖，使他感动，也使他更加委屈。他在几十丈开外的椴木林子里拴上牲口，靠着树干蹲了一会儿，然后犹犹豫豫地钻到断崖下面的草凹子里去了。

雨在植物和土地上打出冷凄凄的声音，又夹杂了一些火辣辣热爆爆的响动。草丛后面的天青完全着了迷，恍惚发现了神奇的景象，死呆呆地惊住了。婶子似乎尖叫了一声。他以为婶子似乎是愉快地要么就是愤怒地尖锐咆哮了一声。天青把秃脑袋探到雨里，拼命地摆布两只湿漉漉的耳朵，结果他什么都听不到了，只体味了大雨凉冰冰的急骤的运动。蛤蟆嘴那边没有声息，但是老天爷显然正在协助叔叔静悄悄地完成某种事项。秋天的淫雨拖延了喜事，却又使它在实质问题上提前了。当三人两畜重新踏上山道，十六岁的杨天青已经不需要任何证据。婶子的腰肢不胜娇懒，红袄的肩背上染了石堂子里的干土末子，胭脂的一部分也涂到叔叔的额上及腮上去了，连耳廓都挂了一块淡淡的猩红。叔叔叭叭地吐着痰水，咳嗽着，在鞍鞒上东张西望，样子十分的满足。婶子埋着眼，脸蛋子粉得依旧，像是快活，也像是不快活，周身笼罩着清凌凌的仙气。真正难过的是天青，不晓得饥冷的壮身坯此时完全疲乏，明明在牵着驴走，却感到腿上背上脑壳上有牲口蹄子不住践踏，执意要把他跺到烂泥里去。由女人压着的那头驴，倒似乎有着比他更好一些的处境，他便毫无来由地尽情地骂它。

"狗日的，你瞎了不成！"

"畜生！懒得你！"

他梗着脖子，像个发了脾气的泥猴儿，惹得叔叔在后边咻咻地笑起来。

"天青，时辰咋着也耽误啦，不急。"

"侄子，累了就歇歇……"

听到婶子的声音他几乎要哭，立即安静了，很羞怯地垂着头，走得比牲口还稳重。做叔叔的的确不知道，侄子心里的那些趣味是很脆弱的。天青自己也不知道，背后那张粉嘟嘟的嫩脸使他到底想了些什么。前晌他跟着叔叔欢天喜地地进了史家营王麻子的宅院，出来的时候却揣了一脑袋古怪的念头。他惊讶未来的婶子竟有那么小小的一张薄嘴，又惊讶她的身材，细细长长的像一棵好树。随后他的感觉就平淡了，隐伏起来了。路上，那头小草驴意外地给了他大量的新鲜感，绵绵而至的秋雨又使他感到莫名其妙的忧伤。叔叔的言行举止变得越来越愚蠢。天青嘟嘟囔囔骂那头驴骂得有些累的时候，突然醒悟到他是在骂他的叔叔。他不理会叔叔咻咻的笑声，但他疑心婶子听出了什么，她的暗示通过那头驴传达到他扯着缰绳的手上，他的回答是赶紧闭嘴。他之所以想哭是他自以为和那年轻女人之间有着一种默契，她每看他一眼，都让他觉得是在青玉米地里锄草，棒子叶在割他的胸脯子，又痒又痛。他不看她，但知道她脸上的胭脂像血一样。他想拿舌头去舔它们，他想舔它们的时候觉得衣服里爬着一条蛇，围着他的身子绕来绕去，使他刺痒得浑身乱颤。他表面上是牵驴引路，却在心窝里向一张俊俏柔嫩的脸蛋子伸出了肉滚滚的年轻舌头。他终于明白了自己想干什么，明白之后反而一举陷入了更大的糊涂。他再次咒骂那头毛驴，便是很明确地骂着自己，骂着使他烦恼的一切了。

因为路不好走，因为避雨，也因为避雨时发生了重要的事件，杨金山一行返回洪水峪时，村落已经埋入黄昏。雨后的村巷里竖着些稀稀落落的身影，黑蓝的山岗上一些鸟在活泼地啼叫，谷底的山溪暴涨，轰轰隆隆地向低处倾泻，声音响得老远。

亲族里帮忙的妇人将备好的食物端出来，贺喜的人聚在炕上、地上、院子中，坐着蹲着站着往嘴里塞了些冰凉的物件儿，不久便散去了。二道婚没有多大仪式，也没有洞房可闹。新娘子很喜人，不能趁乱摸一摸委实可惜，但老规矩是不能破的。洪水峪的秋日一向晴朗，而今落下这么大的雨水，可见这门亲事不遂老天爷的心意。人们只在肚子里掂量这一层，没有哪个嘴来点透它。事后，一些多事的人编排新娘子，说她人生得俊，但是没有吃相。依据是她吞粉条时的样子像吃面，嘴片片弄出了太大的响动，很蠢。他们不知道她饿了，也不知道这对得意扬扬的杨金山来说几乎算不了什么。女人做事很泼脱，只有他才明白，因为她肥硕的身子也是泼脱的，比麻袋似的前妻强得远。他只担心这对手会掏空了自己。

想入非非的杨天青却是乏顿了，钻进小厢房便酣声如雷，竟忘了半夜起来给叔叔那头青骡子填喂草料。饥饿的牲口在槽头上愤愤地磨牙，声音盖过了大北屋持续到后半夜的零乱喘息和男主人的湿润的咳嗽声。

民国三十三年寒露和霜降之间那个落雨的秋日，一头小草驴为洪水峪驮来了一位美貌的年轻妇人。不论从哪方面来说这都是个值得纪念的日子。日本人正在周围的山地全面退却；老八团派出的工作队渗透过来开展减租减息；小地主杨金山因为用三十亩山地里的二十亩换来一个小娘儿们，从而摆脱了负担，开始全心全意奋不顾身地制造他的后代。至于杨天青么，这日子意味了他的觉醒。他仓促地持久地维护了自己的情欲。他爱上了他的婶子。依照文静的说法，他是一见钟情的了。尽管他的念头掺了不少下作，然而他的表现并没有跌到一般情人的标准以下去。

那些瓜葛都是十六岁以后的事了。

杨天青没有父母兄弟。曾经有过，后来没有了。十一岁那年夏天，父亲杨金河在玉石沟南坡上掏了个地窝子，领着全家在荒草梁子上烧地造田。一日傍晚，父亲指使天青到村里找金山叔叔借口粮，因为突降暴雨他便在叔叔家宿了一夜。第二天背了五升玉米早早地赶回玉石沟，发觉整个南坡已经变了模样。几十亩大小的一坡树木连同刚刚开出的几垄新地全都滑跌了，几乎填平了山谷，地窝子和睡在里面的亲人自然也都埋了进去。死的活的再不能晤面，万恶的鼓龙包只一夜便使他成了孤儿，连一颗牙一块碗片都不给他找到。他试着找过的，然而泥石流凝固得像岩石一样坚硬，只徒然地磨烂了一双小手。

叔叔杨金山收养了他。有心把侄子当儿子对待，无奈小崽子就是不认爹，只认叔，始终不大亲近。叔叔把田产割一角，父亲也不至于到玉石沟烧荒，父母兄长也就不至于丧掉性命。他是怨着叔叔的。杨金山脑筋活络，索性将侄子做了长工，吃穿都好，交派的也多是细活儿，骨子里却隔得分明而透彻。

金山不指望天青，他就不信自己遗不下一块血亲骨肉。只要能有个儿子，倾家荡产也干，把王麻子的二闺女生吞了也干！小娘儿们算个什么东西？她是他的地，任他犁任他种；她是他的牲口，就像他的青骡子，可以随着心意骑她抽她使唤她！她还是供他吃的肉饼，什么时候饥馋了就什么时候抓过来，香甜地或者凶狠地咬上一口。花二十亩地的大价换个嫩人，他得足够地充分地使用她。他一次又一次把她掀翻在炕席上，就确信自己是在讨债。讨债的人来不得多少情面，挂一脸杀气便是了。和别的男人女人差不多，他给了她许多凶暴的夜晚，又比别人少些冷静和温存，连侄子都看出那女人正在迅速枯萎。大半年干下来，看不到未来的儿子有什么动静，女人的肚皮平得像鼓，有弹性却没有货色。杨金山弄得真是累了，紧要关头老是咳得上不来气，气不足便里里外外落个软软软，很有些悲哀。身子明明显露不行，动得反而更勤奋，似乎要把被窝里的自己和别人一块儿毁掉。他在女人眼里就成了野兽，自己倒并不觉得，以为狠得出邪也是分内的事，于己于她都是必须的。必须的事项不止一件，炕上不饶人，田地里更是不饶人，娘儿们是家里另一个只吃饭不领钱的长工，地位并不在天青以上。伏天扎在棒子地里锄草，汗气呼啦的小婶子让杨天青不断地生出复杂情绪，既有纯洁的无形的关怀，也有同命相怜的悲悯。除了这些，便是那健康的肢体所引发的无穷尽的潜在的放肆了。只要叔叔的眼睛不在，天青的眼睛就能得到有限的自由，使他有胆量有机会把视线抛到婶子的腰上腿上和别的生动处，深深浅浅上上下下地反复纠缠。这田野是天宽地阔而没有先生的私塾，天青自习着人生的学问，将最有底蕴最有趣味的书来天天捧阅。那女人迟钝些，不曾料想侄子竟有所企图，自己的每一页正被个小后生哗哗地掀开来。天青最初爱读的，恐怕是从后面看过去的她撅着屁股锄地的样子。如果她知道这秘密，怕要收缩起来，不会那么欣然翘然了。

"婶子，你歇歇，我多拉几锄就有啦！"

婶子笑悠悠歇下来，能让天青感到极大满足，锄片子顿时拉得生风。他喜欢给婶子表演，让她看看他有多么强壮、多么仁义。免不了给一番夸奖，也免不了递汗巾和水罐给他，天青就被快乐托得飘起来，觉得苦乏的日月真好，婶子真好，自己真好，连叔叔也是好的了。杨金山活该倒霉，眼看侄子一天比一天勤快，白天做活勇猛，夜里不用招呼就爬起来喂骡子，他竟不加考究地逢人便夸："这孩子晓得事理了，出息了！"确实晓得事理了，但是天青把玩的事理要丰厚活泼些，不像他叔叔考虑得那么简约。天青得到快乐，得到更多的却是忧愁。读书读得生厌，他便迫切地需要行动了，身坯里涌出杂乱的号召，却不给一丝明确的指示，他简直不知道该怎样处置自己的手脚。炎热的夏夜里把自己赤条条地往破苇席子上一摔，翻来覆去地烙饼，手指头不免舞些鬼使神差的勾当。一夜复一夜，不论醒着还是睡着，天青脑袋里乱纷纷的全是破碎的梦，美梦。梦里难言的景象每覆灭一次，他的悲哀就加一层，仿佛在与向往的人和事做永久的诀别。他不相信自己能够确切地完成那件事。在白日梦里做得如醉如痴若颠若狂，在真日子真地界里却根本做不到，他甚至不敢用调皮的目光看她一眼。她终日笼罩着仙气，一举手一投足都引来他几乎没有理由的敬仰。她耳后发丝里那块蜘蛛似的黑痣，让他崇拜了足有半年，以后他又看上了她扭头看东西或说话的样子。不是具体器官，而是一种笼统的神态让他喜欢得不行。每当她由于各种因素扭过头来，那条扭曲的脖子和一高一低的肩膀就让他心灵抖动，想甜蜜地哼哼一下，就像接受温存的抚摸似的。外人没有发现杨天青吃饭睡觉走路干活儿的模样与以往有什么区别,每天从村巷村口过路,总是那几个晒阳儿的老人评价他。今天说胖了,明天又说瘦了且高了,他们似乎把握着小后生的许多体态变迁,然而即使饱经沧桑的人也没发现这个忠厚仁义的年轻人已经走火入魔。只有杨天青明白,自己眼看就要完蛋了。

正在降临的是又一个初秋,天青依照叔叔的吩咐给厢房的火炕整理烟道,不畅通的地方太多,索性把整个炕面和烟囱底部全给刨开了。山墙原本就和烟囱垒在一起,烟膛子一塌,很结实的墙竟也牵连着露出拳头大的一个白洞,透亮了。天青起初没有发现它的意义,他专心致志地清扫堵塞了烟道的柴草灰,直至那个露洞的另一边传来惊心动魄的声音。不知聆听了几秒,他的脸腾一下飞出了红霞,腿肚子抽筋似的抖起来。不知又过了几秒,一个重要的决断迅速完成。他像猫一样从坑凹不平的炕道爬到山墙跟前去,又像贼一样把苍白的面孔贴近可供窥望的神秘洞穴。反应过于敏捷,动作也太露骨,这些都令人羞愧,然而杨天青完全陷入了恬不知耻的状态,只想切切实实地张望一下而已。这个望一眼的欲望已经把他折磨得太久,也把他折磨得太残酷了。他弓在炕角,没有呼吸,没有动作,好像在积聚力量随时准备子弹出膛似的射过墙洞,一下子击中目标。

二

那种声音又持续了片刻,但杨天青什么也没看到。角度有问题。山墙外面是猪圈,也是一家人排泄的场所,人或站或蹲的部位在圈门附近。那个新生的小洞恰好嵌在死角上,只能看到猪圈的一部分,只有猪而没有人的那一部分。天青却不肯离开,头皮和额头因为调整姿势而交替磨擦废烟道的石头内壁，满面星星块块地涂了柴草灰，像一头野性即将发作的恶魔。喷溅的声音还是终止了。接着是肢体伸展和摆弄衣服的声音，再接着是跨越圈门和在院子的石板地上踏踏走路的声音。它没有任何犹豫地响到灶间里去，静了一会儿，又没有任何负担地愉快地朝小厢房响过来了。女人迈进门坎，在屋顶底下炕道上边看到的是个类似山神庙里的泥胎似的东西。天青用直挺挺的脊背抵着那面墙，一条腿压在屁股下面，另一条腿像半截枯树干搭在炕土上边，是个非常仓促也非常可疑的姿态。女人的欣赏不深入，只浅浅地笑了笑。

"咋弄个包公相哩！不会干轻些？"

"婶子……麻地的活儿净了吧？"

"麻棵子生得粗，不好割，还立着小半坡哩！你叔晌午不回来，让我把饭送过去……缸里没水，你歇口气挑一担咋着？"

"我挑……"

"歇歇就去吧。"

"我去。"

"到水泉把脸擦洗擦洗，看脏的！"

"……我洗。"

天青嘴巴子应得利索，就是不能动弹。僵硬的身子已经松弛下来，可墙壁上似乎仍有一只手死揪着他不放。女人疑惑地看看他，以为累煞了，又递出一个微笑便走出去。天青软绵绵地下了炕，没忘记摸一块垒石把那个不要脸的洞洞塞住。担起水桶往水泉慢慢走，老觉得婶子蜜一样的笑里有那个鬼洞洞的原因，羞惭得心都要从嘴里蹦出来了。不久便释然，深感那是个天知地知的秘密，用不着责怪的。等着听到水泉潺潺的流动声，他早把惊恐忘到脑后，并且极迅捷地想着另一种水的音响了。

山泉从岩石缝儿里渗出来，积成磨盘大的水池，又从四周溢出去，亮闪闪地注入谷底的溪流。天青舀满了水桶，然后把整个脑袋扎进透明的泉眼。水很凉，激得头皮和五官一块儿疼痛起来。他像儿马一样嗖地昂起下巴，嗷嗷地吼了几声，听凭脸上的水珠沿着脖子往下淌，打湿他的衣襟和衣领。他撩起袖子擦脸，看见了婶子给他打的补丁，平时不在意，而今却以为那旧布就是花朵，密匝匝的针脚便是奇异的花边儿了。

那天后晌，天青使炕道通畅之后没有来得及干别的。山墙和烟囱的修复推迟到第二天。麻地里有不少活儿需要扫尾，沤麻的池子也没有掏好，金山夫妇一大早便离了院子，剩天青一个人愁眉苦脸地搅泥巴砌墙。不是没干过泥瓦活儿，可这道墙似乎特别难砌。石头跟石头不接缝，泥也稀溜溜地粘不住，瓦刀哆哆嗦嗦地竟险些砍了手背。杨天青止不住心猿意马，可是好歹把该垒的都垒起来了，在工程的细节上还体现了自己的创造。他在猪圈那一边的外墙上钉了五个枣木楔子，把屋檐下乱摆的锈犁、破筐、烂篓统统用绳子系了挂在那儿，透出一种说不上来的合适和整洁。叔叔见了这个发明，不仅不挑剔，反而很愉快地看着吊在半空的破烂，对天青言道："你咋日弄的哩！不赖！多砸几个桩桩，把狗日碍眼的玩意儿全吊上去晒着。"

天青显得过于腼腆，经不住夸奖似的。杨金山和王菊豆都没弄懂，侄子那是做贼心虚，地地道道的做贼心虚。他们让他骗了。他在第一回合就让他的对手吃了败仗。

三天后的一天凌晨，杨天青借助黎明前的昏暗和积蓄已久的胆量，把炕里角靠山墙竖着的粮食口袋往左挪了半尺，把另一条一模一样的粮食口袋往右挪了半尺。他手持瓦刀把一块马马虎虎的墙皮磕了下来。他摸到了像瓶塞子一样的可以活动的石头，形状很熟悉，但他没有立即拔它。这个沉甸甸的阴谋使他不能不谨慎从事，况且那种渴望也让他害怕。公鸡正准备第三遍啼叫，婶子尚未起身，圈棚里有那头猪的酣声。时间尚早，做不做揪心事，还不是来不及细想。天青的思索仍旧没有得到明确的结论，他一边诅骂自己，一边把那块瓶塞子或小抽屉似的石头拔了下来，小股秋风挟着猪圈味道直扑上他的面孔。他什么也不看，倦懒地钻回被窝，捧着脑袋继续思考。他不担心角度问题，那是细心测量过的。他也不担心败露，内孔有粮食口袋掩着，外孔隐藏在装烂棉花的破筐后面，视线的通道是筐壁上的残洞，在外人眼里绝不会察出破绽的。他不担心这些外在的琐事。他疑虑的是自身。如此下作是否对不住美丽的婶子？看一看果真会舒服吗，更不舒服了怎么办？喜欢一个人是否应该只看她的脸而不要冒犯她别的地方？婶子让他看不够想不够到底是怎么回事，莫非前世生了缘分？天青不停地问自己，也为自己找着理由。他的自问远不到清晰的程度，他伏在小厢房光滑的炕席上思绪纷纭，像在脑子里煮着一锅烂粥。他想象老天爷，想象山神，但他们并不打算救他，只有婶子在脑海里亲切地向他招手。

　　杨天青一直合不上眼，听天由命地瞧着正在退去的夜。黑色蓝起来，蓝得不稳固，顷刻之间就淡了白了，一切都清清楚楚地重新回到眼里。

　　北屋的门轴响了几声，没有咳嗽，因而肯定不是叔叔，杨天青箭上弦刀出鞘似的紧张起来。她走到院子里了，打开鸡窝了，走进灶间了，把柴火扔地上了，她朝猪圈这边走过来了，她的腿碰响圈门的木栅栏终于跨到站到蹲到那个奇妙的老地方来了！

杨天青呼吸不畅，觉得自己正在死，灵魂已从脚心逃了出去。他披着一角被子，紧紧偎着粮食口袋，把一只瞪得发麻的眼睛哆哆嗦嗦地向透亮的洞穴逼近。目光穿透山墙和墙外挂着的破筐头，劈开早晨淡淡的薄雾，闪电般地照亮了一个陌生新奇而又无比鲜艳的世界。拥有这世界的他无意中敞开了自己，让初涉而稚嫩的他惊诧于它的高低和它的黑白，且让他为一些形状和颜色而深深迷醉。它不该是这个样子。它理应是这个样子。因为它不可能有比这更适宜的样子。天青终于读到了最隐秘最细致的一页，震惊得眼花缭乱。紧张中得到一些满足，却留下更多的不懂，不懂蔓延开来，使他对自己膨胀的身体也不大理解了。

天青的感觉是饮了一缸烈酒，薄脸皮紫了足有十天。他见人耷拉脑袋，不爱说话，出门进门像飘着一条影子。做活比往日更狠，也更有耐性。金山两口子拾掇一天秋菜的工夫，他一个人去落马岭刨净了小一亩的山药，还把干秧子全数背到猪圈沤了冬肥。金山往清水镇运秋粮换钱，徒手赶一匹骡子。天青背一架粮食跟着他。骡子前晌到，天青晌午刚过也到了，肩上的分量一上秤，比骡子驮的少不上一寸秤杆。叔叔在摊子上买大饼喂他，这不言不语的侄子吞起来就没了斤两，胃口壮得让人不放心。长辈似乎刚刚发觉，眼前的后生至少高出他半头，眨眼间生成一条大汉了。可喜的是性子越来越温厚平和，只是常常愣呆呆地看山看云，心事仿佛很沉重。金山也不去探讨，以为这孩子有些愚木，于做活无碍便无须理会了。他不知道这侄子讨了他多大的牺牲，他当然更不知道在小厢房徐徐展开的那个阴谋，和他最珍贵的一份财产所处的微妙而危险的处境。他实实在在地大意了。

因为劳累，天青睡眠的声音很大，咬牙、打鼾、甩胳膊、吧嗒嘴唇。然而这并没有妨碍他不时地选择一个恰当的机会来重温赏心悦目的旧课。体态轻盈的王菊豆无意地配合了他，而且似乎准备无限期地配合下去。就像村中老人们屡屡到山神庙烧香磕头一样，天青找到了最令他神往的膜拜仪式。他侵入了一个崭新的天地，灵魂也随之升华。他的悟性来自视觉，由饥渴而至放肆，由放肆而至虔诚，最终知道了喜欢一个人不仅是喜欢她裹了布衣的表象，而且要喜欢到丝丝缕缕，包括每一块皮和每一根毛发。天青对婶子的喜欢不知不觉间已经达到格外纯粹的地步，无可挽回，也不可救药了。他正在逐步地忽略叔叔的存在。

杨金山照旧在女人身上磨他的工夫，一如既往地做着关于儿孙的老梦。王菊豆则疲乏了，为自己也为男人悲哀，好在日出日落无比仓促，使她没有多少机会闲散和叹息，她把身心全部交给了维持家业和生命的各项活动，极本分的。

那是些平静的日子。日本人已经败了，山外或许添了许多热闹，洪水峪却没有大的事件。老八团由北山梁翻过来猛虎一样往南岭开拔，路经村子连个短歇都不留，气昂昂地走了过去。民兵队招呼各家备水备干粮伺候大军，杨金山只让天青拎去一桶烧开的泉水，女人想烙几张饼却让喝住了。

"显你家富足？咋就没个心肺！"

他立在道边看那强壮的队伍，看得无趣了，就拦住一个喝水的兵，想问问。

"日本人踏实了？"

"踏实了！"

"真走了不成？"

"滚他娘的蛋啦！"

"……哪个来？"

"啥？"

"问哪个来哩！"

"眼下不是来了。"

八路的下巴上淌着水，晃着大枪蹿出去了。这兵也就是天青的年纪，眉眼生得怪扎实。前妻如果有本领，生一东西给他，总该有这么大了。可惜她竟是个废物。真有这么威猛的儿子，他绝不会送他去吃军粮。终归是没有，什么也没有，想到这一层金山那颗心就酸麻了。扭过脑袋看到菊豆在摸索一个女兵的袖子，肠子里的邪火嗖的一下便燎上了头顶。看她一脸贱气，不确确凿凿也是个废物么？

"给我回家！饭煳到锅上老子宰了你！"

菊豆唰一下白了脸，哆嗦着离开了。女兵或许认为她是儿媳妇，是女儿，然而都不像。一边的蛮横和另一边的驯顺完全昭示了一种关系，那是乡野亘古难变的牢固组合，任何力量都无法摇撼它的。

天青扎在人堆里，用充血的眼睛盯着他的叔叔。婶子屈辱的背影伤了他的心，连老八团新奇的枪炮也无意端详了。

"咱们看谁宰了谁吧！"

他在心里把这个怒吼扔给他的叔叔。她是他的神。看哪个敢碰她！十七岁的杨天青顶着一颗亮晃晃的秃头，准备一跃而起了。

"天青，有啥看头儿？家去喂喂骡子，先到老乔家把借的簸箩讨回来。娘的，别人的家什咋就使不够，不开眼的东西们……"

天青听到叔叔的吩咐，不知怎么就软了下来，刚刚挺起的劲道一下子就泄了。他乖乖地绕进了村巷，去完成家长的指示，模糊地想着那张受惊受辱的俏脸，胸口有些疼痛，眼底也悠悠地涌起了大股的潮气。

他仍旧是个孩子，里里外外都是。

平静的局面一直维持到土地改革。世上不乏因祸得福的人，小地主杨金山却是因妻得福。卖掉二十亩好地换来一场二婚，最初多少也心疼，做梦也没想到此举使他失去了做地主的资格。婚后在女人身上贪心了些，为了迟迟不来的儿子付了太多的力气，家业不仅没成长反而生了败相，这又使他连富农的成分都攀不上去了，小地主摇身一变成了上中农，这福气能说不是女人换来的么？远在史家营的老丈人却倒了血霉。杨金山付的一大包银洋让王麻子悉数购置了田产，没舍得吃没舍得喝，拘谨的家道眼看着一天天殷实起来了，万不料眨眼间就成了罪孽累累的恶人。史家营传来些吓人的消息，说是分地那天老地主王麻子昏了头，抢着一根镐把奋起保卫他新生的产业，结局是让人吊小鸡子似的拴到一棵核桃树上，大扁担拍得暴响，把一条老腿砸得摸不着成段的骨头，有出气没进气地翻开了白眼儿。事情说大了，但王麻子让一伙贫农揍断了腿却是真的。王菊豆过不几天悄悄赶回去探望了一次，白发苍苍的老爹已经有缓，而且似乎终于醒过味儿来了，把上中农杨金山骂了个狗血喷头不亦乐乎！

"狗日的！我霸了谁？他才是恶霸哩！他霸了我的亲闺女……你他娘害苦了我啦！"

王菊豆肿着眼窝回到洪水峪，让细心的村里人一连几夜听到哀切切的哭声，听得最愁闷的自然是小厢房里那个多情的家伙。金山劝了头一夜，第二夜已经不耐烦，再一夜便狼嚎似的叫骂起来了。

"号不够！你爹死了我给他发丧，有你哭够的时辰！不中用的东西……你有脸哭？"

天青伏在炕沿上，把暴虐的咒骂接过来，一句一句地塞到嘴里咬碎了吞咽。他不明白叔叔何以生那么大的怒火，然而话里藏的一些意思总算嚼出了味道。他帮不了她的忙。他诧异那么美丽的身子竟然不能孕育，更诧异叔叔压迫了那美好的全部却仍旧欺侮她、呵斥她。到底是怎么回事呢？

传来一些撕扯的声音。啪的一响，像是嘴巴。听婶子低低的呻吟，是嘴巴无疑了。天青猫似的一骨碌从炕上爬了起来。又静些了。叔叔不言不语的似乎在固执地做什么莽事。

"他叔，可怜我！你就让我歇过这几天吧，我哭得腔子里没东西啦……"

"闭嘴……我剁掉你！"

"他叔……"

"随你！随你！杨家我金山这一脉迟早断在你手里，你个害人的精怪呀！早知道我那二十亩地就喂了狗，换驴换羊也强过你！"

"……他叔！"

"狗日的，你存心让我家断子绝孙不成？我土埋脖子了，还怕毁不了你！……亲亲哎，你给我上心些吧……"

一阵乱七八糟的响动过后，婶子悄无声息，叔叔却一边咳嗽，一边压着粗重的嗓门，竟抽抽搭搭万分伤感地哭起来了。天青蹲在厢房门口，以为自己的耳朵出了毛病。

静了。睡了。大北屋像一座坟，夜色是无边的坟场，星星是茂密的鬼火。天青钻进被子，觉得是躺入了棺材，四周散发着腐烂的气息。是猪圈的脏味儿正灌进来。他想到墙上那个别别扭扭的破洞，也有哭的念头。继而想到隔壁那头猪睡得是那么平稳大度，就把涌到喉头的哀声咽回了肚子。他咬着牙，要给自己争口气似的。睡梦中的景象黯淡了，早晨醒来，他的话比往日更少些，看人看东西的目光露出凶狠的颜色。长辈和同辈们在村巷里遇到他，得不到多少问候和亲近，都说这后生让他亲叔使唤呆了，像金山一样成了不合群不入套的怪人。有眼光细致的出来提醒，说他从小心事就多，灵巧劲儿跟全家一块儿葬在玉石沟里了。这是个不敢随便招惹的坯子。然而老人们觉得孩子委实可怜，金山待他应当公道些，不该丢下活儿让他死做。像牲口一样累他，多壮的人也要木讷了。他们不知道，做活的时候天青最愉快，常人承受不住的劳顿能够使他忘掉一些事，恨和梦想也随之淡些。有人填喂草料，做一头像青骡子一样的牲灵也是不错的。天青是金山家的牲口，他自己明白。王麻子的女儿是金山家的另一匹牲口，他同样明白。他愉快而冷静地做活的时候，把这些明白按在心里，等待那个暂时还看不见的爆发的日子。骡子能踢死人，桑峪不是有个给大户放马的光棍儿被踢死了么？老八团一个号兵不是让缴获的东洋马踢伤，最后死在去南岭的路上了么？这并不是多么困难的事情。

三

漫长的冬日里，天青赶着叔叔的宝贝骡子去清水镇拉脚。不是第一年做这个生意，熟门熟道，叔叔已经不担心骡子会有什么闪失。叔叔端着一碗薯干酒，一边喝一边数给他几个小钱，看着他怎样费劲儿地把它们塞进腰里。金山苍老了，眼神儿却依旧精明。放走了天青，宅院会冷落，但是这对他长久而无效的努力可能要好些。他到黄塔李大仙那里给自己也给女人抓了药，还没吃已感到身子里骚扰着旺盛的阳气，可以放心地收拾那盘热腾腾的火炕和那个冷冰冰的娘儿们了，白昼也将失去忌讳。他催促天青快快上路。

婶子担着水桶送他到村巷里，不知怎么就伸手在侄子的棉袄上捏了一把。天青靠着那匹青骡，目光晕晕乎乎地停在女人小巧的嘴巴上，似乎怕它张开而露出细碎的嫩牙。他是想摸她一摸的，这个从未实现过的愿望每一次分别都来强烈地袭击他，他不知该怎么做。如果她知道几年里他怎样熟透了她的身体，还会给他老母似的关怀么？她又捏了他袄袖子一把，村巷里没人，天青的两条腿哆嗦起来，狠狠地扭着缰绳。

"太薄啦！来年让你叔叔多花几个钱，我给你厚扎扎絮一件……这衣裳怕要冻着你哩！"

"我结实，冻一下就冻一下。"

"揽不到活儿早些回来，外头生人生脸，咋也不如家里。"

"……记下了。"

"挣了钱多花几个在吃上，你叔叔他人贪，你带回一驮子钱来也喜不了他。吃饱了身子要紧……记清了？"

"记清了。水泉有冰，婶子你担水留心着，看跌了筋骨……我走啦。"

"走吧。遇上恶人长个心眼儿，别让他瞒哄了。别惦着你叔，家里有我哩……"

"记下了，我记下了。"

天青眼里的火苗让婶子低了头。这小火苗见过多次，哪一次也没有燃起来，像一根太潮的木炭。烧不出旺火，彼此间就永远看不出各自胸怀里藏的是什么东西。他给她的是侄子的憨厚，从她那儿得来婶子的贤惠，而这些都凑不成他想要的那份炽热。匆匆上路的天青，心里装着的除了凄凉，还是凄凉。青骡子愉快地在前头走起来，他把鞭子搭在肩上，像是被骡子拖拽着离开了冬天的洪水峪，冻硬的山道也缠绵得似乎没有尽头了。

天青给铁匠铺驮煤，给粮栈运谷子，也给迎亲的外乡人送喜箱喜被喜衣服。最好的生意是配合新政府的干部调动，那些山外人骑牲口到偏僻的地方任职，从骡子上爬下来的时候往往塞了太多的钱，使他惊惶而不好意思，好在一五一十还数得清楚。白天拖着两只冻脚陪骡子走山道，晚上在大车店的炕上喂虱子，容不得多少奇想，然而那张脸和那条身子却是每天都要看到，并且反复揣摩的。冷冽的寒风里，她的肉身为他开一朵大丽花出来，让他恍然嗅到春天的甜味儿。

天青在腊月的雪地里忙碌，他的叔叔却命中注定地陷入了一种疯狂。是从哪一晚开始的呢？人们最初以为是狼的声音，越听越像，再一听又不是了。太阳出来，有人看见菊豆青了一只眼，肿得像个生南瓜蛋蛋，去水泉担水时一走一跛，不是脚坏了便是腿坏了。静了没几夜，狼羔子一样的惨叫又从金山家的大北屋张扬到村子的上空，人们就不忍心再听下去了。

妇委会一个娘儿们委员在村巷里拦住金山，往他铁青的脸上喷开了唾沫。

"菊豆咋了你啦？你杀她不成！"

"我的娘儿们，要杀要剐随我！"

"啥社会了？糟辱娘儿们斗争你！"

"好歹日不着你……"

"狼的你！揪出来尿泡脲的看看，你还是个人，你鬼金山还算个人？"

老娘儿们嘴快，可赶不上金山舌头毒。他眯着小眼儿，一嘴黄牙不怀好意地龇开来，丝丝地吐出辣气。

"美他娘的胎！你男人咋收拾你来？头发毛让汉子扯着满街拖死狗，是哪个？先把你男人撂躺下再来拾掇我，你听清了？"

"……你个鬼呀！"

妇委会的娘儿们落荒而逃。村里的头面人物也来呵斥他，他佯装一副哭相，要紧的关节就不软不硬地甩几句，多有理的嘴也让他冷不防给噎住了。他的理由反倒占了上风。

"你孙子抱上了，扯啥清闲？你家娘儿们裤裆利索，不是我的。妥妥捣鼓你的去！我断子绝孙不碍你们的事，不中用的娘儿们给了你，看你能咋着？！"

"你揍她能揍一个出来不成？"

"看看吧，揍出个活的，我给她做猫做狗，揍不出活的，图个乐子！我亏不亏？老子一辈子白活亏不亏！"

"打坏了，村里有法子治你！"

"崩了我才好！我活够啦……"

话说到这个地步，金山竟能弹几滴眼泪下来，别人也就无话，觉得不可妄猜他的心地，无子无后到底是大悲哀，可恶中便有了可怜与可恕了。

腊月将尽时节，杨金山张罗杀猪的家什。好篓子好筐都盛了别的物件，他就想到山墙上吊的那个烂筐，以为装个猪头和一团下水是足够的。他举着锄把子将它挑了下来，无意中见了那个洞。他不认为那是个有卑鄙意味和侵略意味的洞穴，一块墙石歪歪扭扭塞着它，看上去不过是一块剥落的墙皮罢了。它剥落的部位是那么奇巧，竟没有引起他的疑虑，可见人的警觉多么有限，而人的提心吊胆和战战兢兢是多么没有必要的。大约是那块墙石塞得有点儿慌乱有点儿歪斜的缘故，金山不想让它掉下来，于是多此一举地跳上厢房的土炕，要把它摆弄得顺眼一些。每年都和天青抬着秋粮爬到这个地方，他不曾注意墙角落有什么缺陷。天青怎样费尽心机地掩护了它，又如何数百次成功地利用了它，是与他完全无关的谜。他在前台，天青在幕后演了些什么，向来不知道，似乎也没有知道那些古怪事情的眼力。他心平气和地拔掉了抽屉似的石头，把眼睛凑过去，不由得大吃一惊。不是有所醒悟，而是在蚀空了墙灰的石头缝儿里发现了一堆嫩红的小老鼠，崽子们扎堆得蛆一样，让他看了肉麻。他伸手把它们拨拉到猪圈里去了。气急败坏的样子让人疑心他在嫉妒老鼠子孙的兴旺。如果此时王菊豆恰好在猪圈里蹲着，可能会启发他的智力，给他一个明白。但是墙外没有人也没有声音，他就认定了那洞无非是一个洞，不是人为而是老鼠制造的。离烟囱近，离粮食也近，的确是个不愁饥寒的好去处，老鼠的行为和金山的判断就这么天衣无缝地契合在一起了。他毁了它们的好梦，到底胜了它们一筹，输掉的是什么，他和老鼠有着一样的无知和茫然。

　　腊月二十八，在外拉脚的杨天青返回了洪水峪。溪流上肿着宽厚的白冰，骡子踏上去砰砰地打滑脚，他小心地把它牵过去，没走几步就发觉水泉那边有双眼睛在看着他。他松开缰绳，绕着结冰的石头台阶慢慢向她走去，她把花布罩衫扔到水泉的冰洞里，两只紫胖的僵手在胯上腰上搓来搓去。她抖出了一线微笑，下牙露出黑晃晃的豁口，少了一颗，不止一颗，她的笑已失去往日整齐的模样。他站住了，又在她白白的额上见到一块青伤，在她粉粉的腮上盯出一块鼓出来的紫肿。他眼神儿零乱起来，知道他不在的日子家里出了大事，那个哀笑把底细透给了他。

　　"天青……咋不捎个信儿就回来了？"

"都是西水那边的生意，见不着熟脸。婶子，你这是咋啦？"

"初五回史家营，洗洗衣裳，脏了半冬，看娘家人笑话我……你先家去吧。"

"你的脸咋啦？"

"没啥怜惜，自家不长眼，担水叫冰滑跌了，我洗净了就回去……你叔他杀猪哩！"

"说妥了来年杀么，咋又急了？"

"杀了好。日子咋过也是个过……"

"你的牙磕崩了？"

"我把它吃到肚儿里啦。"

婶子想笑笑，却突然红了眼圈，两汪泪冻得颤颤的不肯掉下来。天青找不到话，跨过去要帮助把冷水里泡的衣服拎上来，让婶子拦住了。两只手碰了婶子冻红的胳膊儿，鼻腔里不知怎么就泛起了酸楚，心也疼得缩紧，目光死死地留在那些伤上。

"看你瘦的，这一下有肉吃啦！听听，那猪哭它的命哩。"

婶子说着便低了头，大颗的眼泪终于冰粒子似的砸进了泉水。那头猪高一声低一声地号丧，天青迈进宅院，发觉它已经在小炕桌上躺好，除了开开合合的张嘴，绳索完全地固定了它。它用最后的力气给自己唱着暴烈的挽歌，叔叔站在它脑袋旁边，在袄袖子上得意扬扬地慢悠悠地蹭着那把刀，让它唱得尽意些，长久些。叔叔整个人在天青眼里显出了十二分的毒辣和野蛮。他敲掉了婶子的牙，伤了那张俏脸，还不够，还泄不掉杀气。他急等着见血的样子，让天青看了呕心得慌。

天青拴好骡子，别的不干，先把钱递过去。叔叔将一叠花花绿绿的纸币抓在掌上，没做什么表情。

"多少？"

"你数吧，就这些。"

"歇歇脚，尽早帮我拾掇了它。"

"这猪没起膘哩。"

"人也要膘不是，让它养养咱吧！"

"杀了可惜。"

"你不吃咋的？达摩庄来人说西水那边有劫道的，没撞上吧……那骡子咋看着瘦了？"

天青不声不响地走进了小厢房。都瘦了。人瘦猪瘦骡子瘦，叔叔的老脸长刀似的，瘦得近乎走形。鬼知道他都累了些什么，暖暖的冬炕竟蹲不起膘来。

"你干啥去啦？赶集了不成？一件烂衣裳就涮不够！瓦盆藏裆里了？快找！等着盛血哩。整日哭咧咧的，我拿镐把子抢你！还不快些，你抬脸看看日头。"

叔叔这是跟婶子说话么？天青蹲在厢房地上，脖子上的大筋一勃一勃地弹起来。他在外奔走的时辰，家里确乎出了事了，婶子身腰如旧，可见还为那件老事，但叔叔的口气里有往日不曾流露过的厌恶，似乎那女人是个必须切齿痛恨的仇敌，要随时准备给予殴打。

叔叔在吆喝，用刀面啪啪地拍打那头阉猪的肚子，逗得它更高亢地啸叫。尖刀不理会这个虚张声势，在空中划了美丽的圆弧，笔直地沿着脖腔刺了进去。猪哽咽了一下，留出片刻停顿。天青按牢晃动的猪头，无意中抬眼，看到婶子散了架似的弯下腰身，竟瘫坐在北屋的门槛上了。快刀嗖一下抽出了血浆，在瓦盆上呼啦啦溅出了黑红的扇面似的瀑布，门槛上那张脸映照了生动的血色，显出死一样的苍白。猪发出奇大的惨叫，不久便衰微，旋即转入一种乐天知命的安详。叔叔傲然地觉得那红水淌得有失汹涌,复又挺刀直进,扎进了湿淋淋的血口子,在心的位置上横翻竖搅,把拳头和小臂浇满了滴滴答答的红粒子和红条子。叔叔还笑,扬着亮晶晶的额头招呼女人来给他抹汗,抹净了又吩咐将薯干酒斟一盅端给他喝。女人软得持不稳八钱酒,哆哆嗦嗦地把酒喂到他胡须上,一会儿的工夫,又喂到下巴上去了。叔叔居然不恼,摊着两只吓人的血爪子哧哧地笑起来。暴虐的杀害使他尝到十足的快乐,目光里胀满了陶醉,看猪看人几乎不存什么区别。天青的后脖颈触到了飕飕的冷气,眼中的婶子也抖得更加分明,好像头发上缠了一只手在不快不慢地摇她,筛她。

猪头齐轧轧地割下来了,天青端着它,看看它的眼,脱离了肉身,眼却开着,嘴也开着,舌头上淌出了一些粉红的气泡,给他的手指涂了更多的黏腻。他让火燎了似的把它扔进了破筐,这个盛器让他盯了很久。他恍惚领略了腾腾杀气中的一个原因,不敢肯定,就牢牢地监视那把刀的走向,在猪的尸体上摆出更凶的样子给叔叔看,险些将一条猪腿活活地扯下来。他殷勤地配合了叔叔的杀伐,又示威似的将前裆的两只蹄脚咔吧一下劈裂,惊得掌刀人连连唏嘘赞叹。

"小子,有劲道!"

"天青,让让!看刀闪了你……"

天青不肯罢手,甩了小棉袄,揽绳索一样抽出了一团大肠,水灵灵青鼓鼓地绕了粗臭的一臂。举止虽然残忍,悬着的那颗心却悄悄降下,晓得叔叔的逞威不是对着自己来的。然而婶子身上依旧缠着一只手,固执地摇她,筛她,使她不能翩翩地行路。似乎她的筋骨和魂灵已经跟随那头畜生一并给人杀掉了。

红红白白的肉朵子在屋檐的铁钩子上冻了起来,溅了血的宅院再度清冷。除夕晚上,肉吃到嘴里来了,天青用舌头把软嘟嘟的白膘子卷到肚子里去,仔细地端详守着炕桌的另外两个人。婶子吃得很小心,缓缓地以牙齿切割,半天不曾咽一下,叔叔的嘴发出连贯的吐噜吐噜的声音,像吮面条一样将大块的肥肉吞下去,他饮酒时嘴唇的动静活似转着一根干燥的门轴,吱吱呀呀响得十分古怪。眼看吃得差不多了,叔叔竟然摇头晃脑地哼哼起来,没完没了地重复着一个意思。

"我那亲娘哎!"

婶子挪他的酒杯,他很清醒地一把夺了过去,潮湿的小眼睛一眨不眨地盯着屋檐。

"我那念儿疼儿的娘哎……"

晕乎乎的似乎要唱,只是找不到一个确定的调子,便用两只干枯的大手啪啪地拍击大腿和膝盖。

"我那打了儿骂了儿蹬了腿儿的老娘哎……睁眼看看你的绝户儿子吧……娘哎!"

除夕的灯影里面,飘荡着烧不透的煤油味儿和啪啪的拍打大腿的声音。天青吃不下去了,肚子里的东西急着要翻上来。

半夜时分,睡在厢房里的天青猛然听到一声尖号。不像人,可也不像狼,他扣在枕头上紧张地分辨。等新的一声号叫传来,他终于判定那声嘶力竭的是他婶子,惨号后面扩展着是他叔叔无声无息的绝望,和一种非人的残酷的暴力。

天青摸出厢房,光着两只大脚潜到大北屋的窗户底下。他像惯于夜伏的猛兽似的蹲在黑暗里,两眼霍霍地放光。他记得斧子就在台阶附近,剁猪蹄时用过的,悄悄摸了一遍却没有。还要摸索,光脚适时地踩到了镰刀柄，冒汗的大手哆哆嗦嗦地抓紧了它。

"他叔……你要拧死我啦……"

"祖奶奶！你舒坦了吧？我日你祖宗十八代，这一回你可舒坦了吧！"

"……我不活哩！"

"便宜！你个掐不死咬不烂的货！叫……你叫……还叫不？我整不软你我就不是个人！我日你……"

不知施了什么手段，女人的半声尖叫让个软软的东西塞住，化成唔唔吭吭的混沌。炕沿上又发出咚咚的撞击，似乎在揪着一颗脑袋游戏似的磕着了。叔叔得趣地大喘，在炕席上不停地翻来覆去，就像不停地掀着一条装满了粮食的破麻袋。

四

见识浅薄的杨天青脚掌冰凉，不知如何是好。当他确信听到了笤帚疙瘩或烧火棍在肉上的抽打声，满腔怒火再也无法按捺，发疯地抡圆了粗壮的胳膊，把整个身子都带得蹦跳张狂起来。镰刀削掉了悬在屋檐上的一块冻肉，又闪电似的舞出耀眼的白光，狠狠地锛进了北屋的榆木立柱。屋里霎时安静，打的声音和挨打的声音都不响了。

"……谁？"

天青不答，脚下石板地的冰凉已经穿透了他的身子，心和脑袋一律变得僵硬。

"谁？"

"……我。"

"天青么？"

"……是我。"

"骡子喂了？"

"喂了。"

天青挪着光脚，眼珠机警地转动起来。

"婶子病了么？"

"没啥……心口疼，想是吃差了。"

"别是急症吧？我到黄塔请人来看看好不哩？小心耽误了。"

"不着忙……这阵儿踏实了。"

"我去睡啦？"

"……睡吧。才是啥东西响咪？吓煞。"

"黑灯瞎火的，谁知啥哩！"

天青回到厢房，怎么也睡不稳，在炕席上盘着两条腿想心事。没有扳下那柄镰刀，是想让施虐的人仔细看看它，让他明白到底是榆木桩子硬还是自己的脑壳硬，再向女人下狠手时也好掂量着些。往深处思谋思谋，又觉得这个警告不太牢靠。他担心超出侄子的身份，给叔叔找到把柄，更担心女人有所提防，将他视为心术不轨的歹货。后半夜，忧心忡忡的杨天青再次溜出去，从房柱上撤下了镰刀，把削到地上的那块猪肉也抛向屋后邻家的旧房基里去了。他先前的愤怒已经无影无踪，甚至希望宁静的大北屋再生出惊人的响动来。什么也没有。只有两个人一促一缓一壮一细的睡声吹在灰白的窗纸和窗棂上，在窗外人的心里勾出无可名状的欲火和空虚。

那年洪水峪成立了互助组。那年发生了许许多多的事件。大年初一的凌晨，杨金山的侄子杨天青在小厢房烧得不热的火炕上辗转反侧，在思想里拥抱一个近在咫尺的女人，直至曙色微明。

雄壮的太阳缓慢地热腾腾地升了起来。

上中农杨金山五十五岁的时候跨进了一生最悲哀的岁月。终于不行了。疯了似的折腾自己炕上的人，全是因为对这个不行有了一天比一天强烈的预感。往地里背百把斤的一篓肥喘得赛过风箱，镐头举不过十几下就腰麻腿酥，都是成人后不曾遇到过的难堪事。无法忍受的大难堪是在被子底下，完满的配合已经做不到，忽一日就连勉强的交接也撑不住了。他乞灵于花样翻新的袭击，试图以淋漓的殴打找回失掉的希望和愉快，它们却更迅速地离他而去，只给他留下一些欲哭欲死的怪念头。随便拧紧哪块白肉，或者抬脚将她自北墙踢至南墙，他觉着那是打着自己。女人挨杀似的抽搐着叫唤，便是替他向不公平的日月鸣冤了。寻死觅活的女人转嫁了他的绝望，他喜欢揍她，专拣她料不到的地方和料不到的时机揍她。她眼神飘忽战战兢兢地在他眼前走过，使他体味到自己的强壮，短时间忘掉那种种的不堪和不行。女人已经不是女人，没有器官也没有韵味，只是干巴巴的一团骨肉，是他下拳脚的地方。他待那匹骡子反倒好些。他待天青也不赖，厚道的侄子日出而作日落而息，比骡子更让他省心。许多把柄滑过去，一向不理会年轻的后生是个什么威胁，更不知道那双眼如何在女人身上狂奔疾走。如果他后脑勺上生了眼睛，或许会看清侄子那张木呆呆的脸面，上边写满了要杀掉他的意思。谁在谁的掌心里攥着，两个男人里至少有一个还在糊涂着。事情外边的女人，则是长久地糊涂着了。

春天一个日子，一家三人在地里间苗，山梁上悠悠地荡着暖风，扫得人身心困倦。菊豆中途回家做饭去了，叔侄俩一前一后蹲在棒子地里，很细致地做活，使零乱的青苗群渐渐地疏朗整洁起来。叔叔不耐做，不到晌午就歪到地边的草地上，昂着下巴晒开了老阳儿。

天青蹲在田里不肯歇，叔叔就隔远地跟他说活，一边说一边用痰水去淹草坡上乱爬的蚂蚁。

"天青，桑峪那个大脚娘儿们见过没？"

"见过，姓张吧？"

"张家的老寡妇……她是媒婆子。"

"知道。"

"我前天里在老乔家见她咪。"

"唔。"

"她扯天扒地要给你说一个。"

"……谁？"

"没吐口就把她回绝啦。"

"嗯。"

"我养你这些年，叔的难处你心里怕亮堂着哩！做谁的儿随你，做哪家的姑爷随你。好歹是我兄弟的种。家里日子紧巴，日后宽畅了，你想咋办就咋办……你说哩？"

"说不来……没想过。"

"踏实干一年，看明年村里肯不肯给咱家分户。你自己单过遂心些……我给你钱办事，多了少了的别怪你叔。你叔白活一世，留什么也没用场，早晚都是你的哩。"

"我另立户自己挣，你的留给婶子吧。"

"给她不顶给了畜生！我前脚走她后脚就得招一个来。我金山的血脉断就断自己手里，断她手上我咽不下这口气！狗日的咋还不送饭来……把他娘的狗腿当柴禾烧了不成？"

金山爬起来瞭望蛇一样绕在山岗上的小路，白白的道上没有人，只印着稀落落的树影。晌午过了，日头有些歪，影子也悄悄地倾斜。

菊豆的青袄终于从岭后闪上了空荡荡的石路，张皇地向田野滑过来了。金山呼一下弹起身子，见了猎物一样向来人扑过去，把她截在远远的一个山凹里。天青没有跟上，紧张地站到高处，想看得清楚些。听不到叔叔在吼什么，婶子一味地后退，已经退到草地上去了。天青看到装吃食的小篮子在坡上滚，接着看到婶子在坡上滚，叔叔跳大神儿似的追着踢着。叔叔咆哮了片刻，在婶子背上踹了最后一脚，便匆忙地蹿回道路，一股黑风似的往村里卷去。婶子低头坐在草里，长久地抚着脊背，又踉跄地去寻找滚跌了的小篮子。天青把狂乱的心跳压稳，要把看到的这些都忘掉。等女人将吃食送到地边，在背后哀哀地隐泣抹泪的时候，他正装模作样地伏在半尺来长的苗丛里，仔细地清除争肥争地的废苗子和长势迅猛的杂草。他只给她一个沉默而无言的脊梁，半天不肯转身。女人泪眼蒙眬地看着他。

"天青……吃了再干……"

"你先吃。"

"……我不吃啦！"

女人猛烈地抽搭起来。天青停了手，看着脚下的地，还是迟迟不肯回脸。

"你咋了，婶子？"

"天青……我把话先撂给你，你叔他迟早杀了我！日子没得过了，你见啥听啥给史家营捎个信儿。别拦他！让老东西杀了我吧……我不指望活哩……"

"我叔他脾气赖。"

"他可是个人？你叔他可是个人？我屈呀！天青，我受他的你也受他的不成？亲侄儿哎，你跟婶子交代交代，我在你们杨家可怎么活？我迟早给他打死，我受不下啦……"

婶子噎了气,哭得十分艰难。天青抱着脑袋,找不到妥帖的话说,想做的事只有一件,就是跑过去把不幸的女人揽到胸口,让她滔滔地哭个顺畅。头一次听到她悲切的倾诉,竟有这么多话给他,使他明白女人离他不远,伸手便能抓到,也使他更恐惧地游移于侄子的本分,不知道后面等他的是些什么。

眼前的黄土点点滴滴地湿润起来,已经更没有法子去看她。背上热辣辣地燃着一堆火,想必是她红肿的眼在看着他了。

"天青……趁热吃吧。"

"就吃。我去一下……回来就吃。"

他佯装解手,匆忙地翻过棒子地前面的山包,找棵桦树靠着蹲下来,眼里憋的水唰唰地泄到脸上和衣服上。他撞那棵树,咬一块桦树皮含在嘴里,把奔涌的悲声完全地堵回肚子里去,一点儿也不给她听到。他深深地触到了一种奇大的悲惨,是她的,也是他的。

金山不见踪影。他打女人的借口原本是因为送饭迟误,女人告诉他骡子卧在槽里不起身,也不吃东西,他的借口就换了一个,只是打得更充分也更凌厉些。女人伤了腰,间苗时用着半跪半趴的姿势,天青没有表达什么,殷勤的只有那张笨嘴,歇歇吧歇歇吧地劝阻,声音倒比往日更添些冰冷。这冰冷首先给自己来感觉,不这样就挡不住自己,因为整整一个后晌都在酝酿要不要把不听劝的女人拦腰抱起来,抱到棒子地外面去。决心下了一百次,毁灭了一百次,只徒然地磨着冰冷的嘴唇。女人在他的声音里得到安慰,不在乎那些刻意的冷淡,因为他潮湿的眼睛及里面不褪的红色已经在热着她的心,并且暗暗地品味着了。

骡子果然得了急症,金山在它腹皮上按到很大一个软包,疑是绞肠痧。等不及娘儿们和侄子下地回来,就闭了院门,将摇摇摆摆不肯走路的牲口牵离了村子。晚饭时辰，老乔家来人传金山留的话，说是到达摩庄请人医治，治不好就去桑峪，一时回不来的，叮嘱趁着天好早些把苗子间出来，园子里的菜早晚留意些，小心让哪家的猪崽子拱吃了，等等。来人又咻咻地笑了，告诉菊豆和天青，金山走时满脑袋流汗，摸牲口肚子当口像是有泪掉下来了。宝贝要死了，金山怕也活不成。菊豆听到这个玩笑只咧了咧嘴角，天青什么反应也没有，闷闷地喝着玉米粥。叔叔今晚不回来了。院子里只有他和婶子了。他的全部思想都停留在这个从来没有遇到的事情上。局面来得太突然，不能肯定往日是否渴念过，有些怕。撂下碗筷，见女人出来进去走得很轻捷，怕得便更狠，暗知在无数的夜晚里，自己早就无数次地把这种机会设计操演过了。

"踏实睡，用不着三更伺弄歪骡子啦！"

"婶子，喊我起炕……赶早把菜地浇浇，我睡得贪。"

"踏实睡你的，你啥时候睡过整觉？他不在了你还怕啥？"

"起早浇了吧，看他回来找啥话说……我是累惯了的，干一事少一事。"

"你就是个木头。"

婶子拾掇了鸡窝，站在院子的月光里，脸上融着灰灰的一团，天青辨不出那上面松了捆绑的浅笑和柔情，是不是有他要找的意思。她嗔怪他是个木头，是怨他呢，还是唤他呢？她要唤他完成一件事情么？婶子嘱他早早歇息，便轻巧地移回北屋去了，闭紧的门给天青丢下一个庄重。他踅到厢房，把木头甩上炕席，指肚儿摸来摸去，要剐掉这木头上的羞惭和胆怯，让它如他所愿的那样活泼起来。北屋油灯灭了，他屋里那盏灯一直就没点。不知躺了多久，想着如何站到北屋台阶上，又想如何对付那两扇黑门。步骤很完全，然而每

伏羲伏羲 | 113

想到走进门去，思绪就纷乱颤抖不止，阴谋和勇气也随之一塌糊涂了。他拉住夹被把自己紧紧捂了起来，连脑袋也一并捂住，终于退缩了，没下炕，没进院子，没上台阶，什么动作也没有。木头和苇席棉被长成了一体，沉沉地入了梦，不再忧愁梦外的一切。有心去梦里演习他的计划，然而悠悠地就是不见花朵似的那片身子，倒恍惚看到一个不相干的人，搂着一匹骡子哀哀地哭泣，踢它踹它也不走，拎了斧子砍它，胳膊却举不起来，满世界轰轰地响着流泪的声音和吧嗒着嘴唇舔泪吃泪的声音。

天青醒了，手在被子里寻找丢失的斧头，找不着，哭泣的声音却依旧持续着。窗外有人，他霎时惊住，看清了与梦里不同的情况。刚刚撩开被角，抽泣便迅速消失，北屋的门轴远远地低低地叫了一声。月光很白，铺了青石板的院子像一池水。天青在窗户上趴了半天，仰身倒回枕头，疑心自己是迷了梦了。却又不信。耳朵是真切的，心也是真切的。却还是不信。事情无论如何不会这个样子。是他想这么做，做不成，因而恍惚了。梦见看见听见了那么多，全是因为脑袋有些发颠。人颠了什么都能看到，叔叔有一回不是看到爷爷了么？爷爷在圈里拉了一摊东西，去灶间掀掀锅盖，又给骡子抓了一把黑豆，就走了。叔叔亲眼见来着，只是没敢跟爷爷说话。自己刚才找了半天斧头，在窗户上见了婶子，全是招了颠的缘故，跟叔叔没两样的。天青安慰了自己，却一夜不曾睡稳，早早地爬起来，看着晨光里直挺挺的顶门棍发呆，顶它是防兽防风，一向如此，现在却使他生了气恼，怪自己昨晚为什么不留个疏漏。再想想，又看出这气恼没有道理，便拖着困乏的身子到园子里浇菜去了。北屋闭着门，婶子还睡着。他怕看到她，却未想她是不是也怕。如果两个人相互怕起来，这宽敞的院子就没法子待了，直到把水引进菜地，稍稍清醒的杨天青才动了这个念头。不等他叹气，婶子清凌凌的声音已经从村巷里鸟叫似的悠出来，在招呼他归家吃饭了。往日也这么叫，却从来没有如此悠扬。天青愉快地抬起头，在溪流对面的山岗上见到了起伏的绿色，又在绿色上面看到了一幕干干净净的蓝色的天空。他也想叫一叫了，觉得悠扬的叫会使他生出两扇翅膀，舒展地飞到山谷的早风里去。

这是春天里无比晴朗的一个日子。太阳很好，风也很好，小溪流在很好的风和阳光里汩汩地奔波欢腾，给弯曲的山沟绕上了一条清亮的白光，给洪水峪奏出了不停顿的美妙声音。在同一片温暖的阳光下，杨金山的侄子杨天青和杨金山的妻子王菊豆迈进了落马岭附近青苗茁壮的棒子地，而杨金山本人则牵着病入膏肓的爱骡在由达摩庄至桑峪的山间小道上艰难跋涉。人人都怀了希望，希望人人不同。杨金山的思想已经被牲口占据，对亲人布置的陷阱视而不见。即将失掉贞洁的女人则无所畏惧，暂时忘记了沉重的不幸和悲哀，把近乎淫荡的快笑抛在山花初绽的山岗上。年轻后生伴随着暗自思恋了多年的妇人，在阳光一样明媚的笑声中解除了最后的禁锢，奔向他朝思暮想的神奇境界。

事情从这一天的晌午开始，断断续续地持续到黄昏骤降，随后便依照通常的节奏进入了一个长达几十年的不可思议的漫长过程。那个暖洋洋的晌午是个竖纪念碑的时刻，也是个挖掘坟墓的时候。他们把该做的一切都做了一遍，从而晕眩了。

事情没有明确的起因。只是空前愉快地干了一前晌农活儿，彼此说了许多话，当然都是不太相干的话。然后面对面坐在草坡上咀嚼从家里带的干粮，从同一个葫芦模样的器具里斟水喝，用的是同一个瓷碗。腌萝卜粗粗的也只一根，两个人各咬了一边，留着不同的牙印儿。不久便咬乱了，你嘴里有了我的，我嘴里也含了你的，传递了几次，女人竟叼住别人的那一边长久地吮起盐味儿来了。饭吃得越来越没有滋味，滋味已经渗到了别的地方。天青鼓着两只眼睛，近乎呆傻地盯住几株刚刚被踏倒的小草，看它们如何顽固地重新弓起了身子，看它们碧绿的伤口如何缓慢地溢出了黏稠的浆液。当它们挺立如初的时候，他立即伸出大脚再一次踏盖过去，脚心里几乎生了疼痛的感觉，似乎有一把绣花针在轻轻地刺上来。

五

女人的腮里滚着食物，风吹细了她的眼，阳光在她丰润的皮上跳动，她的红唇上装饰了几颗食物的残渣，墨发周围有一只不知疲倦的昆虫在飞舞盘旋。

天青的喉咙里无端地涌出大量唾液，像陈年的薯干酒一样燎着他的舌根。

"婶子……"

"啥？"

"昨黑间害梦害煞哩。"

"梦爹咪梦娘咪？"

"梦……梦着婶子哭。"

"我哭？咋着哭？"

女人把红红的笑脸转给他，隐了许多意味，他却不看，只端详那张脸下的几个部分，目光起伏错落。女人的见识毕竟老成，况且昂亢的水准并不在他以下，又自恃握了操纵的力量，便清清楚楚地包抄起来。

"天青，你怕了吧？"

"……怕啥？"

"你也是五尺高的汉子！"

"我……我怕啥？"

"不怕咋把个窝儿捂得严严的哩？"

"风大，不挡风挡狼不是。"

"你看婶子像只狼不？"

"婶子……"

"妥妥看看你苦命的婶子，我像狼不？"

天青的懦弱似乎激怒了女人，活像刀子一样甩过来割他，脸上却不失笑。然而这笑容的甜意分明是淡了，流布的是渐渐浓起来的自怨自艾和天青一时不能通晓的哀悯。天青低头无话，证实了昨夜非梦，脑袋反而更加沉重，径直地扎到胸口上了。憋闷惊惶之中感到头发楂上降下一片东西，风吹而不落，轻摇而不走，终于明白这柔软的南瓜叶似的一块温暖是女人的手掌。他闭着眼，用牙把浑身的哆嗦咬住，咬不住的就任凭它们被那个掌心吸了去，哆嗦却还有，不停地沿着手脚向外施放。

"婶子……叔叔他……"

"别提他！让老东西死去！"

"婶子，放羊的在坡上……"

"羊群翻到阴坡去了。"

"……你干啥？"

"你说，婶子像狼不？"

"婶子别耍笑我……"

"天青，你嘴瞒了人，眼可瞒不了哩！"

"停窗根哭的是你?"

"是我!你叔让我死,我不死!老天有眼,让他看我咋活着!天青,我是喜哩……想让你伴我喜兴哩……活活咒那个老不死的!你叔他毁我半世啦!"

那手求援似的抓住他的头发,太短拢不住,就滑下来揪住了他的衣领,脖子上的大筋勒得转眼粗壮圆滚,勃勃地涌着青血。

"天青,你疼我!"

"轻些,看打了水罐……"

"你心里装得下我不?任你拿哩!"

"婶子……我裂啦!我心尖尖裂啦……婶子哎,你要笑我不成?"

"要吃你!怕,你就走。"

却不让走,也不欲走。然后就无话。一颗蓬松的头抵到怀里,把他生了硬须的下巴顶得高高翘起来。蛇似的两条软臂在脖根上胳膊上胡乱缠绕。最终选定了一个姿态,紧箍着他的腰脊不放了。天青的眼睛已经没有用处,只觉到有个香软的东西在啄他,脸上洒了点点湿润。呼气的嘴便不再摆脱,紧促地火辣辣地搜寻过去,与正在找她的嘴撞个正着,不顾气闷和牙痛,狠狠地长久地做了一个吕字。太阳在他眼里猛烈地摇晃起来。手和身子闪电般地接受了一种指引,跳成了忙碌的舞蹈。仰下来见的是金子铸的天空,万条光束穿透了硬和软的一切。俯过去见的是漫山青草,水一样载着所有冷的和热的起伏漂游。不相干的因了快速的触击达成牢固的衔接,就像山脉和天空因为相压相就而融汇出无边的一体。显得惊慌失措同时更显得有条不紊的杨天青头一次感到了自己呼吸的困难,天塌下来埋住了他,他刚刚领略到一丝绝望便掉进了前所未见的佳境,袭击了他的是类似快活而超越了快活的雷霆与风暴。他大吃了一惊，身心随之痉挛。

眼里悬着的是颗正在爆炸的太阳，颜色发黑，像个埋在火烬里的烧焦了的山药蛋，像一张晾在屋檐上的刚刚剥下来不久的母猪的毛皮。一切都是黑的了。

此时，五十里山路以外的桑峪情况良好。兽医梁大头只一眼便诊准了病骡子的症结，正操起半尺长的一把白刀子，在骡子的腹皮上晃来晃去，要选定一个剡捅的位置。劳顿的杨金山不忍目睹，悄悄溜到主人家的门外，靠着院墙歇息瞭望。杂七杂八地想到许多事，大都与骡子的过去和未来有关。人世沧桑，最忠厚牢靠的伴儿竟是个畜生，让他委实不解。活着的人里没有哪个让他如此牵挂，时时念想的只有远在地府的爹娘和未曾降世的儿孙。纠缠阴间的事情不是担心爹娘是否在那边受苦，而是神秘于自己的将来。在幻象中安排儿孙的生活，图的是这个不可知的将来。让他忧心忡忡百思难解的，是爹娘交下来的自己这条生命将怎样不断代地旺盛地传递下去。他疑心前世有孽，所以天神要指派不生养的女人来惩治他，一个不够，竟有两个，先先后后地来促他灰心，使他活得不能畅意。他对骡子的种种关切，或许就是感知了相似的命运，所以要在苦命的牲灵身上将一种深刻的体恤来加倍地扩展和烙印了。

悲痛的杨金山沐浴着春天的阳光，淡然地想到家，更淡然地想到妻子和侄子。他想到她和他的时候似乎是在想着庭院中的两件摆设，因此他绝不能料想重重的山岭背后正在深化的一个进程，也绝不能料想在属于他的田野里如何爆发了一项冲突。那是和间苗或铲草完全无关的事件，却更为劳累。侄子强健过人的肌体在他反复耕耘的田垄里伸进了犁铧，并且比他有效百倍地狂放地播着种子了。

杨金山听到了骡子疼痛的啸叫。刀子划破皮肤的声音像撕碎了窗户纸一样，吱啦吱啦地勾出了他的眼泪。

遥远的杨天青也在叫着的，于灿烂的升腾中。似乎有更大的痛苦，嗓音也因之更为高亢。像一个暴虐地杀人或者绝望地被杀的角色，他动用了不曾动用的男人的伟力，以巨大的叫声做了搏战的号角。

"婶子！婶子……"

这是起始的不伦不类的语句。

"菊豆！我那亲亲的菊豆……"

中途就渐渐地入了港。

"我那亲亲的小母鸽子哎！！"

收束的巅峰上终于有了确切的认识和表白。

太阳在山坡上流水，金色的棒子地里两只大蟒绕成了交错的一团，又徐徐地滑进了草丛，鸣叫着，扑楞着，颠倒着，更似两只白色丰满的大鸟，以不懈的挣扎做起飞的预备，要展翅刺上云端。

"我那亲亲的小母鸽子哎！"

那一年女人二十六岁，杨天青是幸福的二十二岁。以后的年月里，在一系列精密选择的时间和地点，在充满幸福与罪恶的阴谋中，杨天青根据他牢固不变的想象力无数次地重申了这句宣言，女人便也无数次地毫无厌倦地承接了这个吼叫和呻吟，并衷心地为之陶醉。

俩人遵循的朝拜仪式中，它是不变的禅语，凝结了具体的本质性的信仰，又沾染了原始的诗意，因此便被他和她永恒地诉说和聆听着了。

洪水峪的生活有了新模样。互助组形成燎原之势，顽固的单干者们已经土崩瓦解。小满时令，乡里来人组织了识字班，召集青壮年和妇女参加扫盲突击。一旦黄昏降临，村口老核桃树下面便齐聚了几十条粗细不同的嗓子，肃声地念着人、口、手，以及马、牛、羊、天、地、水。

杨金山不入互助组，以劳力的数量和质量而论，他认为自己非常强大，因而不能容忍外人来分享。他也不让年轻的妻子和侄子介入识字班，在核桃树底下饱受蚊虫叮咬而又念经似的嗡嗡不休，在他看来是万分可笑的蠢举。他认为自家的生活中有许多迫切的事情急等着做，断不能悠闲懒散。

究竟做些什么，却又常常无数而无绪。家里另外两个人不时受到相互矛盾的指派，水缸明明满着，却严令去担水，刚刚遛过骡子回来，又催促把它牵到山上去再放。两个人负着沉重的隐私，不由得挂出低声下气的外表，内里却分明地感知老东西在日复一日恍惚，并且不可逆转地糊涂着了，骡子大病一次，主人也跟着失掉灵性，这或许就是造化的精心布置，要使年轻的他和她更大胆地放荡，更没有顾忌地来彼此偷窃。纵情的举动便额外地添加了信心，在天地不知的暗处增强了速决的频率，所言所做真个是无不销魂而呜呼了！

糊涂着的杨金山也奇怪于女人的变化。每逢自己莫名其妙地狠毒起来，仍旧可以招致畏惧的颤抖，却再也听不到那种令人快意的母狼一样的尖叫声。女人的白牙咬破红唇，任凭他在光滑的皮肤上制造出一块又一块青紫的淤斑，任凭他砍伐树木似的将那柔软的躯体弯来折去，表现了一种誓死忍耐的决绝。他最为诧异的是女人不仅忍辱含垢，而且前所未见地显示了主动的顺从和殷勤，她渴望完成的欲望是那么迫切，几乎使他疑心这是对他的无能的一种巨大羞辱。白日里下地，见她屡次丢开锄头惊惶地隐入灌木丛，窃以为那是跑肚或尿慌，万不曾料想她是怎样伏在僻静处频繁地呕着又喜又悲的涩水。歇息时只见虎背熊腰的侄子在密林深处游来荡去，以为是寻找蘑菇或山雀蛋，却不见那双大手如何秘密地攥着几颗酸溜溜的野杏，更不见它们以怎样的传递方式塞进女人焦渴的嘴巴。妻子和侄子在规矩地做活，茂密的庄稼预兆着满意的收成。被阴谋暗暗侵蚀的杨金山竟然没有一丝挑剔，只对身旁两具不知疲倦而精力旺盛的身子抱了许多不明不白的嫉妒。自家的手脚似乎越来越迟钝，也想抖擞，然而五尺长的大锄杆子再也拉不出风来了。他的悲哀就不能不局限在这个无知的地步，听凭一颗茁壮的种子在他的田野里孕育生长，于后知后觉中预备着为他人做个受骗的父亲。这甜蜜爽人的角色便只能沉在一个永远不醒的老梦里了。

　　杨金山得知女人怀胎是在三个月以后。当他再度野性发作而狂扇她的嘴巴时，突然发觉她没有伸手拦挡，却蹊跷地紧紧地护着肚子。他扯开那双手，目光游移起来，女人禁不住端详和抚摸，摊开两臂涔涔地落了泪。追问之后，他险些一脑袋栽下炕去，喷出了一声奇大的响亮的怪笑。随后便捧住那丘白白的肚子无声而猛烈地哭泣，皱巴巴的脸鬼一样胡乱扭动，整个身子都抽搐摇摆起来了。

　　"狗日的，你咋不早说！"

　　厢房里的杨天青给那声怪笑惊得睁大了两只眼，紧张地准备与一场迟早会降临的危机抗争。听到了一连串啪啪的清脆的声音，好半天才判断出那是狂喜的人在忘乎所以地打着自己的嘴巴，他稍稍地松了一口气。

　　"老天爷开了眼啦！"

　　"菊豆，我待你亏了心哩！"

　　"亲爹哎，你儿得了天助有救啦……"

颠乱的声音响了小半夜，不久便也宁静而安顿了。三颗心在不同的腔子里搏动，各自想着异样的心事。天青的思想是确凿的，那是他的而不是别人的儿子，他从女人那里得知了那个人的窘状，况且长年无子的历史也确切地做了证明。但是那种喜极而泣的声音震撼了他，使他头一次辨清了自己的罪孽，知道欺诳的不止是叔叔，在一个绝顶紧要的地方他辱没了自己的爹娘。他做了万人唾骂当剐当诛的见不得人的恶事了！日后该怎么活，成了解不开的难题，像不可攀的山岗一样在他眼前陡然高耸起来，他孤独地做了一只走投无路的野兽。长夜难眠，他咬着炕席的苇子片排泄苦闷，一时竟感到那咔咔磨着的是两排尖利的狼牙，刹那间便无所畏惧了。

杨金山欣喜若狂，第二天就摆出了两样的态度。他早早地招呼天青起身，在必做的活儿里添入一项揭火煮饭。玉米粥煮好，天青又被命令去张罗鸡食、猪食，然后是空着肚子劈柴、担水、饮牲口。做着这一切的时候，杨金山站在北屋台阶上袖手四顾，瘦脸恬淡，像个财产上一夜之间便暴发的人，沉醉在对周围事物的有效支配中。王菊豆一动不动地盘腿坐着，遵循丈夫固执而古怪的意愿，她必须每时每刻对肚子里的另一个人负起保护的责任，因而也就必须暂时放弃行动的自由。透过窗户上破裂的挡风纸，她看到侄子驯服地做着往日由她来做的种种劳务，笨手笨脚而又卖劲儿的样子使她大为伤感。杨金山亲手端来早饭和腌香椿，见女人眼里有泪。以为是让自己感动的，于是他也感动起来，鼻子竟有些酸楚。在香椿叶上点了几滴芝麻油，觉得不够又点了几滴，舌头吧唧吧唧地舔着油瓶子，似乎在品尝自己心胸的博大。

"多吃！"

菊豆窘迫地埋头在碗里。

"别乱动！伤了胎……看老子不宰你！力气活儿叫天青干，你得养养骨血。"

温情飘荡，凶残的男人居然在女人的肩膀上搁了一只手，一只不是用来施放暴力而是用来真心抚慰的大手。女人的几颗泪哆嗦着溅进粥碗。他很满足，暗暗发誓要把更大的关怀补偿给她。然而他对近在眼前的微妙现象没有一点儿意识，女人突然降热泪，是因为她白如骨片的耳朵在院子里一群母鸡的啄食声和两只猪崽子囫囵吞咽的哼哼声里捕捉着另一种音响，无可奈何的忙碌喘息透露了日后的情景，也把丈夫的用意揭开了。她因为日益胀大的肚子而获得的赦免，会在那个年轻茁壮的男人身上转为更沉重的压迫，掉到受不下的更不堪的处境里去。她和他的命紧紧地系在别人手里，肚子里多一个生灵，反倒系得越发紧束了。她已经没了办法，那个人或许也没了办法，院子里踏踏踏的脚步声响得只是一团昏乱和不知所措，全不见春天草地上的愉快和勇猛，像是要伸着脖子来等人处置了。

菊豆不再下地。金山的心思也不在庄稼上，手忙脚乱的像丢了魂，不时地撇着老腿在村巷里转悠。绝处逢生的喜悦使他更加糊涂，只想迫切地向遇到的每一个人公布他的壮举。以奔六十去的不老之身使一个女人坐了胎，几十年的奋斗终于有了结果，在他看来无论如何也是一件值得炫耀的事情。听到消息的人像是为他高兴，当然那高兴并不在他们得知自家的女人有喜以上，甚至不比得知自家的母畜有孕之后所表示的欢快更多。人有男女，畜有公母，生养是天经地义的事，没什么大惊小怪的。他们只是觉得金山可怜，因为他费事似乎太多了一些。金山得到许多不浓不淡的家常话，渐渐明白别人并不曾看中他的无尚的光荣，未免太不把这个大事当作大喜事，于是心头略感不快。但是他仍旧挂了笑脸走路，脚底板一掀一掀地想多流露些类似年轻人的弹力,也想把那分得意和满足留给自我来欣赏。

六

在八月的田野里伺弄庄稼,杨金山每每不能坚持到日落。与魂不守舍的叔叔相比,侄子反倒更为镇静和从容。引水浇玉米,叔叔到渠头张罗半天,居然昏头昏脑地把水改到别人家的地里,天青只是一笑,再悄悄地把水引回来。这呆事轮到他做下,叔叔怕要跳脚,近来叔叔是越来越频繁地对着他跳脚了。等孩子出世,叔叔会把更大的威风逞给他,他不在乎这些,他从叔叔的行为里得到许多勇气,负疚的心情日益漠然。他不怕这个人,无情支配他的这个人常常让他觉得可笑。他很踏实,因为他总在想着女人肚子里的那个孩子,以及制造这个孩子时那些无意的激动人心的最初步骤。他为自己的能力惊讶,也为不可想象的女人的能力惊讶,亲叔叔以主人的身份呵斥他的时候几乎引不起他的愤怒,他的后盾是巨大的快活和巨大的信心。只要肯做,他什么都做得来,包括在实质上做一个人的丈夫,做另一个不可知的人的父亲。他觉得自己是在讨还民国三十三年那个落雨的秋天被人欠下的债务。她是他的。他的!他对那个名义上的父亲只有轻蔑,他也在替她轻蔑着那个人。

杨天青独自承担了三个人的劳动,落马岭夏秋之交的田野里洒满了他的汗水。杨金山的土地上见不到杨金山,洪水峪的善良人便哀叹那个呆侄子的忠厚和寂寞。

"天青,我家去看看。你把靠崖根的几梯棒子拾掇拾掇,晚饭不急,干妥了再回来。"

干妥了往往是在前夜，山岭上悬着密麻麻的星花，白灿灿地罩着归家的小道和他疲倦不堪的身子。走进宅院他就不是自己了，好像睡够了刚刚爬起来，叮叮当当地捅灶热饭，吃粥时把嘴皮吮得一阵脆响。他是想告诉让油灯映在大北屋窗纸上的那个人影，他一切都好，她不必把头垂得那么低，也不必那么僵硬。他还是她想要的那个他，结实着哩！那人影每一晃动都使他更快地丢掉疲倦，同时又让他更深地陷到另一种疲倦里去。在厢房里疲倦着，懊丧自己竟忘了那么多，只剩下许多甜蜜的碎片，因肿胀和破裂而悄悄融化，浸出模糊的陌生的一堆。他想实在地触一触她了。猛然想到孩子，热辣的念头便暗自消失，化成满腔的温柔和肃穆，使他复又记起了自己的责任。那是需要耐性的长久事业。

王菊豆的肚子吹气似的大了起来。家里没有人的时候，偶尔无聊，也敢踱到村巷里晒晒老阳儿。腰身过于饱满，有乡亲遇见便常常凑上来问到生养的年月，她笑而寡言，吞吞吐吐地说不清楚。

"怕是腊月吧？"

问得紧了，她反而去求教问的人，无知的样子让一些善生的娘儿们觉得可笑。她回答金山的时候也是这句话，金山也无知，因而把这个犹犹豫豫的说法看得很严肃。他扳着手指头回想造孽的日子，恍然记起一次半次的成功，如何成功却模糊了。女人就红着脸提醒他，那一次怎样，另一次又怎样，不是那一次便是另一次了。金山于是频频点头，仿佛确有那么一次，然而究竟是哪一次又是怎样的一次，仍旧是无从印证的模糊。次数太多，行与不行的界限也不大确定，他就不再计较。总算喂鼓了女人的肚子，别的可以一概抹杀，况且他不是一贯强悍的么！鬼迷心窍的杨金山想到女人的顺从，真以为自己确有点石成金的本领了。他已经计算着新的成功，有一便该有二，种一次是完全不够的，不够的！他忽略了女人眼色里的慌张，不晓得女人在求助于他的糊涂，只以为那是怀想他对她的种种侮弄而浮出来的娇羞。他感到慰藉。他喜欢她战战兢兢的样子。女人的胆怯让他加倍地尝到了为夫为父的喜悦。他要让咒他无后的人看看，堂堂正正的杨金山就要做那个小崽子的父亲了。

第二年正月十六日，坐落在洪水峪村南的杨金山的宅院一片繁忙，产妇凄厉的叫声自半夜响到黎明。大北屋的油灯陡然熄灭，接生婆累得昏头昏脑地踉跄到台阶上，向脸色苍白的杨金山郑重宣告：一把大酒壶，一个带把儿的大酒壶！边说边把一个带血的手指直挺挺地伸出来，以它来象征降世者与另一类有别的最显著最紧要的标志。不用比画金山也明白了，嘹亮的哭声把底细全部告诉了他。他的儿子很强壮，他的儿子对一切很满意，他的儿子在呼叫父亲，那哭声孝得不能再孝了。

"狗日的！我那儿哎！"

杨金山一头撞进了大北屋，猛兽似的向母子俩扑了过去，在炕沿上跌翻了身子。

守在院子里的乡亲不胜唏嘘。

杨天青不在家，初五就赶着骡子到西水一带驮脚去了。似乎要避开那件事，在外周游了近一月。归来是在十几天之后，在村外遇到老乔家的二小子，说菊豆生了一个男孩儿，名字已经定了，唤作杨天白。按族里的旧名谱起的，天白恰好对着天青，是他的弟弟。二小子又要笑，说再揍一个出来，怕要叫作天黑，天黑的名儿还真没见过。

"快去看看吧，你弟弟胖着哩！"

"我婶子……咋样了？"

"淌了半缸血,你叔把她当佛供着,忘了当初咋着治弄她来,你快去看看吧。"

天青呼了一口气,却拉不开腿,呆呆地站了片刻。他把骡子牵到山上,在一面草坡上躺下来。一蓬枯萎的野蒿子拂着他的脸,头顶上的白云在冷风里匆忙地赶路,树林里此起彼伏地响着嗖嗖的冰凉的声音。

那人是他弟弟。这层意思竟没有想过。他既然唤作天白,那么他天青必得做他的堂兄弟,这是杨姓的名谱里早已排定了的。他想不到这一层,是因为他一直企图做他的父亲,他确乎是个父亲。然而事情已经明确,对儿子他只能以兄弟相称,直至永远。他也将无尽无休地做那个女人的侄子,永远无法改变。遥想落马岭野地里的一幕,两条命透彻骨髓的连合,却原来都是无益的徒劳,只是一时的凑趣了。他无法容忍。这不公平。太不公平。他不能理解那个小畜生凭什么要被叫作杨天白。陈年的名谱是祖宗里的浑蛋灌多了薯干酒之后说的昏话,他不能答应事情落到这个地步,自己这条命说什么也不能让他们这般戏弄,他得吼天叫地把自己的东西要回来、偷回来、夺回来!他不怕杀了谁。他不怕。杀谁却不知道。或许就该杀了自己?该杀么?

杨天青跨进院子的时候,又成了以往的那个人,恭顺而猥琐。先在槽头上围着牲口安顿了一阵儿,然后把揣热的钱塞到叔叔贪婪的巴掌里。钱是厚厚的一叠,叔叔喜笑颜开,把他上上下下地打量,他就憨蠢地低了头,仿佛对自己的能干很不好意思。

"骡子劲道差些了吧?"

"不差。"

"天天喂的啥?"

"黑豆。叔让喂黑豆,不敢买麸子,怕瘆害了它不是……"

"喂得不赖,有膘!"

天青眼看着别处,耳朵却搜寻北屋里的动静,听到窸窸窣窣的声音。女人竟然怯得不敢招呼他一声么?

"……婶子生了?"

"生了。"

"生的啥?"

"儿子。"

"胖不?"

"猪崽子!"

"……挺结实?"

"像个碌碡。"

"……"

天青舔着嘴唇,等着,叔叔打个呵欠,似乎不理会他的意思,也不准备把他请到坐着月子的北屋里去。侄子犹如外人。

"你歇吧。院子里抬胳膊抬脚轻些个,看惊了小崽子,他睡不实。"

"婶子好不?"

"奶水足着哩,吃不清!"

"有奶就踏实了。"

"可不……你担水去?不歇歇?"

"这缸……空了。"

"要担就担去吧。"

天青在水泉结了冰的石条子上蹲了半天。溪流对岸有人赶着羊群走过,见他渴坏了似的咔咔地嚼着冰凌,像吃干粮一样。他东倒西歪地担起两桶水，似乎喝多了酒，又像扮演着一出山梆子戏，幽幽地唱着什么。他不停地以袄袖子刮脸，不知是对付冷汗还是对付风催的寒泪。

惊蛰那天后晌，杨金山去村西办事。杨天青攀上柴垛，隔墙看着叔叔的背影透迤远去，随后跳下来斗胆奔向北屋，撩开了厚重肮脏的棉布门帘子。菊豆捧着一只乳，正给没出满月的天白喂奶。两个人没有话，先是彼此痴迷地看着，然后就把目光合成一股，共同投到褓褓里小小的面孔上。天白吃力地含着奶头，两颗黑亮的眸子却忽东忽西的极是灵活，天青的大手不由地捏向了他。

"轻些，冤家！"

"把我想死！"

"像你不？"

"我啥样儿？"

"看他便知了……"

天青嘻嘻地笑起来，女人把脸弯到天青的胸襟嗅来嗅去，在腋窝旁稳稳地靠住，天青的爪子就移上女人的奶包找不见路似的仓皇地乱走，女人便也嘻嘻地呜咽起来。突然静了嘴，一块儿听着窗外。窗外也静着，只有懒散的母鸡在咕咕地觅食。

"走吧，他回来可了不得！"

"回不来，怕才到哩！"

"撞上就毁啦！"

"撞上罢了，我怕？"

"他可不拿斧子砍翻了你……"

"砍去！三个够他砍一气的。"

"人后充啥牛胆子，你个鬼呀！"

"算啦……这次拉倒！"

天青把手紧催了几下，由女人的腹窝里恋恋地拔出来。天白已经松了小口，粉红的舌尖顶在唇间缝隙里，鼻管一扩一扩地香甜地睡去了。女人敞着白胸，从炕沿上端起一只碗，很苦闷地自揉自握，把盛开的奶花射进去，溅到天青手上的几朵让他埋头舔吃了。

"留奶袋子里怕啥？"

"胀煞哩！"

"真就吃不清？"

"吃不清。"

天青着了魔，下巴耷拉下来，死盯着葫芦把儿似的嗞嗞喷水的奶尖儿。让女人清清楚楚地看见了一股孩子气。

"傻啦！想吃？"

"我……"

"想吃……你吃去。"

"不疼？"

"我那冤家哎！"

天青哈着碗似的大嘴扣了过去，将热绵绵的肉坨团团包住，甜腥的浓汁渗进喉咙之后，他就觉着自己真是这女人的宠物，而女人则是他的仙了。他在白日梦里琢磨着将她吞掉。

杨金山回到院子，见天青正坐在篓子上哼小曲儿，手里绕着骡子的麻绳笼头，往上面编纳一朵破布剪出的花饰。他默默地从侄子身旁走过去，始终没闹明白那是哪里弄来的高兴。都说侄子呆，看来确是呆了，然而那呆的后面似乎有什么东西让人不放心。刚才拒了媒婆提的婚事，礼钱索得太狠，就是倒贴钱，他一时也舍不得丢开这条过人的劳力。侄子若知道了这些，还会唱小曲儿给自己听

伏羲伏羲 | 131

么？如果明知道了还要唱，高兴里便有恶意了。睡他的屋吃他的粮，厚道的侄子不像是抵触什么，怕是真高兴着哩！碗沉炕暖不高兴才有怪。杨金山释然了。

谷雨前夕杨天白过了百日。第二天杨金山独自去史家营为老丈人送喜酒，日头偏西了仍不见回来，那头骡子却在晚饭时辰踏踏地闯进了门道。鞍鞯光溜溜的，槽里添了料豆，畜生竟不吃。以为叔叔给人拦在巷子里说话，等久了却还是不露面，村头村尾均不见影子。

"路上跌了？"

"骑了一辈子牲口，他会跌？"

"不跌咋不回来？"

"回来不回来由他……"

"我去南岭崖道上看看？"

"等吧。"

菊豆向天青交换了一个眼色，天青却不懂，扒净饭碗就出去，在老乔家借了一只马灯架子，逆着山道奔回南岭之夜。

走着走着才略微有些懂，唰地冒了冷汗。回头看看村子，那座屋宇淹在黑风之中，似乎有两只秀眼在突突地放光，把一块黑割成阴沉的碎末儿。不敢想了。

在南岭一个阴风阵阵的道弯儿里，杨天青踩到了一颗头。虽说拎着马灯，静静摊开着的仍旧像是黑长的顽石。踩了也没有声息，就把灯光移上那张脸，腿上的肉绷紧，似乎有心再踏上一脚。路旁的草丛后边有崖，把这块软石头掀下去，不碎也能成饼，心事或许竟能就此了结。然而爹娘在冷冷地看着他了。这天白的父亲最终是把天白的另一个父亲狠狠地撂到了背上，鬼挪尸似的挟着一星鬼火，踟蹰地走在漫山的阴森里。

起初以为杨金山是醉了酒，因为全身上下无伤无血，扔到北屋炕上，张着的嘴巴微微地吐着辣气。一夜无话，菊豆悚然时掐天白的腚壮胆，哭声不能再大了，金山的表情却无比安详，睡得如僵若死。厢房里的杨天青睡得也不错，吭吭唧唧地扯着响鼾，因懊丧而赌气似的。天明以后杨金山不睁眼也不醒，两个醒过来的这才觉得情况不妙。请来族里的老人，擂胸打背扭胳膊，把死人颠翻了三遭，喷了无数冷水，好歹折腾出一丝活气。先睁开一只眼，随后动了一只手，却不说话，歪嘴馋狗似的拖出了一条长涎，伴着零乱的呜呜声。菊豆皱着青眉远远地看他，不知是悲是喜。天青却有些忍不住，外人刚刚走净，他就倚在门框上咮咮地呆笑起来。那人想动难动，欲说难说，怪模样委实滑稽。天青咧着嘴快活，心里没有不幸，女人更是没有，然而可恶的天白竟哀声哀气地大放悲声，他让女人一奶头儿噎住了。

七

"他咋了？"

"说的呢，咋了？"

两个人蹑到灶间里，都问却都不答，天青把女人挤到角落的秫秸堆上，嘴和手仓促地逗出几个手段，直至听到软软的笑声。

"晌午烙面饼！"

再吐话时，男人就用了主子的口气。北屋里那一个分明已经废掉，是人是畜难说了。

以后人们知道了原委，精明过人的杨金山是中了风，与骡子和酒都没有关系，由黄塔请来的乡医也说，这是瘫症，无药可治的。料理好了可以不死，若有硬朗的前缘助着，或许还能下炕走走，说出一句半句整话，然而人确是不中用了，不论做什么用。抓了十几剂汤药，吃了果然不行，便只好单一吃饭喝水，上下两个穴总算通畅，进出无碍，苦恼的是和天白做了一类，香的臭的稀的干的都需要女人来伺候，彻底地告别了往日的威风。上中农杨金山苦度一世，图的是做个人上人，最不济也求做个不弯腰的汉子，到头来却不知栽到哪一路恶鬼手里，扔了全数资格。像日本人打响了三八枪，前妻一嘴泥啃倒在芝麻地里，他也或坐或卧在炕角那块苇席上，被打透了似的一点儿一点儿硬下去，眼看着完蛋了。

六天之后的一个午夜，一条黑影顺理成章地游进了厢房，炕席嚓嚓地低吟了两个时辰。月光里闹着几多嘈杂和纷繁，犹如大群的野蝗在夜色中飞跃滑动，山岗也在摇撼中劳累了，疲乏地连连乱抖。

"我那亲亲的小母鸽子哎！"

一支响箭嗖地划过山风，射入茫茫大气，在暗蓝微黑的背景上布出了星星白火。远天里凝着一声不绝的长叹，零乱呼吸由小到无，化作无边的静了。

大祸悬头的杨金山迟钝了足有三旬，一天早晨突然说清了半句话。菊豆正托着胯骨为他刮屎，听他呜呜地乱卷舌头便不耐烦，手下得很重，听懂了才吓一跳。

"……皮疼！"

菊豆疑是听差了，索性再重些，玉米秫擦着瘦黑的腚窝子，像搓着一块墙皮。

"……刮烂我！"

音调似是而非的不准，却让她不由地轻了手，脸上闪了道根深蒂固的畏缩。事后告诉天青，就比肩凑到跟前，东问西问地问了些，那块老舌头却又一嘴肥膘似的囫囵起来，发问的人便放了心。老东西确实不值得一惧了，乐事已然无可阻挡。

　　杨金山顿悟他的悲剧，是在数夜春风狂度之后，在一个简短清醒的后夜。睁眼时见到一席月光，儿子安卧于炕的另一端，像飘着半段橡木。席面余下的部分空空荡荡，不知丰肥的女人哪儿去了。目光缓缓地搜尽炕里炕外的阴黑处所，确认了她的不在，脑筋搅拌着，搅拌得渐渐加速，终于断了弦似的在头皮里炸了嗡的一声巨响。

　　四更时厢房的门轴浅浅起动，像是一句猫歌。苦熬苦候的杨金山再也无法容忍这一打击，好坏手脚一齐乱扒，决意要爬起来，竖着站到地上。灼热的人影闪进房，在炕沿高低处见到一个头朝下的人，正蠕动着挣脱倒挂在枕头下的那只瘫脚。吧嗒一声，居然脱离了，四肢全部地伏了地。热着的人影儿顿时冷却，颤巍巍地侥幸地移过去扶他。算计准确的杨金山趁她俯腰之机一掌攀住了她的散发，用这只尚存余力的好手传递他的愤怒，他快马收缰似的狂勒起来。女人扑倒在地，头颅被引着撞向炕沿，一时惊傻了，竟软软地无从反抗。不知谁的脚抵开炕膛火口上的挡石，红光四射，映出了一粗一嫩两只变形的花脸。

　　"……宰你！"

　　"他叔……"

　　"……宰！"

　　"你疯啦！"

　　"……杀鬼……杀！"

　　"你杀吧！杀吧。"

　　"……骚……狗……"

以下的一长串审问听不清了,菊豆咬着牙不叫,恍然听到头发根崩崩的断裂声。金山得不到答复,就扭着手里的脑袋往通红的火口上捅,终于挑醒了女人的意志。搏斗以男人的失败告停,降服他原来用不着多大的力气,他的野蛮不过是一层虚妄。

"你瘫了!还想欺我?做梦吧!"

菊豆爬上炕席,抚着针扎似的头皮盘腿坐下来,想到无数受虐的夜晚,看着让她推翻在衣柜旁气急败坏的男人,她想哭。

"摸摸裤裆里剩下啥?屎!"

"我把事情做下了,明说给你。"

"拍拍你那良心,你杀了我多少回?短命的怕早几年就给你整死哩!天爷照料咱了,给了一个天青。你妥妥听准,那人是天青!老不死的你恼吧……"

杨金山趴在那儿不动,像倾听发自地腹里的声音,唰唰地冷着一串寒战。地上炕上的就这么对峙了一夜,菊豆无心料理他,管自入睡。杨金山度过了人生最为旷达最具悟性的光辉时刻,不幸的是未能坚守,做出了不知深浅的举动。菊豆清晨醒来,嗅到一股燎猪毛的呛味儿,抬头便看到那张锅巴似的烤焦了的黑脸,和那脸上失去眉毛却仍旧不停眨动的一双朽目。焦的只是表层,命还在。看破红尘的杨金山确实企图把脑袋当木炭塞进火口,然而不知为什么在最后关头突然改变了主意。杨天青抬他上炕时他一声不吭,枕头挤破了燎泡也不曾吟一下,直到四周无人时,他才脸贴墙嘴啃席哗哗地淌出了混浊的老泪。世界对他来说是万分险恶了。

杨金山把宝箱钥匙交给女人,又付了一大笔药钱。烧伤治愈后,洪水峪便多了一条活鬼,探视他的乡亲都说,那人是不能看了。又说他的命为何如此硬朗,两碗粥一顿竟不够喝哩!天青把烧伤解释成自跌自误，人们都信，然而人们都以为金山家的宅院罩着谜，解不开的。不论何时去人，总能见到杨金山望着火炕另一端的儿子，表情神秘。老看老看，眼都舍不得眨，这不够不休的馋相不是很怪么？

杨金山病中爱子，是村中老人的一段糊涂话。丧父的愚侄为叔叔克尽孝道，是挂在他们嘴边的另一种糊涂。他们不放心的只有那个俏娘儿们，但一时也找不到理由。他们无意间结了同盟悄悄监视，却始终找不到把柄。才华黯淡的人们无法领会欲海出征的景象，自然也无法想见茁壮的桅樯如何撑阔了一领白帆，飞一样在日月里奔驰。

时令过了大暑，蚊虫因为炎热而更加活跃。那天神态安稳的杨金山没有吃晚饭，像往日一样专注地看着天白。菊豆见他不动筷子，以为是热蒸的，就倒了一碗凉水，跟那碗小米饭一起摆在他枕头边儿上。她是越来越傲慢了，天才黑就抚得天白睡牢，也不看金山是否醒着，腰条款摆目空一切地离了北屋。杨金山感到了由厢房辐射而来的意气风发的热烈气氛，他看着天白，不动声色。

两个水手操作在航线上，驾驭着星光灿烂的夏夜，未曾提防暗暗拱出来的礁石和由远天滚滚而来的狂风骤雨。土炕和屋顶尚未倾斜，他们在颠覆地努力中突然听到了一个被掐断的哭声和一声紧紧压抑着的咆哮。杨天青腾腰下炕，挺着光溜溜的身子冲了出去。女人徒然地罩着亵衣，因恐惧而更加酥软，跨了没几步就蹲在门槛上了。

杨金山以一只有力的大手攥着天白，小崽子猪腿粗细的软脖儿充实了他的掌心，他快意地咧着鬼一样的大嘴，调动着全身的力量。他要消灭他。他是用拐棍把子钩住褯褓开始第一步的，他的最终目的是掐死这个饱含欺骗的谬种，否则死不瞑目。

他险些做成了这件事。

杨天青粉碎了他的报复。这个侄子以同样的方式和同样的果决掐住了他。金山在窒息中松了手，然而窒息并没有离开他。他无动于衷地静候末日降临，在突然闪出的油灯的微火中发现了另一个男人的裸体，吊在他脑袋边不远处的雄大器官居然保持了惊人的挺拔，直令他万念俱灰只想速死。

"天杀的！毁了他吧！"

杨金山听到了女人的声音。想到她偷获和领略的那番新局面，当是自己从不曾给过的，这声音竟让他听出了合理。或许娶了她真就是一个错误，违了天意，如村中老者反复指点的那样。老天爷却选中了他的侄子，人世确乎难料，死在侄子的手里可见也是前生注定的了。杨金山呼吸困难，不由自主地很舒畅地撒了一泡尿，觉得自己正从潮湿的炕席上浮起来。

"愣啥？毁了老不死的！"

"闭灯！"

那铁环一样的杀手竟松开了。杨金山听到了天白的哭叫，一会儿便缓下来，似乎吮到了奶水。以为自己很下力了，却还是不行，金山颇感羞愧。换了那双手准妥，然而真换来了，自己就不会在个骚娘儿们跟前临了如此的惨状。他想到从自己身上失去的遥远的雄壮岁月，仍求速速一死。

天青又伸出一只手，搁在他脑袋旁边。

"活够了吧？"

金山不答，等着。

"我不绝你的日子。你还能吃饭，妥妥喘你的气，我伺候你，听清了？"

金山不信，仍等着。

"再毁我儿子一指头，咱们就看！"

那只手抽了回去，女人低低地叹了一声。炕沿儿前两个人影儿贴着，又分开来。

"活够了告诉我，好办！菊豆，领孩子睡，怕他不成……？算啦，容我日后想想……愁死我！"

叽叽喳喳地商讨了一番，天青驼着光身子独自出去了。女人抱着孩子唉声叹气地坐了一夜，金山却睡得很好。第二天，杨天青背着杨金山从村巷里穿过，人们问他干什么去，天青憨笑不答，金山则眯着眼像睡着了一样。来到小溪流一块大石头后面，天青放下瘫子，先脱自己的衣服，跳到水塘里试着泡泡，又爬上来脱金山的衣服，金山呜呜地挣扎起来。

"怕淹死？由不得你！"

天青把瘦鸡似的叔叔抱进了水塘，浸了浸，就让他坐在里面了。水淹到金山的脖子，他惊惶地眨着黏垢重重的小眼儿，抱住了侄子的一条腿。天青怪声怪气地笑着，把从货点儿为菊豆买的肥皂反复看看，也给金山看看，然后就磨花砖似的在叔叔肮脏的头发上快活地搓了起来。头一次用这玩意，两个人都为那白白的蓬松的泡沫惊讶，搓至金山肋骨的时候，放了心的老东西居然痒得频频躲闪，而且暗自嘻笑了。天青把荡涤干净的叔叔摊到大石头的平面，让夏日前晌的温暖光线去照射他，自己则泡到水里，攥着肥皂仔细研究。洪水峪众乡亲看到了一幅无比和谐充满人性的动人景象，天青的憨厚和仁义几乎可以竖碑了。

金山看出侄子要伺候他是真的，而公然地侵害他也是真的。他挡不住侄子跟娘儿们造孽，却无法拒绝使生命得以维持的种种伺候。他能做的只有不看天白，随时随地让目光避开那个谬种。这是一个仅次于死亡的痛苦问题，既然老命尚需苟且，那么对此视而不见也就不是无法忍受的了。他发现原来自己也和别人一样，怕死，尤怕横死。让他死掉对别人来说是件轻而易举的事。他为自己不得不这么活着而万分羞愧，但是他不想死，的确不想。他在幻觉中屡次看到自己像往日那样威风地站了起来，等盼到那一天，好瞧的事可就多啦！他现在不能死，绝不能。他远在地府的祖宗和爹娘给了他最充足的声援，他们饶不了天青那个败类，阴间已没有兔崽子容身的位置。油锅怕是正在点燃，阎罗们已唱起来了。

得胜的杨金山就这么时时地陷进一种陶醉，半夜偷淫而去的菊豆几乎引不起他的哀伤和愤懑，他从旁计算着他们积累的罪恶，为那最后的惩罚而开心。

杨金山的武器只剩下地狱的油锅了。他在梦想中把妻子和侄子炸成了焦脆可口的麻花儿，每天每夜不停地咀嚼这胜利的果实。感觉良好，他已经咬碎了他们。他们完了。他们惨叫起来了。

"我那亲亲的小母鸽子哎！"

他们果然就跌进了与死无异的深渊。却又一次次地活过来，不知是谁拯救了他们。于是重整旌旗，准备奔赴来日里更为浩荡的飘摇。他们已经彻底地视死如归了。

风姿绰约的王菊豆首先领悟了巨大的危机。错了三日不来红，先是一悦，尔后大惧，粉脸唰地失了血色。厢房里愁云密布，忧郁的杨天青也没了办法。那红姗姗来迟，毕竟来了，然而授者和受者平添了许多胆怯，一举一动都带着懊恼和猜疑，事情竟然做不下去。这可如何是好哩！

十月无战事。

秋天，王菊豆蒙着花手巾风摆杨柳似的出了村庄，逢人便说去乡里赶集，却悄悄地赴了十几里之外的双清庵。焚了八炷香，给一个泥胎磕了无数的头。暗暗地跟了一个老尼姑走到大殿的后山墙，扑通一声就跪了下来。尼姑问明道理，幽幽一乐，说她刚才拜错了偶像。尼姑说明了招胎与拒胎的不同，领她到一个偏殿，让她跪在一个巫婆般笑着的泥塑脚下，自己也合掌闭目，苍蝇似的嗡嗡起来。最后给取了一包药，吩咐必得用的时候才能看，如何用，却是到一个僻静的地方才肯细说，菊豆未听先红脸，听后就紫了。那药不是吃的。

"咋着续哩？"

"男人给你续。"

"续散了咋办？"

"有一口水行了……"

细细道来，菊豆仍是似懂非懂。离了双清庵，走在秋风流爽的山道上才逐渐理出头绪，顿悟那不过是个类似葱秆子挑了豆酱来吃的办法，让尼姑说得玄虚了。

一试大痛。

二试巨痛。

王菊豆便又去赶集了。恭敬地找到老尼姑，加倍地付了香钱，轻声轻气地说那仙药像是不行。尼姑辩解了几句，然后上上下下十分轻蔑地打量着她。

"才用一次就受不下了？"

"辣煞了！剜肉比这好些个，受不下了。男人疼得咬我哩……"

"你可疼？"

"疼煞！"

"不疼你俩可有够？"

尼姑盯着她的俏脸，像是要跳过来咬她几嘴。菊豆自知冒犯，就不再言语，尼姑又塞给一包药，不好不接，便揣下了。

八

"你说养了六个孩儿，是真的？"

"真个的。"

"图乐子没个够，还得添嘴！"

"男人图哩……"

"你不图？"

"我……"

"用药十番，保你厌了！"

"我用。"

晚间，俩人凑在厢房的油灯底下仔细剖析检验那些药面儿，欲用不忍用，却又不能不用。天青再次疼得大抖，叼住了女人的肩膀，女人也疼，咬牙忍住了。

愤怒的杨天青把药包扬到地上，恍惚嗅到了辣椒面子的呛味儿。狗尼姑想必是在香灰里掺了那物件儿，他和菊豆让个老窟窿给作践了。两个人用清水泡了身子，彼此抚慰了痛苦处，有冤难申，终夜无眠。

杨天青却再也摆不脱老尼姑给的生动启发。他想到了肥皂，想到了蒿子叶，最后他还想到了司空见惯的物质：醋。

他犹豫不决地策划着全新的举动。

洪水峪仿照邻村的榜样，成立初级社了。动员的干部找到杨金山，老东西歪在炕上装聋作哑，死也不肯交出那十亩地。干部们找到天青，让他拿主意。他只是笑，嘿嘿地摊着两只大手，像是很呆钝的样子。

"有粮吃咋都行！"

干部们刚觉着有门儿，他却呆呆地补几句，笑得更纯朴了。

"我叔死性，搞急火了怕他弯了命不是！他好赖有口气，地我替他种着，他蹬了腿儿我就让婶子把地交出来。我光棍儿一个迟早是社里的人，你们丢了我我还没地儿讨饭哩！"

"你婶子娘家是地主，你叔不交地是听她叨咕啥了吧？"

"婶子爹是地主，婶子不是。她念政府的好哩，乡里拨的棉花不是也有她二两么？听叔唠叨那娘儿们喜得泪麻麻的，她念咱政府的仁义哩。"

"你叔死了，你动员她交地？"

"我动员！"

"还有骡子。"

"也交，让咱咋着咱咋着。"

"你叔啥时候有个死哩，瘫了瘫了看着倒比往日硬朗，这老东西命不赖……你捺个手印儿吧，日后别反悔！"

"不悔，说的吧！"

杨金山成了名正言顺的单干户。这是洪水峪早年诸多不可思议的事件中很平常的一件。有些不可思议的怪事则埋伏在暗地里，以隐晦的方式悄悄运行。

杨天白闪闪跌跌地走起路来了。杨天白咿咿呀呀地说起话来了。他学舌先学了一个娘，后学了一个爹。他盲目地把爹声呼给见到的每一个男人，甚至呼给那匹骡子。最终还是叶落归根地呼给了杨金山。白发苍苍一脸伤痕的老者是他父亲，他早早地确立了这个认识，从此爹声不绝于耳。他费劲地学会了称呼天青的方法，嗓膛太软，唤哥时犹如叫饿，他一定忘不掉被唤作哥哥的那个人永远无法改变的忧郁表情。

杨天白的大头大脸酷肖天青，然而洪水峪没有人破译这个重要的遗传密码。人们不记得杨天青儿时的脸相，况且杨天白又从他母亲那里继承了过多的俊秀。

这是一个优秀的后代。不仅优于杨金山，也优于杨天青。他的眼珠儿比他们灵活。他的下巴咬得很紧，还不惯于在思索时耷拉下来，因而他尚未具备鲜明的种族特征。他无忧无虑地大哭小笑的时候，他的前辈们正在经受平凡的苦难，而他的生身父母则为人世中一个小小的具体难题苦思冥想，束手无策。

杨天青在一块肥皂上下了手。它可以去油污，可以辣得眼疼，自然也可以杀死精水。终归无效，不是也比老尼姑的辣椒面儿好得多得多么！

杨天青用镰刀切割，得到一小碗蚕豆大的颗粒，黄蜡蜡恰似熟透的野榛子。鼻子闻闻不放心，又用舌头舔舔，还是不放心。厢房之夜不再浪漫，两个人光着身子迟迟不肯行动，装了肥皂粒儿的小碗摆在四条腿之间，在油灯忽明忽暗的照耀下像是一件非凡的圣器，正在酝酿难以预料的魔法。

菊豆在碗里加了两口水。天青伸出哆哆嗦嗦的手指夹了一块，在碗沿上小心研磨。活像筷子夹不住山雀蛋，光滑的小东西频频溜掉，天青极有耐心地捕捞，又以极大的耐心磨出了白而透明的层层泡沫儿。他仰天长叹了一声，深感自己的精力已经耗完，对以后的任何步骤都没有兴趣了。女人徐徐打开自己，表情悲怆，一副听天由命的样子。

那一次足足塞了三颗。

事后杨天青一连数日愁眉不展，回味那些奇怪的滑，他便立即想到老八团的大兵，想到他们咣咣地往枪膛里顶子弹的样子。他填的是肥皂块儿。他觉得生龙活虎的自己成了器物，饱满光洁如花似玉的菊豆也成了器物。他很烦恼，不明白好端端的一件事怎么闹成了这副鬼模样。

青春岁月受到遏制，难以蓬勃，变得格外陌生和无趣了。肥皂用得很节省，因为几乎不用。不用并不意味着色胆包天，而是因为他们以无比顽强的意志抗拒着同样无比顽强的诱惑。依旧秘密同房，无拘束的却只有用以吃饭的口舌与用来操锄种田的手指。相拥落泪的时候，天青为了寻找乐观，便讲述山墙上那个早年的秘密洞穴，深得要领地描绘一种排泄的姿态，甚至诉及了排泄物的一以贯之的颜色。以为她会笑的，她却畏寒似的缩起来，咬住他的一块肉强忍号啕。

"冤家！"

"亲亲！"

"咱俩死吧！"

"你活我死！"

"你死我就不活！"

"亲亲！"

以被子蒙严了头，雌雄大恸。

厢房里也有冷静的策划和残酷的讨论。女人说到忘情处舌尖儿乱点，像一条白硕的毒虫。

"我白日里剁豆腐,咒死他!"

"死了也无用。"

"你说咋办哩?"

"咋办也无用。"

"敞开儿生养,让人嚼去!"

"只嚼嚼也罢了……"

"就做了坏分子,咋着?"

"……死倒强些!"

"冤家哎!带我们母子逃生了吧。"

"何地落腿哩!"

"去口外给蒙人放羊。"

"说的吧!地给哪个?丢了地不如丢口命,那年闹饥荒口外饿过来多少人?看了麻哩!"

"日子眼看不是人过的啦!我今生要不妥妥跟了你,我哪日就扎了泉眼子!"

"昏话!你容个空儿,让我……"

"不指望啦!"

"你就愁死我,愁死我你可省心!"

"恼我?你个鬼呀!"

非夫妻的争嘴,火候倒熟过夫妻。杨天青至少有一瞬感到了女人的可恶与拖累,好在从不曾认为女人多余。假若感到女人多余,他自己便也是多余的了。

孤独的杨金山越活越有韧性。小孽种杨天白在村巷里能够四下乱窜的时候,老东西也学会走几步了。不是严格的走,而是坐在一个倒扣的篓子上,凭着好手好脚的支撑歪斜着往前挪动。要想置身于村巷北墙那片喜人的阳光之下,他得费掉两个时辰。他喜欢这个工作。天白当着巷子里的过路人唤他爹爹,围着他的篓子绕膝玩耍,都让他满意。这不是他的儿子,可也不会是别人的儿子,至少一时不会。消沉的侄子和妻子越来越无精打采,他们想入天堂却入了阎罗的重围,它们是帮助金山的,他和她已经惶惶不可终日。杨金山在老阳儿里眯着眼,确实看到小鬼儿们做了他的前锋,不由地一阵快活,快活得昏昏欲睡。天白稚气的爹声传来,加入了他的报复,两个深辱家门的人已经不能不败给他了。他是洪水峪爹中之一,天青不是。过去以为天青夺了他,而今才悟透是他夺了天青。他死也不会给了!他深知了自己的强大,和另外两个人的衰微。收工时辰,由地里累回来的侄子木然地背他回家,老东西俨然是位彻底的胜利者。打击他胜利者情绪的事情不多,但是他的确无法忍受菊豆后半夜从厢房带回来的肥皂味儿。做事便做事,居然要洗净了自己!害得他妒火如焚。

几年间用了多少肥皂,天青已记不住了。图节省颗粒削得越来越碎,使钱的地方又越来越多,忽一日便舍不得再买。为了自己也莫名其妙的名誉,他怀着玉碎的决心给女人灌了几勺五分钱一瓶的杏树汁儿似的水醋。不辣,也不滑,比尼姑和自己的前一个发明均好些。夜的回合已经压得格外稀少,厢房里大抵只有一人独睡。醋却是不时地谨慎地用着的。下地时天青觉得痒,看看却已泛白,而女人终于糜烂了。千真万确,阎罗正在无情地围剿他们。他们已经招架不住。菊豆佯装心口疼,疼得昏在村巷里,招来众人围着。天青佯装匆匆赶来,以骡子负了她惶惶而去。拐过玉石沟的山弯儿,菊豆直起软腰,见天青在悄悄地咬牙。俩人一畜奔了邻乡的卫生院,如赴屠场。

医生问得紧，菊豆险些说出一个醋字。誓死不招供，就招来许多审判。杨天青在诊室外听到有人说他的菊豆白净似雪的躯体太愚昧、太肮脏，就想蹦进去掐死那个胡言乱语的狗大夫。菊豆给人全面深入地洗了洗，端着一瓶药水梦游似的走了出来。天青背地里捉住她的手，想着他对她的磨难，想着生死与共却非人非鬼的未来岁月，就想抱了她的身子，永永远远地去保卫她，不惜以命相殉。

政府的巡回医疗队开到村子里来了。黄昏时男女老少聚在核桃树周围，看女护士捏着根小彩棒在腮里乱捅，捅得两唇之间白沫儿飞扬。做过刷牙示范，又掏出一柄小剪刀，嚓嚓地切着白指甲，那指甲小得竟如一片鱼鳞，让乡野汉子看得如醉如痴。之后另一位女大夫开讲，村干部们神秘莫测地驱走全体男人和孩子，留下一群老少不等的妇女。天青恍然看到，被汽灯照亮的那张中堂大小的画儿，绘的是半个屁股，红红的不知给谁切开了。

夜半王菊豆在被筒里掰着手指头为他转述。他也着了迷，伸出两只手加加去去地扳弄起来。别的女人或许不上心，她可是在意的，未听漏一个字。他们接受和探讨的是洪水峪古来未见的邪说。那是一种逃避卵子的方法。

同炕共枕的事业并未因此而美好。所谓安全期对他们来说始终是充满恐惧的危险日子。侥幸没有怀孕，只能说是天助。

"我那亲亲的小母鸽子哎！"

登峰造极的呻吟已经远不如往日纯粹，让机械性的计算和逃避败坏了。日后如火如荼的避孕大战波及当代的洪水峪，忠诚的党的工作者们愤怒于众人的反抗，然而他们绝对想不到岁月埋没了一位无师自通的勇士。他的顽强和智慧无与伦比。

疲乏的杨天青不足三十岁便苍老了。

杨天白上学前一年的阴历六月初八，史家营鬼迷心窍的老地主王麻子服了砒霜，到地狱张罗变天的事去了。洪水峪这边有人找王菊豆训示，说她爹那是要复辟，你若想接着复辟将是同样的下场，若不想复辟呢，自有贫下中农监督着你，不会不让你活的。天青也被唤来，吩咐他不要沾婶子娘家的事，沾多了说不清，仔细伺候叔叔便罢了。王菊豆事隔多日之后才去史家营奔丧，天青送她到南岭。娘家那边老爹的坟头早已没了热气，有泪不敢多流的老娘悄悄塞给她一个鼻烟壶，叮咛万不可给人看到，过南岭时甩到涧里就踏实了。那壶及壶里的毒药是王麻子早年去城里办货时置办的，起初说是喂那些到村里扫荡的日本人，又说八路催粮催紧了也喂，最后又扬言要毒杀抢了他产业的贫协首领。他用威胁笼罩了他嫉恨的几乎所有的人。结果倒是他自己先忍不住，馋嘴猫似的匆匆忙忙地服下了。他可能终于明白，配吃这玩意儿的只有自己。王菊豆返回洪水峪的时候面孔苍凉六神无主，像一片霜打的菜叶儿，直让人担心她是否也吞吃了什么东西。杨金山躺在炕上呜呜地向她招手，想打听点儿事，她默默地拧给他一个背。她对老东西已无话可讲，一眼也不想看他了。

子时光景，王菊豆小心翼翼地摸进厢房露风的破门，像吹入了一股鬼气。杨天青划火柴时差点碰翻了灯盏，腾出半个枕头给女人，她却不解衣也不躺下，呆呆地望着灯芯儿。天青有些怕了，伸手扯她时，见她掌心里攥着一个烫花的瓷壶。

"拿的啥？"

"还能有啥哩。"

"你这是咋了呢？"

"不咋着，闭了灯吧？"

"亮着去,心里不踏实。"

"你可有啥不踏实。"

"……你面相不对付。"

女人不理会,挪近灯光,在窗台的青砖上磕那个小壶的瓷口儿,一撮麦子粉似的盐末儿似的亮东西撒了出来。天青就怕得不行了。

"菊豆!你想开些……"

"狠狠心,在南岭我就服了它!"

"昏话!好端端找死哩!"

"死了清爽。"

"你舍了我,可舍得下天白?"

"就狠心舍了你们,我可少遭八代的罪哩,我受不了啦!老东西不死不活,我终又跟不了你,天白一日大过一日,我就活活地不敢看人!我怕是活得够啦……"

九

天青夺掉鼻烟壶,封了口塞入枕底,为女人松带宽衣拂泪,调集浑身解数把她梳拢得款款软将下来,自己也悠然长叹了一声。

"啥鬼日子也过来了,日后也能挨下去。劫数不到,就吃了也无用。有咱们三个吃他的那一天,等着吧!"

"不是我吃,必是他吃。"

"哪个?"

"还有哪个!"

"吃死了他,都别活!"

"天青,我们领着天白逃了吧!去口外我当骡子当马伺候你,今生今世我亏不了你们父子两个，我给你当骡子当马呀……天青，你就听我一句，领我们逃了吧！"

"碗大一个天，窜到哪儿是个咋？"

"你就不开眼！冤家哎……"

杨天青拢不住她，小母鸽子展开黑压压的翅膀，已飞成了一只苍鹰。

王菊豆踅回北屋，在黎明前暗蓝色的纯净的天光中看到天白赤着膀子坐在炕沿上，两条不到七足岁的瘦腿耷拉着，阴沉沉的目光却像个阅尽沧桑的老人。她哆嗦了一下，站不稳了。炕角瘫子躺的地方发出一声准备充分的冷笑，含混不清而又刻毒无比。她涌着血的腔子里堵了冰块，一点儿一点儿地僵住了。儿子无言地钻进被筒，将小枕头拉离一尺。她以母亲的柔手在余下的夜色里不停地抚摸他，一直摸到太阳阴森森地升上来，手里的冰悄悄融化。早雾里有杨金山的屎尿气息嘲弄地弥散着，雄鸡正在引吭高歌。

山外的风横扫穷乡僻壤，洪水峪也要兴高采烈地公社化了。邻乡传到谣言，称一头犍牛只折二十块的价，若是一头小驴儿呢，简直就得白送。杨天青就担心那匹衰老的骡子。他踅到叔叔的炕头，简短地交代了人世的变迁和时局的发展，想看看老东西有什么反应，平时见他能吃能睡，以为瘫子活得如旧，细端详才发觉这棵老树已朽得不行了。这么大的事变，财产眼看要归公，老东西却不恼不急，只是淡淡地晃着两颗黄色的眼珠，在丑疤累累的脸上凝了一个轻松而持久的微笑。这笑容麻木不仁却意味深长，让天青从骨头缝里发冷。他诧异这不中用的废人竟如此耐活，就这么不肯死，便疑心天意是否含了阴险的报复，要拖累着他，累至无穷。菊豆的心思或许真有几分道理，活得确实太乏了，迟早壮人也得成了瘫子，不知羞耻地在裤裆里屙出屎尿，在众人眼下栽下万世的难堪。人怎么能这么活，他不明白。他想杀了这个拖累么？他真想杀了这个拖累让自己好好地喘几口气么？上苍沉默不语。杨天青呼吸急促地颤抖起来，又在亲叔面前做了大孝的贤侄。

"落马岭的地怕是保不住哩！"

凝固的微笑分明在四处游动。

"骡子也得充公，驮脚挣钱是不行了。"

微笑痉挛着聚拢，在脸上扭成个疙瘩。

"我把它牵出去卖了，得几个算几个。你看行不哩。叔……"

微笑挂了声音，白刃似的向他胸口掏了过来。天青木然地立着，心口窝哗哗地喷出了血浆，手脚随之软软地松弛，撑不硬了。他听清了粘在老舌头上的那个咒骂，世上不会有第二个人能懂，他不听只看那毒蛇芯子般的舌条便也确切地懂得了。

"……败……家的……杂……种，天……杀了……你，你你……"

那只挥鞭似的枯手在浓烈的屎尿气味中舞着圆圈，像一面讨伐的旗帜。空气中弥漫着微笑的碎片，爆炸般的腥臊气浪令人窒息。杨天青跌跌撞撞地逃了出去。远至西水为老骡子与人讨价还价的时候，惨不忍睹的微笑始终在周围的山岭和溪谷徜徉徘徊，近乎愉悦地抛出了不祥的恶兆，随风漫天飞舞。

洪水峪的上中农杨金山领略了出类拔萃的独特人生之后，在山区秋日一个平凡的黄昏之前，悄然地干净利索地死掉了。那天晌午他喝了两碗粥，自我感觉甚佳，便拖着篓子往村巷的太阳地儿里挪腾。他终于背抵北墙坐稳时，太阳已斜了一大块。杨金山靠在那便不动了，像是浴了太多的小风和阳光，沉醉于一种梦境的美好。天白一边喊爹一边舞着柳树枝在他身边跑过,老乔家的娘儿们打个招呼也过去了,谁家的鸡咕咕地恋着他的老山鞋,啄食落在上面的粥痂和痰迹。菊豆自园子里拾掇了秋菜回来,摊着两只脏手扫了他一眼。但见他面含浅笑陶醉地注视着落日的娆色霞光,亮晶晶的瞳仁像两粒珠子。她先去灶间捅了火口,在瓦盆的陈水里洗了手脸,然后才擦着前襟双眉轻皱地走过来背他。只随意地碰了一下,他便大幅度地倾斜,不等拦扶,已经塌了山墙似的轰然倒地。仍在含笑注视着,因了角度和位置的变换他现在注视的是一摊碧绿新鲜的鸡屎,另一摊鸡屎被他的脑袋和耳朵砸在脸皮和青石板之间了。

村巷里抖出了一声干枯的号叫。这声音多年不闻,已使老少男女感到陌生。他们惊奇地循声而来,看到了躺在窄巷的两个人,一动一静,有声或无声,里面的一个分明是丢了命了!另一个披头散发地乱滚,打了自己打死的,又啪啪地拍地拍墙,啃死人身上的衣服,撕扯搭在脸上的乱发,喉咙里的鸣叫滔滔不绝,搅烂了洪水峪夕阳淡淡的黄昏。犹如往日沉没在丈夫的残暴里,她又在经受超凡的殴打,叫得声声凄凉,惨绝人寰。然而那丈夫明明是笑着,况且已睡死在神秘的笑里面,永远地归西了。她竟舍不下这个累人而无用的瘫子么?她竟不嫉恨这个狠辣的男人么?她保不准真就是个难得的软娘儿们哩!不是小心伺候着,老东西死不了这么体面,早成了席上的一块烂肉。这娘儿们到底不赖,贤仁至此。真难为她这场好哭。死鬼扣在地上还笑,想必是乐着自己的福气了。洪水峪数他睡的娘儿们最俏嫩,就死了也不枉为人一世。身后剩这么一朵花,不知给谁采了去,老棍子下了坟地也静不下心哩!看看这哭有多俊,诱煞了。看客们终于将她拽了起来,几只有力的爪子托了她的屁股和后背。径直抬入宅院,抬另一位时便如抬了一只待剥皮的死羊,听任那脑袋在石阶和门槛上磕碰，一路叮哐地响到北屋潮湿的炕席上去了。

"狗日的！轻些！"

人丛后面跳出一个愤怒的声音，笨手笨脚的狗日的们果然就轻了些，乡亲们闪开身子，哆嗦着两片小嘴唇的杨天白就亮了相。看样子还想吼什么，稚气十足的嗓门却哑了。他娘哭得死去活来的时候，他扎在人堆里不肯往前走，受了惊吓似的使劲往后顿屁股，谁拉他也不动弹。此时为了可怜的爹爹终于骂起来了，却依然没有眼泪。他走上前来拨开炕边的成年人，在父亲的脖子底下塞了一个枕头。那脸是歪着的，他认真地把它扳正，让它冲着房柁，手一松那脸却又朝着墙了。来回校正了三四次，金山的脑袋似乎装了弹簧，怎么摆弄也无效。杨天白捧着老父白发苍苍万分固执的头颅，哇一声哭了起来，唐突得很，把屋里屋外的人吓了一跳。十来个鼻子都酸了。哭晕的菊豆本想缓缓胸闷，此时索性并入了与小儿的重唱。人们取下门板，以条凳和篓子垫着，在北屋门口为金山支起了灵台，又在灯盏里添了煤油，三五根火柴划过，长明灯便悠悠地亮起来了。

怀揣二百块骡子钱的杨天青跨进宅门，看见灵台和灵台上摆着的那颗头。叔叔脑袋朝外躺在门板上，肩膀旁边搁着黄泉引路的灯火。全明白了，不用看也明白，因为远在村口的老核桃树底下他就听到了送灵的歌声，儿子尖嫩的嗓音挣脱了菊豆有气无力的嘶叫，在山谷的暮气中来回流窜，像一枚悠扬的哨子。

他面孔痴呆地穿过人群，一边东张西望一边解肩上的包袱。哭声奇怪地戛然而止，炕上的菊豆和炕下的天白似乎受了莫大的干扰，困惑地看看来人的举动。杨天青从包袱里掏出了铅笔盒、橡皮、尺子、练习本，数了数交给天白。又掏出了一顶毡帽和一包糖果，还要掏，忽然想起了什么，把包袱皮卷紧推给了女人。里面是钱和一条花格子头巾。菊豆擤了一把鼻涕，把包裹塞到了屁股底下。最后杨天青没头苍蝇似的在屋中走动起来。这个像是无家可归的吓傻了的年轻汉子，让围观者里的老少娘儿们好一阵难过。

杨天青好半天才明白了应该先干什么事，他下定决心挨近死人，摸了摸瘫掉的那条腿，又摸了摸同一边的脚腕儿，死人的热量大得惊人，燎得他手心滚烫。他的目光怕挨揍似的哆嗦到上边儿，盯住了叔叔生命犹存的笑脸。微开的眼缝里射出了一束弹丸，扑一下贴住了他。他哈着大嘴蹲下了。

有人拉他胳膊，他就顺势站起来。拿了毡帽在死人头上比试了一番，扣上了。取了糖果摊在屋外台阶上，招呼人丛里的孩子过来。没有人动，他便再次抱着脑袋蹲下了。不哭，然而不休地嘟囔。让人听了害怕。

"尝尝吧，都尝尝吧。"

"苹果香的琉璃球，甜煞哩！"

"大家伙儿拈一颗尝尝吧。"

"尝尝吧，你们……"

他的鼻子有响动，渐渐地生了节奏，无助而无望地抽泣着了。人们劝慰，劝得夜色渐浓，咽声断绝，便恋恋难舍地散去，把院子留给了惨淡的明月，射出一地青白。

婶侄两个守灵，那儿子睡到厢房去了。院门紧闭，男人和女人的四只眼无碍地互视，发动了激烈的交流。另一位正在黄泉暗道上赶路，已经顾不上监督人世的纠葛。这边的一切都与他毫不相干了。

"你做下了？"

"说的啥鬼话！"

"做啥瞒着我?"

"你鬼迷了心啦!我可做了啥?"

"你瞒我是轻我,我做强过你,你个妇道人家不怕日后雷击了?"

"魔怔!你叔他整寿去的哩,他福大,我倒省了心了!你看他个好脸,可是吃了的……你就冤了我吧,我苦命人好赖是善不得了。"

"戏够了,做了便做了,怕我顶不下来毁了你不是?俩人的事么,逞啥硬哩!"

"咋就不信!千把刀万把刀剐你个迷了窍儿的呆子!"

"我乱了心,踏实不下哩。"

"灯灭了……不点上?"

杨天青到死人身旁把灯点燃,用取灯棒拨了拨油绳,栗子大的火头噼噼剥剥地溅出黄色的煤油花儿,在夜风里一闪就败了。

他倒吸了一口冷气。

厢房台阶上坐着一个人,浴着月影显得强壮而阴险,却是沉默的天白,小小的身板一堵墙似的立在了秋风低诉的夜里。这院子有什么东西胀得装不下,要崩裂了。

父子俩彼此远远地望着。兄弟俩远远地望着彼此。目光渐渐凝结,又渐渐消散。在深层把握底细的那一个已经有些撑不住,夸张地咳嗽起来。

"风冷!弟,睡去吧……"

"有哥照看你爹哩,睡去吧!"

"明儿个入殓,你瞌睡了咋着?"

"不睡不让你打幡哩……"

小人儿缩着膀子隐回去了,天青打着激灵看看杨金山的死笑,伸手在他合不拢的眼皮上拂了一下，还不闭就着劲狠撸，不再注意结果，逃似的躲到炕沿坐下来，吧嗒吧嗒地嘬开了旱烟叶儿。

真乏了。乏得像是没有力气活了。有福气的是谁？是活的是死的？已想不大清楚，也不懂该怎么想了。

"小瓷壶哩？扔了么？"

"扔啦？见不了人的罪物扔啦！"

他不明白女人哪儿弄来这么旺的火气。见女人取出那个壶，脚板的血便呼呼地涌到了脖子，牙齿咯咯地咬起来。

"还留着？掂量日后喂了我吧！事情都是我坏下的，我活得尽够了……"

"天青，你存心让我吃了不成？"

"吃吧！吃吧！我也吃，都吃！"

小瓷壶挟带着女人的冤屈击中灵台，在门板上迅猛地撞了一个滚儿，咣啷啷弹落屋角。杨天青无心争执，冷静之后拾起它进了猪圈，掘地三尺，以猪的粪尿深深地埋葬了它。天色将明，女人又哀声哀气地演唱起来，为死人尽职尽责地奏响了送行的挽歌，洪水峪在出殡的热闹日子里早早地醒过来了。

大彻大悟充满人生智慧的死者以藐视和怜悯的微笑看着这一切，黄泉坦途浩荡，十万阎罗齐聚欢腾，天地轮回，阴阳人世，洞察一切的杨金山精神抖擞，急欲重返人间，要向辜负了他的无情日月发动报复性的神圣大战。然而他的躯壳灵巧地钻进了一口棺材，叫十几枚生锈的大钉子咣咣地楔住了。

杨金山给人埋掉不久，他的儿子上了小学。他在地底下刚刚寂寞够一年，他的儿子已是升入二年级的优等生。天白与堂兄不睦，常见天青涎着脸与他说话，他小嘴儿吧吧地抢白一气，掉头便走，剩天青竖着愣神儿卖呆。天白对娘孝敬，但菊豆似乎常年不大快活。那院子里所有人都不怎么快活。天青端给人看的是一张沉思劳顿的脸，丝丝缕缕的除了愁纹还是愁纹。三十大几的汉子，年华正旺，不该这么老相的。然而光棍儿就难说了。光棍儿不愁谁愁？愁的就是无从发落的光溜儿棍子哩！

杨金山死后，天青主动与菊豆母子分了户，各挣各的工分，各领各的粮，但是饭还在一个锅里做，盛到碗里天青就端到厢房或巷子里去吃。他知道眼下菊豆是个寡妇，那寡妇有五个谨慎，他这光棍儿便须有十个小心垫着。错半个念头，日子就毁了，人也就毁了，再不能垒起来。天打五雷轰的事情已经做下，两条孤命需格外小心。为了天白也得小心！

然而这确乎是人能够过的日子么？

杨天青深感自己正在成为名副其实的光棍儿。宽宽的火炕越来越宽得多余，他的儿子每时每刻都监视着他，也监视着她，使他们难温旧梦。每当他下决心利用某个时机或某个场所的时候，他的儿子总是适时地面无表情地出现在他的面前，儿子本人不来，也要派冷酷的眼睛来，如高悬的明镜闪耀在空气里。天青在四面八方看到儿子的眼，儿子以另一个父亲的名义严峻地认真地围剿着他，让他五内俱焚心灰意冷。他有一次想掐死这个小崽子，却十次百次地想掐死自己淹死自己吊死自己！女人的腰已经胖起来，失去了往日的苗条，但她仍是他眼里的引火棒，随时都会燃尽了他。他想到自己烧成一堆火，让女人来取暖，也让他来舔她的每一寸皮。她是他唯一的仙，他不向任何别的丑娘儿们俏娘儿们取笑，他器重她的全身并且热爱她每一根毫毛，甚至她腿根里冬日积存的污垢。没有谁可以阻挡他，拦住他去路的只有他的儿子。这是他的种，他的种正在长成大树，把游着飞云的五彩蓝天遮盖起来了。

十

饥荒年过后，菊豆有了新嗜好。每一季都要回一次娘家。一去半个月，回来的时候便容光焕发。她走后三天，天青去南岭打柴或剜草药，隔三天又去，隔三天再去，直到他婶子由史家营翩然回来。王菊豆在娘家遵循同样的时间表，她也去南岭，干相同的闲活儿。老不死的地主婆常常叹息女儿的薄命和勤快。

在史家营和洪水峪中腰的南岭獾子崖下，远离山道和人烟的草丛后面隐着一穴浅洞，两炕大小，人站不直，需弯着进去。

粮食吃不饱，路也远，两个人赶来聚首往往办不成什么事，没有力气。办不成事也来，因这里是他们夫妻的家。

天青燃上一堆火，脱下袄来让女人给他拿虱子，自己则翻在草堆上，看女人镶在洞口的剪影。他大口地叹气，难得如此自在，却更大声地叹气。女人过来拂拂他的额头，在腮上喔一下，又忙忙碌碌地去光亮处杀虱子，指甲盖挤得啪啪脆响。巨大的幸福就压了下来，胀满了一个洞，使他几乎不能喘气。

"昨儿个天白又得个奖状。"

"可有上次那个大？"

天青认真地想了想。

"一样的纸，黄底儿，花边儿。"

"奖的啥？"

"算术得个第一，写文儿得个第二。"

"又粗心写差了字不是？"

"谁知道哩。问他,兔羔子不理我!"

"就不能去大队问问教员?"

"说的吧!是我的儿?问疑了……问疑了……不理我也随他!这小崽子……"

天青的鼻子幽幽地酸上来,再说不下去。菊豆为他披了袄,与他在草堆里紧拥着,叹气,远远近近地聊些无关的话。天青说你多好一个人,我这一世亏了你了。菊豆说你多仁义一条汉子,是我这不争气的娘儿们亏了你了。说着说着就泣不成声,像两个丢了娘的婴儿。

温暖的季节,难免分而又合地翻山越岭,赶到獾子崖的家穴里做成一星半点旧事。知道有限,知道不可免,也明白所失与所得是什么,就从容了,不大看重那稍纵即逝的快活。这是方法的一种,为了彼此抚慰各自的灵魂。有时就局促起来,因赤裸相视而难堪,仿佛对活到这个地步感到很不好意思。恰如做了山中兽林中鸟,处境相类,却没有那份自由。伴着他们始终有个窘字,还有一个便是那绵绵不绝的愁了。

"我那亲亲的小母鸽子哎!"

这声音给闷在洞穴里,犹如从潮湿的岩壁上渗出了山的叹息,带了另一个世界的味道。两个相叠的倦人就拆了下来,游着迷茫的眼。

"种不下吧?"

"日子对,种不下。"

"总不做囊子也干了。"

"迟早要干了的。"

枯萎的语调像是在谈论地里的庄稼。确是干涸了。天青的脖子与腿上的筋藤条一样伏着,触上去就觉得那是长出肉外的束束软骨,很韧也很滑。菊豆两包新坟似的胸浅了,像永远也填不满的装谷子用的小口袋。钻出洞去,突临的天光便照亮女人的轮廓,晶莹着的只有黑发里的白发,不知何时竟多了起来。天青把自己的柴拨给她一半,看她吃力地背走,那肘上的方补丁和屁股上的圆补丁勾得他要下泪。他急促地跟几步,停下来,再跟两步,就站着不能动了。

"菊豆,别走闪了呀!"

"菊豆,你看着走……"

柴压得女人转不了身,一只手无力地向他摇。他无言了,它还在摇,一直摇到不见。天青愣在荒凉的山岗上,不知自己该往哪里走。山道弯曲,在他眼里已不是路。他脚下的路越走越窄,窄得眼看就要消失了。

山地闹四清四不清的年月,史家营王麻子的遗孀以适当的高龄幸福地辞别了人世,也拆掉了她女儿暗地架设的爱情桥梁。失去回娘家的借口,两个穴居人就把舒适的山洞重新还给了黄狐和野獾子。它们对这里的喜爱和需要绝不在他们俩之上。它们更适合四处飘泊,漫山流窜。荒野毕竟是它们的。它们讨厌在这儿或在那儿嗅出的人的味道。它们希望山风把这种可怜巴巴的味道吹向九霄云外,吹到它再也回不来的地方去。

那年王菊豆得了腰疼症,不能下地挣工分了。偶尔上工,爬到炕上两天起不来。小学毕业的杨天白放弃了上初中的准备,休学之后便拎着锄杆子做了社员。田野里多了一个勤快人,都说杨金山下的好种,能文能武的真是不赖,寡妇人头老来有望了。

光棍儿杨天青踩住了一块云。路已没了。他等着哪天云开雾散便一头栽下去,或许竟能没着没落地飞起来,了结了一生的残梦。

山村洪水峪陷入了生动的岁月。乡亲们认字与不认字的共同识别了一件新事物。认字的捷足先登挥起如椽大笔，不认字的也到大队部往家里张罗不要钱的粉的绿的或白的纸张。乡风淳厚的人们突然地屈服于偷袭同类的诱惑，准备各自八面出击，打一场让日本人头疼过的更加神出鬼没的山地游击战。

第一张纸说的是大队长某年某月因某事打了某人六个嘴巴。道歉是道过了，但是应该赔得更实在。这张纸的尾巴上豁然写道：把钱交出来，我要治牙疼！

另一张纸表的是某人故意放养家里的瘟猪，把半个村子的猪都连累得死掉了。纸上签名的是十八家的户主。看样子有心要使某人倾家荡产。

新一张纸击中了脾气随和的大队书记。称他捏过某媳妇的某个器官。啥器官却不讲。只道某媳妇没上吊也没说出来是怕着他。现在不怕了，她要斗争他，看他再捏不捏！

就乱了。就一塌糊涂而有趣了。

终于在一张纸上读到了菊豆。书法是半熟的柳体，署名的却是二傻子田锅。傻子记不清年月，代笔的有良心而没有杜撰。情景却渲染了。下边的人没有看清，压在上面的确是菊豆无疑，地点在南岭山道旁的灌木丛，田锅起初以为是狍子或黄狐哩！厚道仁义的老乡亲们感到诧异，但是不敢看这张纸。只有一群起哄的赖子挡住田锅，让他讲。傻子惊惶地吧嗒着嘴唇，不知如何讲起。有人递给他一支烟卷儿。

"她咋压着咪？"

"像在水泉捣衣裳不？"

田锅抽着烟平静了，弯腰做伏地状，见众人大笑便皱着眉头直起来，怕人抢去似的在烟棒上使劲儿嘬嘴。

他一起一伏地像认真做着一件事。有烟抽他肯一天到晚这么做下去。杨姓族里的见到这一幕，都灰溜溜地绕开了。准备回家为别人炮制更硬的炸弹。傻子也跳出来了。这个世界已不成个世界了。毁了狗日的吧！

杨天白读到这张纸以前先读到了一些人古怪的表情和更为古怪的窃笑。读懂之后又看见了人堆里表演的田锅。他扭头钻进了大队部旁边的木工房，出来的时候手里掂着一把寒光闪闪的斧子。他一点儿也不张牙舞爪，英俊的脸甚至显得过于平静，像进山伐木一样溜溜逛逛地朝那堆愉快的笑声凑过去。无声的信号使人群唰一下散开，傻子惊讶地闪过冲脑门刮来的凉风，顿时聪明了。他紧紧捏着半个烟蒂，毫无目的地狂奔起来。怒火熊熊的杨天白终于爆发了，像子弹一样紧紧追着他，雪耻的斧头像奔腾的马脑袋，令人恐怖地一纵一纵地朝前猛蹿。傻子向遥远的南岭失声大叫。

"饶命呀！杀了呀！"

"我压着我咪！"

"我屁股压着我肚子来！杀了呀……"

二傻子田锅由梯地的坡头滚了下去，像野羊一样哗哗地蹚过了溪水，一头扎进了幽深的老林子，枯树枝嘎巴嘎巴地响了很久。

杨天白把斧子扔回木工房就回家了。

"好样的，天白！"

"你爹是上中农，咱怕谁？！"

同道的族里人与他搭腔，他理也不理。脸是少见的阴沉，似乎已崩溃于强烈的打击。回到宅院，见母亲在灶间做饭，猪圈里是起粪的堂兄，他就不知道该做什么好了。想静下来装下镐把，怎么也装不对付，索性抡起来砸烂了窗沿下的咸菜缸，还撒不了气，就把镐头和镐把扔到院墙外面的地里去了。

三个人之间两天无语，哑着。

田锅的老实爹拎了半斤桃酥给菊豆赔不是，吭吭地讲不出什么，就骂儿子，骂顺了舌头，便夸天白的孝敬，夸菊豆的贞洁，夸天青那侄子的厚道，最后连死人也夸了。说杨金山真是顶精明有福气的庄户把式呀！

"这鸡子吃得肥哩！"

来不及夸圈里的猪，他就给菊豆请出去了，走出半里地还在点头哈腰，似乎儿子得罪了山山岭岭，他就必须给草草木木赔上一万个不是加两万个小心。

人人都活得有些不行了。

二傻子田锅傻得更加不堪，终于做出了开天辟地的事，让洪水峪全村为之羞愧。他把菜缸里夹咸萝卜用的六道木筷子伸到了不该伸的难以想象的地方，在直肠上过于陶醉地穿了一个洞。腹膜感染差点儿弄死他，由县医院回来半年才恢复了活气，并且似乎比过去机灵了不少。他不懂羞惭，因而老是甜蜜地笑着。下贱人逗他辱他，他还是笑着，很幸福。

"哥这儿有根筷子，田锅你用不哩？"

"我用你娘那窟窿……"

笑得就更甜蜜而聪明了，仿佛万物为他所用，想用什么就能用到什么。世界对他是仁慈的。以后人们听说，他爱上队里那头三岁的漂亮的小草驴儿了。

杨天青在洪水峪平淡中度过了四十岁生日。他修大寨田时卖呆力让垒石砸伤了脚，躺在厢房的土炕上养伤，回想了一生中诸多难忘的往事。他心平气和，原谅了一切从而也原谅了自己。人世是公平的，老天爷照料了他，让他得到了能够得到的一切。他没有什么抱怨的了。

菊豆过来给他敷药，见他目光呆呆地盯着熏黑的屋顶，就心有灵犀地红了眼圈。

"天白指鸡骂狗的，不听就罢了。"

"我儿是好儿子，听他骂也舒心哩！"

"哪天我把事情说给他。"

"那是要他的命，随他吧。"

"苦了你……"

天青抓住她的手，愣愣地往怀里拉，俩人就拥合了。儿子的眼悠悠地悬在了一处，天青狠心地不看不想，以嘴抚平她眼窝的深沟。冷得久惯了，菊豆有些惊惶。天青颤巍巍地往低处扳她，终于促她跳了起来。

"几年冷也冷了，看毁了咱俩！"

"天白轧地哩，回不来。"

"他半腰闯回来的时候少？"

"闯回来就说给他。菊豆哎，咱俩都老啦，老得不行啦……我那菊豆！"

"做就拣个时辰……"

风韵犹存的王菊豆从厢房里撤出来，做饭洗衣时通红着脸，感到了多日不见的快活，像是复归了往昔的岁月。自己的男人忘不掉自己，她骄傲地踏实了。

冬季一个日子，在大寨田里给梯地垒墙的杨天白打短歇时没有喝队里烧的热豆汤，借口回家寻块干粮就匆匆地走开了。路上他一

伏羲伏羲 | 165

直想着母亲近来的脸色,及堂兄可疑的宁静,刚踏入村巷便吹起了哨子,大口吐痰,让鞋底在青石板上磕得重些。

院子无人。屋里无人。圈里灶间里没有,柴垛秫秸垛后边也没有。天白的头发嗖嗖地竖了起来,像老鼠一样乱停乱窜。他从案板上操起一把菜刀,撩开北屋的炕席,又撩开厢房的炕席,寻找必须砍杀的东西。他心里万分冷静,如果堂兄果真做下了,又让他抓住了,他就剁了他!像切瓜一样剁了他。

他想杀了母亲!

他想起北屋后山墙的菜窖,脑袋咣咣地裂起来。窖口捂着盖子,不像有人。捂得这么严紧,不可能有人。去年芦花鸡就让他误封在里面,被烂菜的霉气熏死了。想到死鸡,他提刀的手有些打软。挪开木盖子他看到了扶梯,看到了几束萝卜和一团浓浓的黑。他回去以刀换了把手电,下决心钻了进去。

只迈了三节梯格他就靠在那儿不动了。昏黄的光柱照射着土豆堆,和土豆堆旁的几条麻袋。娘和堂兄并着头,丑恶地缩着身子像是承着天大的冤屈和愤怒,要给人世一个黑暗的放纵的反抗。俩人已不省人事,但醒着的听到了合二为一的光滑的呼吸声。

杨天白以悲愤的心情做了一件从未做过的事情,他为他四十四岁的母亲穿上了裤子。把她背到北屋的炕上以后,他已经不准备去背另一个了。

他闭紧了院门,考虑要不要把窖口堵上。想了想终于没有做,懒得做,因为浑身上下没有一点儿力气。他苦笑着傻子似的看着菜刀的亮刃儿,想用脖子好好地在上面试一下。

纯净的空气使王菊豆睁了眼,又闭上了。意识尚未清醒,嘴唇喃喃地要说什么,几个让天白不忍听的字眼儿便随着口涎一块儿流了出来。

"天青，我憋闷呀……要死啦……"

母亲求助的手在席子上抓来抓去，钩起了残破的苇片，咔咔的像是喉骨断裂的声音。天白看得愣了神儿。母亲发丝上粘了菜窖的蛛网，像一朵凋谢的白花儿。

他打湿了毛巾，为母亲拂去脸上的尘土，擦得很仔细。那只手还在枕头旁边抓来抓去，像挠着一颗心，要挠得它滴出鲜淋淋的血来。

"天青，我那苦命的冤家哎……"

"闭嘴吧！娘！……你闭嘴吧！"

杨天白再也支撑不住，跳起来朝菜窖跑去。杨天青给撂到厢房的破苇席上，嘴巴仍旧死鱼似的张着半圆，里面似乎含着不及吐出的千言万语或一句半句的呻吟，又像叼着不解的惊讶。他惊讶为什么在他寻找生命欢乐的关键时刻，总是受到不公正的突然袭击和捉弄。他想用菜窖的木头盖子把自己和女人隔离于上面阳光明媚的世界，却没有想到压迫他的力量无孔不入，一氧化碳的浊气把持续的羞辱和报复推到了极点。他无法理解。他因为无法理解而发出丑陋的无声的惊呼。直到杨天白往他头上泼了两瓢泉水，又用最刻毒的语言诅咒他的时候，他的大嘴才缓慢合拢，咬紧了。

"王八蛋！"

他听到了儿子的声音。滚到膝盖和胳膊肘下面的山药蛋已经消失，而裤腰带分明系得很紧，在不熟悉的地方结了不熟悉的疙瘩，他的神智便再度模糊，永远不打算睁眼了。他失去了观察任何物体和情景的欲望，温暖的菊豆在心窝里伴着他，他已经别无所求。

十一

杨天白没有上工。他自己凑合着做了晚饭，只给自己和母亲盛上。母亲吃不下，也羞于吃，却指了指厢房。天白不搭理，她又胆怯地哀求地朝那边指了指。天白死勾勾地盯着她，盯得她浑身打冷战。

"顾了你自己吧！这家有我没他！"

黑洞洞的小厢房里鸦雀无声。

第二天收工回来，杨天白看到堂兄那畜生离开灶间，手里颤巍巍地端着一碗粥。他冷笑着从旁边走过，恶毒地啐了一口唾沫，摔摔打打地丢着农具。那畜生就不敢动了。

"天白，活儿累不？"

"累死牲口累不死人！"

"我脚伤好了，明儿个上工……"

"哪个拦着你！"

"弟，你哥……"

"狗日的有脸填嘴！心肠哩！"

杨天青把粥碗搁回灶间，古怪地笑着，迷迷瞪瞪地走到猪圈，打个愣儿又走向鸡窝，终于大吃一惊似的仓皇地逃进了厢房，咕咚一声，像是绊倒了顶门杠。安静了。片刻之后是女人几乎听不见的啜泣，像几只饿鼠在暗处里磨牙。冤家脸上的苦笑和儿子脸上的快意深深地杀着她了。却大羞而无言。

杨天白不肯退让，局面终于闹到不分食就不过的地步。杨天青分到了一口水缸和一口小号铁锅，外加两只破碗和一些别的器具，过起了独立门户的日子。他盘了一口泥灶，火旺却倒烟，在村巷老远的地方就能听到他连续不断的咳嗽声，那种死去活来的味道让人听了怪难受。人们不知道这条光棍儿安安稳稳的日子里发生了什么事。他处事那么仁义，不像是与亲戚闹纠纷的人。分食也好，光棍子图的不就是无牵无挂的自在日月么？但是人们又看到这体魄健壮的汉子与往日不大相同，神情木然，地里的活儿做得很不利索，打歇时不论旁人如何谈笑，总躲个静地界儿远远地看山，找一件总也找不着的景致。便说，这可怜的光棍儿显然是熬坏了，不行了。

那干净的寡妇也有些蹊跷。村巷里总也见不到她，碾子和园子里也少见。逢了妇女的会或大队里演电影，别想找到她，一概是不去，借口腰疼和心疼。心口疼是娘儿们常落的疾患，但人们却叨咕，说这俏寡妇像是也守得乏了，不行了。族里沾亲的妇人去拜望她，发现她脸皮子变薄，蒙了一层又一层褪不掉的害羞，听话接话时溜溜儿地躲旁人的眼。许多乡亲忆起了二傻子编的那张纸，其中几个精明的想得更为深入，再看女人和女人的侄子时便用了异样的眼光，值得研究的东西不由地丰富起来。人们背地里多了一件事，饮食和睡眠也就有些滋味，不再乏乏地打不起精神来了。

四个月之后，王菊豆神不知鬼不觉地去了史家营附近的四马台，在亲妹子家一住不回，过起了寄人篱下的日子。护送了她的杨天白返村时像尊凶神，逼退了一切猜疑、询问、安抚的目光。不足十八岁的后生走路鼻子眼儿朝天，把谁也不放在眼里。人们就叹息小崽子的草莽，说是比老金山的怪性子更不招人待见，整日杀声杀气的迟早有哪条软命得断在他的手心，临了毁了老金山的血脉。

光棍儿杨天青一天比一天恍惚了。

天白在园子里摘花椒，让树上的刺碰了手，血流得不多却不止。

在一边割韭菜的天青睡着了似的走过去，捉住天白的手要看看。天白措手不及，堂兄的力气又奇大，就恼了。

"你干啥！"

"我给你治，看这血粒子……"

他慈祥地笑着，捂小兔一样攥着天白的伤指，竟探嘴嘬了起来。天白恼羞成怒，使猛力甩他，把他甩得跪到了菜畦上。杨天青仍旧不肯松开，苍白的面孔猛烈哆嗦，看着吓人。

"我是你爹！天白……"

天白愣住了，一阵恶心。

"老子是你亲爹！儿子哎！"

"狗日的你疯啦！你疯啦！"

天白不能摆脱，终于恼怒地踹了一脚，把杨天青当胸踏翻在绿油油的韭菜地里。他走到园子边缘突然站住了，像听清了什么，像念起了什么，回头看看躺在那里的人。轻轻抽搐的那个人从来没有像现在这样令他恐惧，他害怕了。

"你真是疯了……"

他向水泉走了几步，然后飞跑起来，在溪边的柳树棵子里像狂风一样奔驰，一直刮到远离村庄的密林深处。躺在园子里的那个却无比安详，他抚着疼痛的胸口窝子，感到茂密的韭菜毛从两边摸着他僵硬的脸皮，一边是女人的手，另一边是儿子的手。他看见了儿子哭婴一般的白白胖胖的脸蛋儿，看见了女人落雪山丘似的美丽绝伦的乳房，蓝天上的白云盛开了，天边的花束勃然怒放，淹没了他的眼睛。

又过了四个多月，另一个值得纪念的日子终于降临了。清晨，大队的有线喇叭招呼各家派一个成人到队部开会，传达领袖指示。

天白早早地离了院子,没有注意厢房的动静。邻家的汉子进院讨烟叶子抽,见北屋空着,就推开了厢房的门。炕上没有天青,烟管箩搁在枕头旁边,他乐呵呵地装满了一口袋,又卷了一泡才向外走。这时他无意中看看北墙,好像有什么东西不对付,走到门外又回头扫了一眼。烟口袋哗地散到地上,他哆嗦了半天,终于大叫起来,磕磕绊绊地冲进了村巷。天白明明在老乔家门口跟人聊天儿,他却视若无睹,疯了似的朝干部家跑去。

"不好啦!不好啦!"

"出了人命啦……"

"光棍儿扎了缸眼子啦!"

洪水峪上空轻雾缭绕,林子里有鸟的叫声,太阳正爬起来,让雾遮掩得黯淡无光。凄厉的呼喊被这个寂寞的早晨吸了去,也被沉睡的山峰吸了去,显得有些夸张而不太真实。喊他娘的啥哩?庄户人揉着蒙眬的睡眼,三三两两地走出农家小院,打着呵欠。喊他娘的啥哩!这狗日的天光很不赖么,露水多大,庄稼足足的是饱了。

干部们赶到了天白的前头。小队长看明白情景就叁开了两条胳膊,堵在厢房门口像发表演说或煽动起义一样大喊大叫,显得非常激动,非常的胸有成竹。

"报告大队!报告大队!"

"报告公社!我们要报告公社!"

"不能坏了现场,干部们站出来……"

"退出去!妇女都退出去!"

终于醒悟的人们已经野蜂似的围了过来,院里院外的人头黑蛆一样扎成了团儿。

杨天青对此无动于衷。他赤着身子,在腰眼子打了一个大折扣,很优美地扎在北墙根摆的那口水缸里。水从缸沿溢到地皮，湿了黑乎乎的一片，这一片便是他投到缸里的上半个身子的重量了。昨晚上人们不明白他为什么见星星了还急着担水，一个人有那么多水要吃么？现在他们已经明白。

杨天青对着人们的是尖尖的赤裸的屁股和两条青筋暴突的粗腿，像是留给人世或乡亲们的问候。那块破抹布似的东西和那条腌萝卜似的东西悬垂于应在的部位，显示了浪漫而又郑重的色彩。壮年人惊讶于那个屁股的白，几乎疑心平时不大注意的自己的这个东西或许也能如此干净。青年和少年则夹紧了裤裆，慌乱地想到自己和迟早要与自己有关的一些美好的麻烦。妇女们不曾看到，让未谙世事的小儿报信儿，儿子跑回来腆着小鸡子拿手长长短短地一比，就羞红了脸，还儿子一个清脆的嘴巴。

杨天白傻了。他破例地被邀进厢房，却找不到能待的地方。他以热烈而又冷淡的目光注视姿态神奇的死人，最后大胆地盯住了那微微敞开的胯部。他目不斜视，似乎已对那团美丽而又丑陋的物质着了迷。他研究它的属性，怕冷一样大抖了几下，仿佛已经有所得，已经辨出了自己十八年前走过的狭窄道路，以及曾经给他以养育的原始而神秘的住宅。他拨开人群走出去，搬了根杏木桩，起先坐在上面，后来就没头没脑地抡着一把斧子劈起了它，劈出了整齐划一的干燥的杏木段子，就这么劈到人群走散。公社的干部大摇大摆地走进院子时，杨天白已是汗泪如雨，痛不欲生。

几个儿童在山坡上叽叽喳喳地前进。

"天青伯好大一个本儿本儿！"

"咱长成了都有好大的活儿哩！"

"本儿本儿哎！天青伯的本儿本儿哎！"

他们抽几根谷穗子,持在手里像旗帜一样挥舞,欢呼着冲上了鲜花点点的山岗。

一九六八年阳历九月七日,洪水峪的大光棍儿和爱情英雄杨天青与世长辞,无畏而莫名其妙地慷慨就义了。他以身殉私的行为给山村带来一些不必要的骚动,但是乡亲们毕竟处于见多识广的幸福岁月,注意力很快就分散,不再纠缠糊涂的自杀者。他死因非常明确,熬光棍儿熬灰了心,寻那么个怪法子可以理解。但是同姓的老辈子人怜惜他,称他是口渴,喝水时犯了炸心病,死得很舒坦的。又称他要么就是在水里见了什么,想进去会一会,不料进去就出不来了,或者是会上了想见的东西,不想出来了。他会的是什么,人们不太明白,不易猜就不猜它了。他死前几个月总在傍黑时蹲到南岭的小高坡上抽烟,远远地向南边看,想必思谋的是同一个东西了。最后给他在水缸里捞到,是他的福。死得还算不软。

王菊豆没有回来参与侄子的丧事,因为几乎就在得到凶信儿的同时,她早产了一个精瘦的男性婴儿。这很能说明问题的消息是将近半年之后由四马台传过来的,洪水峪乡亲听到它恍然大悟,继而大怒,继而大快,继而大悲,继而……就什么也没有了。王菊豆在妹子家终于住不下去了,领着名叫小二儿的东西回了自己的家乡,众人冷淡地同时又关切地迎接了她。仍旧参照了族里的老名谱,摆来摆去甩不脱一个天字,老辈子做主,把二小子唤了天黄。以天字论,说明杨天青受尽磨难而得到的仍旧是个弟弟,跟天白一样。但人们只知道这小个儿的是天青的种,却不知道那光棍儿多么有福,还留着一个种。眼看着大的小的长成了一个模子,却一致认定那大的是老金山的后,和小的是完全不同的传人。

话说民国三十三年秋天——那个落雨的秋天的日子已经死掉

四十多年了。事到如今，远近闻名的俏寡妇已经苍老得不成个样子。她的闻名一是因为美貌过人，一是因为她给叔侄俩各孕了一个儿子，为两条血脉付了牺牲且忍受了极大的耻辱。每逢清明时节，她就去杨家坟地在两个辨不清谁是谁的土堆中间坐下，掏出干干净净的手帕，抑扬顿挫地放开苍凉的喉管，为她伺候过的两个男人高歌一曲，那悲哀的调子是洪水峪所能听到的最动人的音乐。

"我那苦命的汉子哎……"

坟堆静静的，不知睡在里面的人感觉如何。谁是那苦命的汉子呢？两个人为女人和儿子的所有权打得怎样了呢？是杨金山踏翻了杨天青，还是杨天青掐住了杨金山呢？看老寡妇哭的伤心样儿，莫非已打得不可开交了么？这是文化不够的洪水峪人时时担心的严重问题。在他们看来，有仇的人早晚会大打出手，而寂寞黄泉自古便是头破血流的世界了。

杨天白和杨天黄活得比父亲们强。天白娶妻后性子柔了不少，只是不肯听人提他的爸爸。他自己也做了爸爸，他很疼儿子。天黄认真读书，竟读进了县城师范。眼界比较开，又时时激愤于自己来历不明或来历太明的身世，活得努力但总散着些玩世不恭的味道。脸俊似娘，体壮如爹，很合适做一种俘虏。分配到桑峪小学教语文，弄大了一个肚子；调到西水教数学，又喂大了一个肚子；最后调至齐家庄，还是多情，眼见一位女教员的肚子鬼使神差地大起来。人们就认定他是一个淫棍。不过这一次虽然仍旧刮了胎，但他已经安静，看样子有心守着这唯一的肚子永永远远地周旋下去了。洪水峪有人在县街上见过他俩，小娘儿们果然俊白，她拖着天黄的胳膊像拖着一件吸引力十足的战利品。令纯朴乡亲不乐意的是小娘儿们的牛仔裤，让人用过的臀熟坏了似的胀得滚圆，像一匹每时每刻都在发情每时每刻都准备踢谁一蹄子的小母马儿！天黄那不争气的小崽子逢了天煞星，算是完蛋了。他就不肯像他爹那么认真。他爹？那是一条多么仁义多么厚道多么懂规矩的汉子呀！

那汉子活到眼下怕要伤心得不行。他的小母鸽子已不是鸽子，也不是鹰，而是一只脱了毛的老母鸡了。老母鸡没有什么不好。老母鸡在照料她的雏和雏的雏儿。母鸡终归是母鸡。母鸡永远有着公鸡不可替代也不可比拟的优点。天青那光棍可以安息了。

夏日来临，在他为叔叔净过身的透明的水塘里，经常聚满了时时在纪念他的扑澡的半大孩子。他们从水里爬出来，让阳光尽情照耀赤裸的身子，照耀他们茁壮成长的下体。晒得热了，就下意识地攀比起来。有早熟的便傲岸地在大石头上踱步，一颠一颠地像敲着一把结实的小榔头儿。一旦受到膀胱的催促，便情绪激昂地站到石边。白花花的尿绳就拉出了阳光的七彩，击中小溪对岸的野花，惊散了嬉戏翻飞的蝴蝶。这种莫大的荣耀使成功者愉快。

比较软弱的失败者不屈地鼓起了嘴。他们望着天空，寻找他们的救星和伟大的男性之神。他们恢复了无畏的必胜的意志。

"你赛过天青伯的本儿本儿，就服你！"

"他是大人。"

"你爹要赛过天青伯的本儿本儿，就服你！"

"他死了！早死了！"

"你赛过死人的本儿本儿，就服了你！"

"算啦，咱不跟鬼比。"

孩子们就不响了，就惭愧地把自己遮掩起来。他们没有见过活着的天青，也没有见过死时的天青，但是他们知道一个不朽的传奇。那传奇的内容有时会打乱他们年幼的梦境，使他们自己跟着冲动或悲哀起来。大苦大难的光棍儿杨天青，一个寂寞的人，分明是洪水峪史册上永生的角色了。

无关语录三则

（代跋兼对一个名词的考证）

它是源泉，流布欢乐与痛苦。它繁衍人类，它使人类为之困惑。在原始与现实的不朽根基上，它巍然撑起了一角。即便在它摇摇欲坠的时刻，人类仍旧无法怀疑它无处不在的有效性及其永恒的力度。

——［波］胡梭巴道夫斯基院士：《人类的支柱》

是年秋，余往西山察御碑雕凿事。……闻双清庵居左岭幽林，遂绕往观之。途半，偶见秋野有奇谷壮。其穗偌大，寸八短长，横径寸二。行者皆叹曰："硕哉！"有老妪荷锄当田立，余问之曰："此谷何以壮？"不答。曰："何以名之？"妪曰："本儿本儿谷。"复问之曰："本儿本儿何也？"老妪哂笑若颠，以锄引余脐下，指轿佚胯隙，皆顿省其邪，惊之。取壮穗一，详察，果硕之焉！夜思京华，废寝掌灯持穗以观之，幡然有思。本者，人之本也。又本者，通根，意即男根也！以本儿本儿命之阳具者奇，命之以谷禾者大奇。食色并托一物，此幽思发乎者谓之佳才，可乎？至曙，出村西行。金风摇秋，田亩谷浪不绝，兆万本儿本儿瑟瑟声动，欲撼山兵矣！忽一念：以本儿本儿命阳具者为圣贤,以本儿本儿命此谷者乃天下第一大淫人也!掷穗足下,磊然踏之以行,不复思居京美妻群妾另官宦利禄又饮食男女尔哉!羞惑以志之。

——[清]嘉庆丙辰举人吴友吾:《西山笔记·卷五》

欧陆北部山地的岩石上,有原始部落民的绘画,其中的武士以三条腿走路,挺两柄利器作战。这种惊人的性的攻击性,冲破后发的宗教(包括哲学)的遏制与调和,终于导致了西方现代的性崩溃。梦想以三条腿走路的种族,在成功的劫掠之后正为寻找新的平衡而苦恼。这是有趣的事实。

同样有趣的是东方的性的退缩意识。横行的儒家理论在温文尔雅的外表下,潜伏着深度的身心萎缩,几乎可以被看作是阳痿患者的产物。古支那医用的男性裸塑,其性特征无非是比肚脐略微突出一些的东西而已。明代的突进以闹剧开始,经历了恶少般的天真和放纵,王朝随之覆灭,古国一蹶不振。这导致了几乎是神经质的新的全面退缩,却并没有妨碍支那人成为善于生育的种族。这个事实已经不仅仅是有趣了。

——[日]新口倪一郎博士:《种族的尴尬》

虚　证

序

　　逻辑学教员是个年轻人，口齿好，学识渊博。他喜欢点名，每次开课都把大家搞得很紧张。那些经验丰富的老教员要随和得多了。初出茅庐的人大概都喜欢制造恐怖气氛，把别人搞得服服帖帖他会踏实一点儿。

　　哪一位被点到名字，就小学生似的或军人似的答一声"到"，老老实实站起来回答与作业有关的某个问题。吭吭哧哧答不出不算什么，大不了尴尬一下，有趣的是驴唇不对马嘴，态度又过于认真。面对这帮记忆力衰退的憨大哥傻大姐，不知年轻教员是否有一种智力上的优越感？我怀疑他是有的。一旦点到名字而没有得到回答，他就兴奋地勾一下花名册，口气恶狠狠地说道："再重复一遍，旷课三次，期末考试按不及格处理。"这不是太残忍了吗？他很可能把自己当成严肃的启蒙者了。

专修班的大龄学员是为文凭而来的苦命人，很少有谁对这门有关思维规律的科学抱有真正的兴趣。"形式逻辑"是个什么玩意儿？人类花样翻新的自我折磨还少吗？教员不过是根胶皮管子，把大筒里的水抽进乱七八糟的瓶瓶罐罐，筒里是牛奶还是泔水根本没他什么事。他只是把一种折磨具体化罢了。抽查作业，点名，小考，叫人没处躲没处藏，一堂课都旷不成。

假如他是亲弟弟，我就揍他，把他送到和尚庙去诵经。

当然，我对负有灌输"思维规律"或其他什么规律的人没有恶意，对那位年轻教员的点名嗜好也足以忍受，某次点名之后我甚至要感激他了。

"郭普云！"

声音跟往常一样，不高不低，却爆破似的涌出了惊心动魄的味道。窗外是十一月的天空，没有阳光，因为教室位于楼房的背阴面。三个高亢的音节之后是一阵意义模糊的沉默，靠墙的暖气片发出奇怪的震动，时断时续，好像有一台风钻埋伏在楼里。沉默通常意味着哪个倒霉蛋旷课了，但这回不是。"思维规律"在干什么呢？几十位同学显然陷入了短促的混沌状态，一个名词就使大家全体愣住了。郭普云。合格的概念，内涵和外延都没问题，可以作为判断和推理的基础。但是，这三个汉字果真那么顺从吗？我的第一个念头是："怎么搞的！"插曲来得太荒谬太辛辣，老半天品不出它的味道，只觉得周身笼罩着邪气，眼前的一切都不大真实了。

教员在勾名单，缓缓吟哦："旷课三次，期末考试按不及格处理。请课代表转告郭普云，下星期……"

没有人带头，一些嘴吐出"哧"的声音，教员以为是轻蔑，仍旧威严地说下去，暖气片适时地扫射起来，哒哒哒一通乱颤，"哧"的声音更响亮更齐心协力地汇成"轰"的一声，终于把大家从混沌和沉默中解救出来。笑的人里面居然也有我。教员遭到莫名其妙的袭击，脸皮浮粉，表情竟腼腆了。

"笑什么？"

"他不在了。"

"怎么回事？"

"……自然除名！"

回答来自某个角落，仿佛相声里的抖包袱。笑不出来了，这使我成了聆听一种奇怪笑声的旁观者。一个人的窘态可以促发另一些人的快感，这是司空见惯的常识。那么，这一切都是针对假模假式的教员的了？然而我分明感到所有嘲弄和伤害都可怕地打到了另一个地方。"郭普云"背后已经一无所有。他是词，是字，是音节，是语言的三个外壳，是可以促发判断的一个概念。他对赞美和嘲弄都无动于衷，作为精神元素他是某些人记忆中可有可无可浓可淡的一个无形的东西，作为物质元素他只不过是地表三尺以下的一团泥土。奇怪的笑声像鞭子一样抽打他，他无血无肉的身躯还会疼得蜷缩起来吗？他逃到那个鬼地方去难道比走在太阳底下更快活一些吗？

那堂课教员上得无精打采。下课后同学们三三两两地拥出教室，走路，上车，回家，做饭，吃饭，读书，谈情，造爱，每个人都面临一系列现实的课题。课堂上的偶然事件无碍生活的节奏，甚至没人提起它或想起它。郭普云的确什么都不是了，他已经没有任何意义。把他的消失说成"自然除名"未免冷酷，但已经不能对他构成任何伤害。除去的不是名字而是一块生动的肉体，名字留下来替他承担一切，包括人们因这名字而产生的种种沉思和遐想。

那次点名使郭普云再次占据我的脑海，成了想象中最有诱惑力的一个单元。我跟他也算得上朋友，但我不能说我时常怀念他，也拿不准我偶尔想起他时的心情是否可以称为难过。最初觉得震惊，觉得不应该，觉得可惜，现在连这些也淡漠了。

他已经不存在，而自己还马马虎虎活在世上，这种侥幸、得意的感觉似乎把人的心肝泡硬了。逻辑课上我毕竟笑了，凭这点儿证据不足以把自己说成浑蛋，最可怕的是那种没有人带头而又众口一声的"轰轰"的窃笑，想起来就无地自容。面对记忆和联想中的郭普云，我相信自己有足够的冷静，但我更希望有人道主义来支撑我干枯的情愫。

思维规律是客观的，我的思想遵循思维规律，因此我的思想是客观的。如果逻辑学不是巫术，教员不是骗子，那么这个三段论将是我在冥冥之中拜访郭普云的护身符。我将寻找一种真实，或者造就一种地地道道的虚伪。我抓在手里的很可能是后者。那次点名的声音欲落未落之时，有谁能够立即判断将要发生正在发生的是什么现象吗？人心隔肚皮。把我和郭普云隔开的，是一扇沉重的地狱之门。

第一章

五月一日是劳动节，也是郭普云自杀的日子。他为什么选择这一天，谁也无法解释。总不会是向它献一份死的礼物吧，以死来侮辱它就更谈不上了。不过这个特定的日子的确令人费解，也使他的举动更加神秘,好像隐藏着什么难以言传的预谋似的。

那天清晨他去了农贸市场,快活地拎回一只活鸡和一篮新鲜蔬菜。他在阳台上把鸡杀了,干得很利索,他的父母甚至没有听到那只母鸡发出任何挣扎的声音。一个礼拜之后,当人们发现他的尸体,那碗鸡血还在阳台上搁着,凝结了一层尘土,像是发了霉的变质酱油。他父亲立即把它丢进了垃圾孔,那只破碗哨一声碎在楼下了。

杀了鸡之后拔毛净膛,一向心细的郭普云弄破了鸡苦胆。

他呻吟了一声。母亲以为他割伤了手指,赶到厨房却见他正在簸箕上扒拉那堆鲜艳零乱的内脏。

"完了。"

"怎么啦?"

"……完了。"

"胆破了吧?"

"真对不起,做不成鸡杂儿了。"

他笑得很勉强,犹豫了一会儿,好像在思考一个比较重要的问题。

"冰箱里有鱼吗?"

"有。"

"一块儿拾掇了吧……"

"等你妹妹来了再说。"

"今天我做菜。"

"可以。"

"您还有什么事吗?"

"没有了,你歇会儿。我陪你爸到街上走走,很快就回来。"

"街上车多,慢些走。"

"……我们不过马路。"

他洗了手,钻到自己的房间里,一上午没有出来。他倚在床上读一本书,不知是随手抄起的还是有意挑选的,书名《雪国》,作者是日本人川端康成。他在书眉上写了许多字,潦草而精辟,外人乍一看有点儿莫名其妙。其中有这样一句:"他是个文雅的骗子!"不像指斥主人公,很可能是对作者的评价。

他对这个口含煤气管自杀的大作家显然有着异乎寻常的关注。

他在探讨原因,并且寻找解释。"他的决断丑陋多情!"这句眉批留在《雪国》的第五十三页上,跟内容毫不相干。那一页有大半是平淡的官能描写,只有一句稍稍精彩——娇嫩得好似新剥开的百合花或是洋葱头的球根。

他读书时的思想一定在混乱中闯到别的地方去了。书已经不能束缚他。

十点钟,妹妹推开他的房门。她一下记得他当时的样子:侧卧在床上,身子朝里,脸朝外,肋上搭着那本书,好像给吓了一跳。

"我敲门你没听见?妈呢?"

"跟爸爸上街了。"

"我中午办点儿事,晚上再聚餐吧!"

"行……你能不能早点儿回来?"

"争取!我走啦,我们那位在楼下等着我呢,拜拜!"

"拜拜……"

他看了看手表,眼神儿很平静。中午吃了点儿面条,他又蹩回房间,伏在写字台上写了五六封信。他从来没有一次写过这么多信。母亲过来招呼他炒菜的时候,他正在全神贯注地贴邮票。信封填得整整齐齐,每张邮票都端正地贴在同样的位置。这些信无一例外地全部寄达接信人的手中,他用精心选择的文字宣告了自己此生最为重大的决断。

晚餐吃得很活泼。妹夫是个幽默的小伙子。嘴里插着鸡骨头也挡不住他东拉西扯,两位老人听得非常开心,完全被他吸引住了。郭普云话不多,静静地吸吮葡萄酒,偶而穿插一句"鸡烧得还行吧?"或者"鱼是不是淡了?"他喝了八杯,可是谁也没在意。他清理鱼刺时过分细心,脸红扑扑的好像在为什么事情感到窘迫和羞愧。妹夫问到红烧鱼的做法,他平心静气地解释了足有五分钟,父亲看了他一眼。他停顿片刻,又自言自语地补充了一句:"我个人体会,料酒的投放量和投放时间是个关键。"妹夫频频点头,和其他几位交换着眼色。不论怎样掩饰,郭普云给人的印象是心事重重,但是谁也没有能力接近那个巨大的秘密。心事重重毕竟是一种常规的神态。

郭普云提前离席了。他在房间里收拾了一下,背着瘪皱的挎包出现在大家面前,挎包里只有几封信。他依旧平静,甚至有点儿神采奕奕,说他想利用节假日回单位看看朋友,上学半年多一直没回去,朋友们都埋怨他了。

"去几天?"母亲问。

"顶多两天。"

他笑了笑就走了。没有特意注视哪个地方或哪个人,没有特意说几句意味深长的话,目光里也没有任何留恋,和千百次离家没有什么明显的不一致。他那双穿旧的猪皮鞋踏踏地在楼道里下降,最终消失了。

他由百万庄乘坐102路无轨电车,八点五分赶到了永定门火车站。西去的郊区列车靠在三站台,旅客稀少,大都是上班的矿工和归家的农村小贩。去三站台要跨过离地八米的钢架天桥,但是它和机车那庞大有力的铁轮都未能引起他的注意。他选中最后一节车厢,在一个三人座椅上躺下来。同一时刻,在另一节车厢里确实有一些相熟的同事,但在以后的回忆中他们否认见到过他,他们甚至否认他坐过这趟车。列车十点抵达下苇店小站,下车的超不过十个人,根本没他的影子。

那些信却是在下苇店发出的。站台短小,最后一节车厢一直甩到车站的信号灯附近。郭普云从那儿跳下路基,沿着泄洪道往北走,在穿过下苇店的街道时,把那些信一封一封地塞进了副食店墙上的邮箱。斑驳的绿色铁皮箱挂在那儿不知多少年了,他早就认识它,如今它也成了他周密计划中的一部分。周围的几盏路灯大都破碎了,五月的山风使夜色中的街道更加凄冷,郭普云摸索长方形的窄小的信孔时,想必注意到牛皮纸和铁皮箱磨擦的声音了。他怀着阴森的快感投向西北方的山峦。

路上经过一座吊桥和一条厂用铁路支线,唯一的一条小道把他领到海拔六百米的驹子峰山顶。山下灯火辉煌。右侧山坳里是国营煤矿的居民区,左侧靠近山麓的地方是他效力达十七年之久的兵工企业。无法分辨试验靶场所在的那条狭谷,它被一堵闪着蓝光的山脊挡住了。一列运煤的货车缓慢地穿过盆地,咣咣地钻进了东南方驶往平原的第十三号隧道,把呜呜咽咽的汽笛声带进了山腹。这司空见惯的一切没有增添也没有削弱郭普云的勇气。他在一块背风的石头后面瞭望、思索、吸烟,把他的生命延续到五月一日午夜。驹子峰北坡下面有一座库容三十万立方米的水坝,在最后奔赴那里之前,他遗失了许多人都熟悉的一只气体打火机,还有一个长乐牌空烟盒及十几枚一寸来长的显得过分奢侈的烟蒂。他匆匆地吸过它们,好像急速地不大负责任地完成了一项任务。

五月八日上午，天空晴朗。一位中年农民乘着轮胎筏子在小水库里打鱼，划到离南岸二十来米的地方，他觉得筏子有些不利索，用网杆子捣了捣，突然发觉一蓬头发像一朵黑花似的开上了水面。不等再动，黑花自动翻转，露出了一张大白蘑菇似的胖胖的人脸。好奇心压倒了恐惧，他哆哆嗦嗦地把尸体往陆地方向拨，竹杆子好几次捅进了雪白的腐肉，人已经烂得脱骨了。

郭普云头朝下躺在岸边，人们甚至不屑为他换一个更协调的姿势。他的体积膨胀了不止一倍，所有的衣扣都挣脱了，背心像透明舞服一样裹着圆大的肚子。他的猪皮鞋丢了一只，另一只仍旧紧紧地镶在足肉里，像黑皮一样长在上面了。他的脸让鱼类啄食过，五官已经完全破损。他通体散发着一股说不出的怪味儿。他如愿已偿，终于使自己远离了他想远离的一切，没有思想，没有痛苦，甚至没有了人的属性。农民的网笼里有几条停止呼吸的淡水鱼，跟人的尸身相比，它们挺拔浑圆晶莹的身体无疑要漂亮多了。

兵工厂保卫科的人赶来之前，那位农民已经翻遍了郭普云的口袋和肩上勒着的挎包。他动了恻隐之心，用一块塑料布蒙严那张可怕的面孔。每一个新到的人都经不住诱惑，急促地揭一下蒙布，嘴里大抵是几个字："真味儿！"或者"够吓人的！"

然后跳开，扎成一堆很有见地地交流各自的猜测以及对自杀的看法。他们谁也不掩饰对死人的轻蔑。奇丑奇臭的尸体对同情心产生排斥，并且恫吓了人的注意力。郭普云正处于人生最悲惨的境地，但他周围的同类们似乎更关心事件的戏剧性。暴露在光天化日之下的死尸就像一位哑剧演员。怎么死的？为什么死？与女人有关吗？

保卫科的人在挎包里翻出几块残留的石头，规格均匀，有铁锈痕迹。这是支线铁路上的铺道砟子，郭普云为了有效下沉在登上驹子峰之前就装上了它们。水库边有的是石头，他那样做是为了领略把石头边走边塞进挎包的诗意呢，还是在大惩罚之前安排了一个小惩罚的前奏？背着沉甸甸的石头登山，这种举动充满了自我虐待的味道，在他倒是和谐的。

郭普云回来了，但他迟了一步。早在五月三号，兵工厂、学校、家庭陆续接到了他赴死的诀别信。最初的震惊和慌乱过后，人们对寻找他不抱多大希望，只是耐心等待他何时从何地冒出来罢了。他在驹子峰水库的出现并没有超出大家的想象。

他给人的感觉似乎是竭尽全力地演出了一场注定要失败的戏剧。一出从悲剧中派生出来的恶作剧。他丑陋的尸体是他赢得的最大倒彩。

他的信一共六封，或许还有旁人不知的收信人。他在每封信里用不同的措辞阐述了自己的理由，他想证明他的选择是可取的、是无法改变的，他希望人们理解他。但是，他的理由不能使人信服。像所有自杀者的遗书一样，文字上出奇地冷静，表达了一种近乎完美的自欺欺人。除了他自身之外，大概没有人会看不出他所谓理智的荒谬性。

整理遗物时，他的妹妹无意中发现了那本眉批累累的《雪国》。她起初很感兴趣，但是读着读着便厌倦了。她发觉那些尖刻的评论全是死者自我赞美的反语。她终于认定她的哥哥在精神上是一个不可救药的人了。

郭普云追悼会于五月十四日在兵工厂举行，停灵的地点是闲置的四号仓库。过去这里堆满了装箱的无后坐力炮，军转民之后，空荡荡的水泥梁下便只有尘埃和空气了。

追悼会上没有哀乐。

第二章

郭普云是个美男子，只是体格有些瘦小，他自称身高一米七二，看上去似乎达不到这个高度。他的面孔相当漂亮，五官搭配得好，皮肤白，眼睛很大，眉毛极清秀地弯出两道蓝弧，牙齿也整齐。他三十六岁，最有光彩的年华已经消逝，但他仍旧比同龄人显得年轻许多。这张脸的缺陷是过于文静，多多少少地带点儿女性气质，说话时声调又不太响亮，初次接触便使人感到他是个性格软弱的人。

联合大学分校在城市北郊，只有一座像样的楼房，专修班教室在二层。开学比本科生晚，九月七日才正式上课。那天讲的是现代汉语，我迟到了几分钟，推门进去听到女教师正在讲汉语拼音，马上产生了是不是闯进了小学一年级教室的不良感觉。六排桌椅分三路摆开，我灰溜溜地向后走，在最后一行中间拣个空位子坐下了。到处是尘土，又不好意思擦，只好用大腿托着书包直呆呆坐着。我发觉左侧有人在看我，我偏过头去，那人却把目光移开了。我看见了他的白脸和挺拔的鼻梁以及那薄薄的仿佛失血的耳朵。他就是郭普云。十分钟之后他隔着两排桌子扔给我一块抹布，他还扬起一张单子晃了晃，我不明白是什么意思，冲他笑了笑，他也笑笑。我悄悄擦净桌子，这才发觉手中是一块半新的蓝格子手绢。课间休息时我主动走过去递上一支香烟，他推拒了一下便接了，掏出打火机先给我点上。打火机被镀成铜色，气塞没调好，扣出的火苗有两寸长，我像躲耳光一样闪了一下。这只打火机后来被他有意无意地丢在驹子峰山顶的蒿草里了。我们互相通报姓名，客套了一番，他说报到领书时看到过我，但我没有印象。他又说他是考勤员，以后有事晚来一会儿没关系，他保我全勤。

"哥们儿在哪儿混事？"

"文联。"

"够闲在的！"

"瞎凑合。你呢？"

"哥们儿是山里人，瘪三儿一个！"

他的兵工厂有个没有任何火药味儿的名字：红都机械制造有限公司。他的职务是宣传科长，他喜欢绘画和写诗。他的坦率使人感动，但我总感到他自嘲豪爽的谈吐与他恬静的表情很不相称。刚才打火机险些燎了我的眉毛，他突然的慌乱和狼狈说明他本质上是个心胸不大开阔的人。

开课几周之后，借故不来的人渐渐增多，教室经常坐不满。我借机占领了郭普云旁边的课桌，听得枯燥了就天南地北地聊一会儿。班里大都是三十岁左右的人，有不少见面熟，无奈我没有交友的闲心，能把话说深一些的只有郭普云一个。他跟我不同，跟谁都能搭得上口，女人们也愿意接近他。他是单身汉，不知是没有结过婚还是结婚以后又离异了。我一直没好意思深入盘问，他自己说起这件事也吞吞吐吐半真半假，似乎很乐意做一个独身主义者。他回避恋爱话题，却热情从容地跟女同学接触，完全不像爱心淡漠的人。这个矛盾令人不解。我在好长时间里都认为他在悄悄地选择目标，独身论调不过是排除干扰的手段罢了。我觉得他对自己的相貌和其他条件很有信心，拖到这般年纪全是因为眼界高傲。此外能有什么解释呢？

他肯定不是见了女人就黏糊的色棍，那些家伙一般都比较丑，而且阴险。郭普云却漂亮随和,大大咧咧跟女人开玩笑的样子怎么看怎么不真实。

他对某些细微的问题很敏感。那次分校请北大一位老教授讲解辛弃疾的词风,中间休息时我发觉他神态不对头,眼睛死死地盯着黑板前的过道。一个本科中文系的女孩儿妩媚地走出教室,他立即松懈下来。他难为情地避开我的目光,喃喃地说道:"像不像林黛玉?"美丽的女孩儿返回时,他再次恢复了痴迷的神态,不由自主地把目光倾泻过去。她坐下了,他叹了口气,掏出一支香烟疲倦地叼在嘴上。他不想掩饰自己的想法。

"两只眼睛隔得太开……身材也太高了,有没有一米六八?"

"谁?"

"刚才那个。"

"哪个?"

"第二排靠窗户,正跟人说话,头发上扎红发带,脸转过来了……"

"她像林黛玉?"

"气质上……有点儿吧?"

"太胖!"

"你看错了,左边那个。"

"我知道,够摩登的。"

"摩登吗?"

他的注意力许久才离开那个女孩儿。教授的课很精彩,郭普云却在笔记本上涂了满满一页素描,密密麻麻的全是女人的脸、鼻子、眼睛和小樱桃一样的嘴巴。那丫头的确是丽人,男子汉留意几眼不为过,可是他的关注异乎寻常。难道仅仅是出于绘画者艺术上的兴趣吗?他把两片小嘴唇描了又描,流露了对异性优点极端美化的愿望。

他擅长水彩画,专修班的墙报由他布置,稿件的空当里夹着花草、小人儿和动物,搞得美极了。别的班级也来请他画,有求必应,他从来都不拒绝这种额外的操劳。放学后只要走晚点儿,穿过走廊总能看到他在某间空荡荡的教室里蹬着课桌忙碌,旁边围着一些邀请他或崇拜他的少男少女。我曾经看到那位"林黛玉"为他端着颜料盘,表情光彩夺目。这情景像一幅含义神秘的写生,比他那些中等水平的所有绘画都耐人寻味。

分校门外有一条东西走向的窄马路,学生们由两个不同的方向来去,日复一日。郭普云住在北太平庄,放了学往西走。

我一般走东边,只有去岳母家才跟他同道。我打月票,学校离车站又远,凡一路时他就用自行车带着我。他骑一辆老式凤凰牌女车,座低把高,骑起来像端着什么东西。只要走同一方向,他就把带我当成一件郑重的事情。他的责任心和善良往往渗透到那些微不足道的角落。一次带我到中途,他突然"哎呀"了一声,两只手交替着摸索上衣口袋。当时离开校园有一里地,距汽车站的路程稍远些。

"怎么了?"我问他。

"没事儿!"

"你忘东西了吧?"

"……没有。"

"忘了你就回去取,我走走就到了。"

"没事儿!"

骑到公共汽车站,我跳下来,见他没有去马甸立交桥而是调转了车把。我知道自己冒傻气了，不禁有些埋怨他。

"嗨！瞧你，何必呢！"

"没事儿！我回去交一下党费……我跟你不一样，晚点儿回家没关系，再见！"

他好像比我还不好意思，急匆匆地骑回去了。他端着车把的样子和瘦小的身材加剧了我的感激之情。虽然谈不上受了多大恩惠，可是想到如此友善的人至今仍旧孤身独处，不免觉得惋惜和关切。人过三十岁城府就深得不行了，外人能接触他内心的隐秘吗？

他首先关心的却是我。他是专修班临时党支部的宣传委员，跟我谈起支部会议的情况，说毕业前夕要发展两批党员，问我有什么想法没有。我说我没有想法，不够格，散漫惯了，努力争取恐怕太吃力，因此不存奢望。他摇了摇头，叹息道："你是不是太认真了？"

"不是。的确不够条件，玩儿真的觉悟水平不稳定，玩儿假的又不自然，绷不住劲。跟着好好干就行了，我不指望混进去得什么好处……你别打我的主意了。"

"不开玩笑，这是个机会。"

"让给别人吧，班里不是有几个挺迫切吗，你们别让人家失望就行了。"

"真的没想法？"

"真的！"

"也是……省心了。有些党员就那么回事，还不如老百姓呢！"

"可不是嘛。"

"不过，你考虑问题太简单了。以后有想法就告诉我，哥们儿这儿没问题。"

我倒觉得他太简单了。这件事再没有提起，他选择了另一个培养对象。那人负责班里的文体工作，极热心地干些出头露面的事，照这样干下去，他的入党愿望非叫嫉妒淹死不行。不知郭普云私下里是否劝过他。很可能没有，他自杀之前那人一直干得很火爆，结局可想而知。

我比郭普云固执得多。爱人单位里有不少单身女医生，其中一个和他条件相当，漂亮，白，文静，工农兵学员，出身知识分子家庭。一切准备就绪，却怕出师不利，一个钉子碰死就全白搭了。现代文学课恰好讲到鲁迅先生，教员超出讲义涉及了许多伟人的私生活，主要内容是爱情，有些情节听起来很新鲜。这比杂文和小说都有趣，课堂气氛活跃。郭普云悄悄嘀咕："这有什么，早就听说过……"他显得漠不关心，待一会儿又急躁地拍拍我的胳膊肘，低声问："你觉得《伤逝》怎么样？"

"够可以的，你觉得呢？"

"绝了！顶峰之作……"

"那阿Q呢？"

"阿Q是阿Q，子涓的悲剧更纯，阿Q有点儿闹得慌。"

"子涓写得太柔了。"

"是吗？反正里边的悲哀特真实，都是从心里冒出来的……"

"概括力不如阿Q深厚。"

"反正鲁迅认识许广平之后就写不出这样的小说了！"

"他认识许广平使他摆脱了悲观主义，没有爱情鲁迅非完了蛋不可，你信不信？"

"我不这么看！"

"不这么看不等于不是！"

"爱情是多余的，就这样！"

"小郭，你想得太偏了。"

"听课，不说了……"

他耳根子发红，激动得苦笑了一下。如果我们是深交，他肯定会跟我吵起来。友谊既然有限度，他就不屑跟我表白什么了。我觉得他很幼稚，想开导开导他。

做完课间操之后，我跟他围着排球场溜达。打球的是些二十岁左右的年轻人，男孩子逞能，女孩子撒娇，连简单的做作都充满了青春活力，看着真叫人羡慕。郭普云闷头吸烟，不时躲过飞来的白球。他的警惕性是双重的，我刚开口他就哆嗦了一下。

"普云，爱情对谁都不可缺嘛，做菜不搁味精怎么行，要想……"

"我炒菜从来不放味精，那是致癌物。"

"所以你才瘦呢！"

"老兄你不也杆儿似的。"

"少废话！你有女朋友没有？"

"有怎么样？没有怎么样？"

"有你给我一边儿玩儿去！没有我给你介绍一个，条件什么的对得起你。"

"你想做买卖？"

"对了，想卖你。值多少钱？"

"咱不谈这个，无聊！"

他跳起来捉住飞到头顶的排球，夸张地摆了摆发球姿势，一掌打过去却偏了，嘴里的香烟也弹到地上。女孩子们尖声笑着，他扮了个鬼脸，耳根子又有些泛红。不同情这个人是不可能的，哪怕他惹人恼怒。

"无聊的是你！百无聊赖，还要假模假式，你难受不难受？"

"挺好！我过得挺好，如果没人捣乱就更好了。"

"……真拿你没办法。"

"咱们是朋友，我不想伤你。以后别跟我提这些破事，我不感兴趣。真的！你别以为我过得挺惨，老想救我，我用不着！以后写了诗你多给看看就行了，想跟你学两手儿是真的。你别生气，能原谅就原谅吧，不原谅骂我好了，我这个人吃骂……"

他说得很严肃，我张不开嘴了。我算切切实实领略了独身者的怪癖，别人好心好意倒好像要害他们似的，犯得着吗？冷静下来才觉得自己太唐突了。了解他过去的经历是个关键，这件事比当媒人的吸引力更大。渴知别人私生活的秘密是人的卑劣本性，我的好奇心已经可以了，有些人则到了危险的地步。

班里给他介绍对象的不止我一个，他用同样的态度拒绝了大家的好意。他失策了，这样做使他本人受到更大的关注，而且遭到难以左右的放肆的各种各样联想的长期威胁。他不改变态度，这种威胁就不会消失。面对无处不在的背后评价，每个人都是蒙在鼓里的被议论者。郭普云的防备更薄弱些，他守口如瓶，可是太善良，也太真诚。虚晃一枪，把自己的恋爱编得有鼻子有眼儿，哪个还有心找他的麻烦呢？本来就处在容易受攻击的地位，他却解除了甲胄和武装，谣言的袭扰就不可免了。

期中一个星期三，教师患病，大家四散回家。我走迟了一步，离开校门时有个同班女生赶上来，问了一些文学界的事。

谁离婚了，谁写不出东西来了，谁出国出不去了，她消息还真灵。话传得走了样，我感到好笑，可看到耍笔杆的倒了霉让人家这么开心,还是觉得不寒而栗。这女生平时被唤作老大姐,在哪个机关当秘书,年已不惑,正是嘴刁嘴碎嘴毒的要命当口。不出所料,到丁字路口她话锋一转,神秘起来了。

"你知道郭普云的事吗?"

"什么事?"

"他没有结过婚!"

"我知道。"

"你知道为什么吗?"

"不太清楚。"

"据说……他有缺陷……"

"……噢。"

"可能是生理缺陷。"

"是吗?"

"他没告诉过你?我看他跟你不错……小伙子挺帅的,摊上这事真倒霉,你得让他早点儿治,别把岁数耽误了……"

她的仁慈不像装的,可她鬼鬼祟祟的样子真叫人受不了。

我对她一向尊重,这下毁了。心想,这老娘们儿,他有缺陷没缺陷关你屁事!留那些臭话回家跟你老头子抖落去!又想,这些事她从哪儿打听来的?她会不会逮着谁跟谁说?她舌头图个痛快,别人耳朵图个痛快,郭普云可就人不人鬼不鬼了。

"老大姐,这都是小郭的事,真的假的跟咱们没关系,听点儿什么装肚子里得了,说多了对谁也没好处,您说呢?"

"……我就是这个意思……"

"我了解小郭,他找对象挑花眼了,别的没什么。让他挑去吧,外人品头论足的不合适。操那份闲心有什么用!"

"就是、就是……"

"您慢走……车进站了,我走啦!您过马路慢点儿……"

我紧跑几步甩了她。心里不舒服。如果她真是个拨弄是非以传播闲言碎语为乐的娘们儿,那最好让马路上的汽车撞她一下,让她永远闭嘴。郭普云招谁惹谁了!有些家伙干吗跟他过不去?我真为他担忧。这种用语言发动的袭击搁谁身上也受不了,何况他又比一般人敏感。生理缺陷,不就是指那玩意儿不利索吗?把这盆脏水泼在一个单身汉头上,跟说他不是男人也差不到哪儿去了。传这话的人是畜生。畜生!他就躲在我们班里,说人话拉人屎,人模狗样儿的说不定还挺有人缘儿。可他的确不是人做的!

郭普云,你他妈快划拉一个配偶吧!

我很快就冷静了。那说法要是真的,将意味着什么呢?传播它的人无非是客观地叙述了一个令人尴尬的事实。嘲弄和同情都无法改变这个事实。如果郭普云已经承受了事实本身,关于事实的言论他反而会招架不住吗?不管怎么说,他的处境真是惨到家了。

他的情绪没有波动,该干什么干什么。他友善地与人接触,一定以为别人对他也是友善的。他对那些卑鄙的议论显然一无所知,快快乐乐的模样就像个被大人蒙骗的孩子。我没办法提醒他,怕他承受不了那种可怕的现实。我只能扮演一个多嘴的媒婆的角色,明明知道是对牛弹琴,可还是不断地困扰他,希望他下决心以一场切实的恋爱使自身摆脱困境。我提供的人选,被他一一拒绝了。不谈,不见,不评论,彻底地不感兴趣。闹得我也失去耐心,怀疑他是不是真的有什么毛病。

期中考试,他的命题作文得了优秀,我也是优秀。他拿到考试卷子美得乐颠颠的,得良得中的同学要借去看,他笑着不说话,却首先塞给我。我适宜地赞美了几句,心里着实以为他那个优不如我那个优。他文辞华丽,叙述嫩得不行,感情是少女式的。命题叫作《雨夜》,体裁规定是抒情散文。他文中有这样的句子:你绵绵不休的温柔的春雨呀!这样的感叹句堆砌了不少,给人的感觉是小题大作,他毕竟三十有六了。不纯粹是表达方式的问题,他感受内心世界的能力似乎还凝结在少年时代,一直没有成熟。这与他的爱情观念不无联系吧?他会不会是个崇拜纯情的人?如果是这样的傻瓜可就真没救了。

后来他第一次给我看了他的诗作,一共三首,整齐地抄在信纸上。因为有些成见,我读得敷衍了事,意见也不大中肯。

水平确实未能吸引我,举国的诗人准诗人恨不得每天几十万首地制造这种东西,能有什么趣味。诗句很快就忘却。只记得三首中有这样的题目:《哟,驹子峰》。我始终没有领悟这种夸张的真诚,以为他的创造力是暗淡的。

现在想起来,痛心地感到对不起他。

第三章

那次糟糕的点名过后不久,发生了别的事。电视台举办元旦舞蹈大奖赛,二等奖中有个藏族独舞,英俊的小伙子跳得满场飞,两只靴子踢踢踏踏的像是灵活的机器。屏幕上打出了字幕,编导叫胡小芳,节目来自四川。我完完全全是下意识地想到了郭普云。但马上就紧张起来,盯着画面死看,恨不得钻到电视里去。音乐戛然而止,小伙子转圈已经无数之际突然来个定式稳稳立住,好半天才做出正常人的动作,羞怯地鞠了一躬。字幕又亮了一次,编导胡小芳。

我听说的是这个人吗?

发奖仪式上编导从台后出来了,我松了口气。胡小芳原来是个肥硕的中年妇女,大嘴厚墩墩的,与风韵无关,与美就更无关。小伙子抱着一台奖品电视机傻乎乎一边竖着,活像她儿子。她对着话筒激动得颠三倒四,鬼才听出她说了什么。她不是我听说的那个人。那个人的相片我见过。可小伙子修长的身材却使我看到了早年的郭普云。藏袍艺术化地抽短,透明紧身裤使舞靴像套在两条光腿上,一踢腿露半个屁股。胡小芳这么打扮他,似乎是出于一种复杂的趣味。我有一种预感,郭普云也让人这么打扮过。

他最初爱好的不是绘画,不是诗,而是舞蹈。他接触这件男孩子不适宜的事情,是小学老师的主意。因为他生一张好脸和两条长腿,也因为他驯顺和有一双无比优雅的大眼睛。他报考少年宫舞蹈班的时候,趴在女教师腿上,让人量了从后脖根到尾巴骨的长度,还让人揪着脚踝扳着膝盖把腿往头上抬,疼得他小脸儿变色。

"这孩子真漂亮!"

他不止一次得到这个赞美。他也知道自己漂亮,知道跳舞会使自己更漂亮。他迷上了舞蹈,不到十岁就听惯了掌声。他坐着大轿车参加各种演出,兔子、狐狸、公鸡、儿童团长、蒙古族少年、雇农之子,演什么都引人注目,因为他总是主角。他在民族宫礼堂串演过哈萨克少女,戴着假发混迹在女孩子堆里,扮相和舞姿反而比她们好些。他腿挑得高,而且腰肢灵活,颈项柔软。他成了少年宫的大红人儿,女孩子们都跟他好。男孩子们却因嫉妒而恨他。他过度的自爱与自卑就是从这儿开始的吧?他天生的软弱性格使他无法对敌视采取傲慢的态度,受宠的男孩子本来很容易应付的问题,在他这儿成了攻不破的障碍。他很爱哭,一哭就让女孩子们跟他接通了共性，纷纷拢过来施放与生俱来的大量柔情。这又增强了男孩子对他的藐视。处境终于恶化了。最初是领巾、手帕被盗，喝水用的小茶缸也不翼而飞。一次由少年宫回家的路上，几个男舞伴串通起来揍了他一顿，恶狠狠地宣判似的叫嚣："我们是男的！你不是男的！叫你臭美！"

他淌着鼻血回家。父母震惊之后急匆匆去了少年宫，回来告诉他："咱们不去了。你踏踏实实学习，再跳舞功课就完了。"父母向他隐瞒了一件事，教舞的阿姨哭得很伤心，说他是她见过的最守纪律、最用功的孩子，一个非常非常好的孩子。郭普云却觉得阿姨抛弃了他，那些善良的小姑娘们抛弃了他。他流了许多眼泪，小小年纪便惯于默默自省了。他不知道问题出在什么地方，但他采取了主动的态度。从小学至中学，他在男孩子群儿里人缘儿不错。他从不拒绝帮助别人，不在背地说任何人的坏话，交谈时有意无意地做出大大咧咧、滔滔不绝的样子。男同学都认为他很讲义气。友情可以淡化敌意，他的绰号"菜锅"，始终未能叫起来。他是优等生。老师的青睐，女同学的亲近，是他不得不随时警惕的两大困扰。难以想象他用什么办法既得到师长和异性的关怀，又避免让自身的优点遭到嫉妒。为了和淘气的男同学们保持行为上的平衡，他一定多次受到了某些恶作剧的诱惑吧？他终归是个恬静柔和的人。当所谓朋友用弹弓在课堂上悄悄射击某位高傲的公主时，他顶多帮助人家用作业纸叠两颗软绵绵的子弹，或咪咪一笑而已。他的本心恐怕更乐意用自己的身体去保护那个受辱的少女。他的内心矛盾重重。

现在，过去的一些同班生已经不能清晰准确地回忆他当时的表现。老实，功课好，肯定的评价大抵是这些。只有一位做服装设计师的女同学提到一个显而易见的特征："他长得好看，体型也好。"

这个记忆似乎使她有点儿不好意思，但肯定代表了女同学的普遍看法。另一位在运输公司当司机的鲁莽汉子自称郭普云是他小学时最好的朋友，但他连郭普云的相貌特点都记不清了，只反反复复唠叨一件事："他会劈叉，横劈竖劈都会，一叉能把腿裆挨地，自个儿能蹦起来，没治了！我跟他学过，太他妈疼了，跟把那儿撕了差不多……"看来，在少年宫学舞时培养的体能帮了郭普云不少忙。他瘦小娇弱，能使少年佩服的本事只有这一点了，他充分利用了它。让一圈腿脚笨拙的人围着，在教室走廊的水泥地上潇洒地表演绝招，他内心会不会轰鸣着那个饱含侮辱的声音："他不是男的！"他炫耀常人不及的动作也可能出于对舞蹈的迷恋，父母毕竟不能完全斩断他与这门可以赢得掌声的艺术的联系。因为他有所作为的第一项事业就是舞蹈。他不大成熟的快乐与痛苦都来自这个地方，他不会轻易地忘掉它。初二那年暑假，阿尔巴尼亚民间舞蹈团访华演出，他从香山夏令营偷偷溜回市里，在天桥剧场门外等了一张退票，把车钱都搭上了。他沿着大马路中间往家走，在路灯底下操练刚刚见识的舞步，七扭八歪的像个小酒鬼。夏令营辅导员心急如焚地坐在他们家客厅里，他刚进门就挨了父亲一巴掌。文雅的父亲是不打人的，所以打的被打的都不曾忘掉这件事。郭普云生前与人谈起童年和家庭时常常提到这突如其来的一击，很勉强地暗示他和父亲的不和有着细微却久远的根源。他指着白白的脸腔一侧，苦笑着说："就这儿……我当时都傻了。"

初三毕业之前，他说服了母亲，提前报考了解放军艺术学院，介绍人是文化宫的老师。当其他为报考高中而忙碌的同学未进考场的时候，他已经收到了红色的录取通知单。但紧接着又收到一份通知：暂停招生，考试无效。不久，大家都用不着再为考试操心，时局仿佛在一夜之间就乱得不可收拾了。郭普云参加了毛泽东思想文艺宣传队，很快就成了一个难以缺少的角色。

宣传队的隶属不停变动，最后归附了某个兵团。这个派别势力很大，有大学生和各种漂泊不定的小组织参加进来，主要成分还是干部、知识分子子弟比较集中的几所中学学生。

一九六七年，宣传队占据了军艺的排演场。对别人没什么，对郭普云却是个意外的巧合。他觉得自己是主人，那年他不足十八岁，不管外界散布什么东西，他仍旧认定有些事情不可能发生。他善于自省，但过于依赖自己的判断，他自信不是为了利用这种判断去说服别人，而主要是为了指引自己。他思维深处牵挂些什么，别人是不知道的。这种状况实际上延续到了最后一天的最后一刻。他在军艺排练节目的短暂生涯，很可能是整个悲剧的一处不太醒目的起点。

军艺造反派为宣传队配置了一些服装和乐器，派出了音乐和舞蹈教员，队员们称这些人是"军代表"。到舞蹈队来的是一位二十四岁的女军人，苗条泼辣，美丽活跃，学生们众星拱月似的围着她接受摆布。她军艺毕业后留校，已有两年教龄，水平令人叹服。她的嘲讽也是幽默的。

"你肚子里藏了什么？狗熊吗？"

"你们看他的台步像不像花旦，让他再扭扭给大家瞧瞧！说你呢……还笑？"

她可能一开始就注意到了郭普云，但她不露声色，只是很少挑剔他的动作。不满意了就轻轻拍他一下，低声说："样子蛮机灵，怎么不开窍？再来一遍，腰肌放松，呼气……"又在他后背上拍了一下。时间一久，郭普云说不定意识到那轻柔的身体接触并非是随意性的或职业性的，因此他耳朵老是红得发紫，舞也跳得特别卖力气。

如果四目有所交流，他在对方黑亮的美眸子里看到了什么呢？总不会是母性的温柔吧？后来她知道他是四川人。便认了小老乡，互相以姐弟相称了。她的家乡是四川万县，离他的老家有半天儿路程。那时她正教授男女结对儿跳的藏族舞蹈，示范时让郭普云揽了她的细腰，两个身体几乎没有距离。她成熟的身体对他是一种诱惑也是一种威胁，他紫着耳朵伴舞时的思绪不可能是平静的。他有没有罪恶感无关紧要，事实上她吸引了他，使他第一次领略了发自异性的惊人信息。这和以往对女孩子们的柔情是完全不同的两回事。一个英俊小伙子，在四周没人的情况下向一个比他年长六岁的美丽女子叫"姐姐"，情绪激动地接过包着巧克力的手绢，这种情形的潜在意义是什么呢？它至少不是无意义的，任何血缘之外的姐弟关系都隐藏着程度不等的感情密码，这恐怕是成年人的最一般的常识。

军艺排演场是一座厂房似的旧建筑，有很深的前厅，舞台比较矮，观众席的座椅是活动式的，平时折叠起来码在窗户旁边，腾出水泥地练功用。宣传队睡地铺，男的睡前厅，女的睡舞台，熄灯前将幕布拉上，不良的视觉便挡住了。厕所在舞台后边的走廊里，与化妆室、道具库隔着几个门。女的很方便，男的要上厕所就麻烦了。不能走舞台，只能出前厅，绕过锅炉房走排演场的后门。夜深时若小便，胆大的在院子里找棵树便解决了，像郭普云那样的本分人就只能规规矩矩办事。公用手电筒挂在前厅的大门扶手上，它的光线是微弱的，但在那条阴暗的走廊里一定可以造成独特的气氛。如果碰上解手的女同志，更感到恐怖的应该是谁呢？某个夜深人静的时刻，有人听到女军代表在走廊里跟哪位说过话，黑夜太安宁了，轻微的声音成了激昂的活泼的絮语。那个神秘的对话者很可能是郭普云。

那年冬天有许多寒冷的夜晚，人们一般睡得很早。但一月份普普通通的一个雪夜，人们倾巢出动，沿着公路拥向市区中心，庆祝最新指示的发表。舞蹈队有个瘦弱的女学生，中途掉队后返回军艺，在排演场走廊里看到了惊人的一幕。没有灯，却十分明亮，雪光从道具库旁边的大窗户外边射进来，把一种情景映得清清楚楚。舞蹈教员的军大衣没有系扣子，两条胳膊和两片大衣前襟紧紧地缠着另一个人。女学生听到惊慌失措的剧烈喘息，逃似的退出来，同时看到衣襟里那个人像子弹一样射到走廊的深处。脚步声轰轰地响过舞台的榆木地板，窜到前厅去了。

女军代表在雪地里找到了目击者，得知掉队的原因是月经来潮，就殷切地从自己铺位底下抽出了洁净的卫生纸，谈了一些经验和知识，冷静而又温柔。女学生直到宣传队解散才把秘密告诉别人。她不能很恰当地解释自己的发现。那两个人究竟在干什么，连她自己也将信将疑，最后才吞吞吐吐地找到了两个不太确定的字眼儿：接吻。

事隔多年，目击者的朋友说起这件事未免夸张，她认为整个事件的内容比"接吻"要深入得多。二十四岁面对十八岁，事情绝不会简单收束。动乱年代表面的严酷之下，往往蕴藏着末日的淫荡和混浊，行为本身也许是不堪的丑态，实质却是绝望中的个性反抗，以放纵手段达到内心的自由。

我不能同意这种看法。那不是丑态也不意味着自由，它是一种困境，对当事人来说美轮美奂、令人陶醉的困境。它同样深刻地反映了人情的丰满和局限性，证实了原始的快感对人的诱惑和支配。郭普云只不过是误入歧途而已。或者，这并不是歧途，而是常人不达的一隅仙境？十八岁以后的岁月里，郭普云频频回顾这段往事——如果他果真频频回顾的话，重温的未必是痛苦。只有回顾本身才是痛苦的，回顾对象给他的却是美妙的幻觉。

郭普云只披露过有数的几件事。接受巧克力，生病时得到照料，亲切的舞蹈动作，军艺校园小路上的娓娓长谈……他说得很平淡，竭力让人相信一切都是正当的，是姐姐给弟弟的纯净关怀。但是他的眼神儿茫然，分明陷入了被时间斩断的温情之中，甚至接二连三地叹息道："……她对我太好啦……"

"你小子说老实话，她是不是勾引过你？别哄人……"

他不置可否地笑笑，仿佛要肯定别人的猜度似的。这种猜度使他愉快。她对我太好啦一类的表白，听起来像是知足者的炫耀。三十六岁的单身男人不论怎样强调他和女人的关系，在外人品起来都不乏凄凉的意味。我当时就感到，他获得的东西少得可怜。

这次谈话在他死前几个月。我背着六瓶啤酒一斤牛肉找到他居住的地方，想从他嘴里套点儿东西出来，他没怎么样我倒先不行了，糊里糊涂地讲起了不成功的初恋。事实和痛苦都放大了许多。居然醉醺醺的觉得不好意思，但考虑到对他会有启发，就信马由缰地边喝边聊，终于使他感动了，再不能无动于衷。他拿出一张照片，向其中一位女军人点了一下。是宣传队员的合影，郭普云也穿着军装，表情像个甜蜜的洋娃娃。尽管女军人容貌非凡，但我仍旧看出他和她年龄上的差距。他的答案是：她是他姐姐，六九年复员回四川，已经多年没有联系了。一个谜一样的女人，美得无与伦比，我满以为会听到一些精彩的事情。然而，他的所有披露都没有那句感叹告诉我的东西多。

"她对我太好啦！"

是的，我当时就感到这个表白十分虚弱。现在我依然感到他的收获有限，不管他除了接吻之外还做了什么事，扑到一个二十四岁的女人怀里他的最大感受只能是恐惧。他纯真的官能是被劫掠的对象，他的初吻在颤抖和不知所措的情况下被一位强有力的异性夺走了！给他留下的只能是困惑重重的内心创伤，并使他常年为此忍受折磨。

今天，军艺的排演场早就改建为餐厅，作为餐厅它也陈旧了，潮湿滑腻的四堵墙破坏着人的食欲。但它的基础残留着前身的格调，深深的门厅，阴暗的走廊，连厕所都在原来的位置。情场拥吻之地如今到处是酸溜溜的面味儿和剩菜的香味儿，一星浪漫也寻不见了。

电视上的胡小芳并不是那个女人。可那个女人在四川某地一定在从事相同的工作，教少男少女们如何更优美地支配形体。她知道自己用嘴唇接触过的那个男孩子发生了什么人生变故吗？如果婚姻正常，她自己的孩子也该那么大了。她的后代永远不会知道，母亲用怎样的手段抚慰了或者伤害了一个——弟弟。但愿她不是一个欲望超常的私生活紊乱的女人。否则郭普云不是太惨了吗？

静悄悄的黑夜，雪光从窗外扑进走廊，两个人倚墙而立，两颗头颅像粘连在一起的导电物质，湿润的软唇上火花四溅，烧亮了坚硬的心脏，巨大的建筑物在狂抖中徐徐陷落。

自杀者都或多或少地受到幻觉的吸引，这是权威性的分析，许多法律和心理学著作中都提到过。郭普云在驹子峰顶浩荡的山风吹拂下，应该看到这个无比灿烂的动人景象。

第四章

几次努力都遭到拒绝，我乱点鸳鸯谱的闲心就淡漠了，既然他认为自己过得很好，不如由他这么孤独一人地过下去，单身汉的日子说不定真有一些妙不可言的好处，外人是不好理解又不便剥夺的。我仍旧像往常那样，不时到他那儿吃点儿，喝点儿，尝尝他做的很地道的炒菜。女人不提了，所谈的大抵是文艺、诗、经济、民风，居高临下地评判一切，有气势但没有深入探讨的能力。不论我还是他都经常为找不到合适的言辞而突然改变话题，他说得多因而窘况尤甚，有时候会吐出一连串含混的概念，让人听起来摸不着头脑。他喜欢电影，一些俗不可耐的片子也能让他看出好来。大概是电影有助于他的幻想吧。他的气质可以迎合并改造一切虚伪的画面。他在黑洞洞的电影院里玩味的是自己内心的真实，他在诗里画里寻找的可能是相似的东西。在生活里找不到的玩意儿在艺术里也找不到，他最后可能闹明白这一点了。他也许早就明白，因此他的兴致勃勃实在让人不好理解。

十二月份，在他零乱的小屋里，他郑重地告诉我他想写一史诗体裁的东西。他背靠团在床头的被子，两只猪皮鞋摇摇晃晃地蹭着床单，口气严肃认真。这副样子让我不忍心说出真实的想法，可让人说什么好呢？

"……构思差不多了吧？"

"差不多了。"

"准备什么时候动笔？"

"……还没想好。这几天一躺到床上就看见诗，一行一行地过，韵压得特别好，想看看清楚，又什么都没有了……再不写，脑袋要炸开了……"

"那就写吧，等什么？"

"我也闹不清……老怀疑自己有没有写完它的能力，写一半写不下去不如不写，你懂得多，你说我该怎么办？"

"干脆甭写。"

他瞪着我，左手轻轻地揉着脑门儿。我不想打击他，可他六神无主的样子真让人受不了。谁也不需要史诗，对他更没用。现时代的人宁肯听胡言乱语或骂大街，史诗算个屁！

"想写今天晚上就干，写不下去了就玩儿去，别把它当回事。这个世上能写史诗的人早就死绝了，写不出来不是你的问题，写出来倒怪了……你得这么看才行。"

"你不了解我……"

"别来假招子，我太了解你了。你的史诗跟自传差不多吧？你的经历再复杂，当史诗的主人公也不够格，太嫩了……"

"不提啦！哥们儿你不了解我。"

他的口袋里别着一支钢笔，那是刚刚得到的奖品。学生会为纪念一二·九运动组织征文，他得了全校唯一的一等奖。我没有应征，一是情绪不高，不屑作小打小闹的文章，二是怕万一评不上奖面子难堪。他上台领奖时面红耳赤，可见作此文的态度相当认真，对荣誉是敏感的。他撰写史诗的欲望可能跟这次小小的奖励有关。此外，世界文学课程恰好讲到拜伦一节，那些优美的叙事长诗唤起他的创作勇气也不是不可能的。我自信了解他，实际上依赖的只是这些琐碎的事实。不理解他创作史诗的人生根源，却盲目地加以贬讽。这是我难以原谅的又一个错误。把他看成一个打肿脸充胖子的诗歌爱好者，与他渴望摆脱心灵压力的真实形象相距真是太远了。可惜，只是靠了他勇敢的抉择我才看清了这一谬误。为此我将尊重所有沉醉在诗歌里而又注定会失败的人。他们过多地分担了人类的痛苦，像郭普云一样。他们本可以活得轻松一些的。

但是，我或者别的外人可以承担的责任毕竟微不足道。桎梏了郭普云创造力的根本原因，是他自身的混乱。我一向认为诗人的生活即使不能井井有条，骨子里也应当维持某种清晰的坚定性。他应当知道自己在干什么，并且始终盯着自己的目标。郭普云缺少的正是这些。他思想的混乱有许多表面特征。

至少当我走进他零乱不堪的小屋时，便立即感到这是一个痛苦的巢穴，里面隐居着一位惰性十足的人。去过几次我就明白，写诗、恋爱等等，他没有一件能够干得成、干得痛快淋漓。他甚至不能利用单身汉的地位，把某个对他有兴趣的女人请进来，办点儿彼此都需要的事，哪怕他有这种胆量和相应的道德观，他能做的只有用混乱把自己埋起来，捂在有霉味儿的被子里重复那些折磨人的破碎思想。他拼凑这些碎片的结果，是把自己引向常人畏惧的绝路。他不支配这个房间，不能主动地让它舒适点儿干净点儿，这个房间就来支配他了，它用肮脏与压迫他的一切结合，最终把他赶了出去。

不知道换个人能否在这里居住。玻璃不透明，因为他长时间用煤油炉在屋里炒菜。家具不擦，看上去一层灰，摸摸却是油腻。老式大衣柜掉了一只合页，里面堆着袜子、手套、纸和他不时倒换的衣服，门扇像个秃翅膀似的耷拉在墙边。五斗柜上摆了足有几十件东西，布猫、铝勺、小闹钟、毛笔、旧信封、撕掉封面的刊物、针、药瓶，每看一眼都有新发现。桌子几乎看不出本色，空酒瓶和空烟盒让花生皮包围，瓶子里几口剩啤酒已经长了毛，烟头像白甲虫一样趴得到处都是。被子从来不叠，床单的蓝格子已成灰格子，黑不溜秋的枕巾一股袜子味儿。抽屉里是酒杯、筷子，再拉开一个抽屉是一团一团的废纸，写了一半的诗句或几笔潦草的素描依稀可辨。新的、旧的、破的书籍四处乱丢，窗台，枕头旁边、地上、锅盖上、被子卷里，哪儿都有。一切都没有秩序，一切都是彻头彻尾的破败芜杂，像一座阴暗宁静的废墟。如果不是自感踏上了穷途末路，人怎么也不会无所谓无聊赖到这步田地。他已经垮掉，除了他自己恐怕没有人能挽救他。

这间房子在筒子楼底层，窗户向阳。但是让不知干什么用的简易平房挡住了。它是医疗器械厂的宿舍，母亲退休前是这里医务室的大夫。让他单独住在这里，他母亲有难以推卸的责任。房子离百万庄的家有十几里，他只有节假日才回去。儿子过得这样，做母亲的一点儿不能体察，或者明明知道而不予理睬，似乎也太漠不关心了。我暗示过他，他被烫了似的不断表白，说母亲待他很好。说得太冲动反而不自然，叫人没法相信。况且，大龄的独身者与家庭没有隔膜的很少见，他们一般都拒绝别人的怜悯和帮助。那个外表还算慈祥的老太婆对郭普云的固执已经厌烦，索性由他去了。情况一定是这样的。所谓母亲待他很好，是骗人，也是骗他自己。

郭普云的死前蛰伏之地不适合居住，更不适合写作，却是饮酒谈天的好地方。专修班至少有五六个男人到那儿喝过酒。

去过的人都说他的菜烧得真是好，又说他的日子过得自由自在，好像单身汉的生活很值得羡慕似的。

郭普云酒量不大，不喝白酒和果子酒，桌上床下一律是啤酒瓶子。空瓶子很多，说明他每天都要灌一点儿。有客人他也不畅饮，满满一杯子老也喝不净。酒一落肚，他的面孔会出现细微变化，不细看看不出来。别人脸白脸红，他变色的是那双大眼，眼白由灰转青，亮亮的像是瓷器。再喝几口眼眶就充血了，还是不红，瘀了似的发蓝，最突出的是左眼下面鼻子旁边，有一块小柿饼那么大的蓝皮肤长时间不退色，好像叫人给打肿了。我以为那是睡眠严重不足，可他老是有意无意地抬手遮挡,我就怀疑那地方可能真有什么毛病。

"我这个人……老是不顺。"

他抿一口酒,伸手直接到碟子里抓花生米。手指头有点儿哆嗦,脸色也忧郁,硬撑出来的达观神态一扫而光,我听熟了他的叹息,也看惯了他酒后的紧张动作,但我知道他不会对自己的思索做更深入的说明。他像咀嚼下酒菜一样品尝心里的苦闷,不想让任何人来分享。不识相地追问他,只能得到一个淡然的重复,使质量极佳的啤酒都跟着变味儿。

"我,太不顺了……"

"你好好看看,有顺的吗?"

"我跟别人不一样,你爱信不信,我碰上的倒霉事太多了……"

"谁都有倒霉的时候。有人混得越惨乐得越欢,有人擦破一点儿皮就哭起来没完没了。你大小爬了个宣传科长,你要喊冤别人就没法儿活了……"

"你不了解情况,趁早别说了吧!"

"那你到底哪儿不顺呢?"

"不说了……说了也没用。"

"不说拉倒,喝!"

我确实也懒得再问,总归什么也得不到,问得太馋倒使自己像个打探隐私的人,徒然增加他的戒备,彼此都无趣。不问了,他反而会不吐不快地抖落点儿什么出来。

"哥们儿笔头子可以,得帮帮我。"

"谁帮我呀?"

"你考过大学没有?"

他问得非常突然,眼睛瞪着一个地方,苍白的面孔像石膏模子。

再凝固一会儿，这张脸恐怕要裂了。

"考过，语文四十多分，数学四分，政治九十多分，现眼现大了！"

"那些题咱们这样的不适应。"

"你也考过？"

"我总分差一点儿。"

"多少？"

他又哆哆嗦嗦地夹了两颗花生米，好像空气里藏着一只拳头随时准备揍他似的，目光惨淡地闪来闪去。

"差……六分。"

"是有点儿冤。"

"怪我自己，准备得不充分。"

"准备充分了得差二十分。老天没眼，该上的时候不让上，半截子入土了又把咱拉进来念书，一进教室就恶心得慌……"

"……六分。"

"这就是你的不顺？"

"你爱怎么想就怎么想吧。不提了……还有半瓶，你自己倒上，菜别剩下……"

他脊梁压着被子，两眼在天花板上找他想找的东西。除了灰尘和陈旧的蜘蛛网，那儿什么也没有。但它分明是块大方正的银幕，叫他看到一些悲哀的故事，他一言不发，似乎已走了进去。

那些差若干分数的小悲剧属于高中生。何况事隔多年，再大的愁绪也淡如水了，三十六岁的人理应视之为儿戏，没有任何理由如此念念不忘。他在转移我的视线。我觉得他的所谓不顺生在别处，很可能与惨痛的初恋有关。是青梅竹马的反目，还是山盟海誓的断裂？要么竟是衣带渐宽终不悔的单相思？不论哪种经历都注定没有独特性可言。有爱心的人千百年来上演的同是一出老戏，以后登台的还不知有多少雷同的角色。唯独把自己剔出来自封为大苦大难的失爱者，是短见，也是不智。

不论郭普云怎么自怨自艾，我甚至不能对此抱以稍微诚挚一点儿的怜悯。他是作茧自缚。说得不客气，里面有活该的成分。

"太不顺了……"

这不是小题大作吗？可能由于啤酒灌得太饱，我当时的心境是无边无沿的旷达，深感只有把该得的便宜不该得的便宜全捞到怀里，那才能叫顺呢，否则统统都是不顺。因此，顺是相对的。而不顺是绝对的，看不到挫折无时无处不在的绝对性，整日里唉声叹气，是老娘们儿的大惊小怪，堪笑而不堪究。这么一想，郭普云点滴流露的郁闷全都失了分量，使他看上去像个贪得无厌的家伙。脸俊人好家贵，有官儿当，有学上，能写诗，会画画，他可不顺个什么？缺老婆还是因为眼高心不凡。

老叹气是便宜得的不够，好处不完满。

酒劲儿一过，觉得自己刻薄了，但仍旧找不到贴心理解他的基础。班里与他相熟的人也有相似的看法吧？多么好的朋友，心里总有彼此难通的地方。人与人的交流十分有限，你面前一个人皱着眉头，他是憋着一泡尿还是痔疮生痒，实在难以通晓。痛苦是高贵的感情，但只有在痛苦者本身看来是高贵的。一个乡下人睡在便道角落里，来来往往的同类们用多少不同的眼光看他或根本不看他？人与人的隔膜就像头生在脖子上、脚长在腿上一样简单。这个道理由郭普云再次证实了。他周围的所有人都未能阻止他，包括父母、密友。他做了他想做的事情，显然也没把任何人放在眼里。

"不说了……说了也没用。"

现在想起来，这话是他对我的最大藐视了。他请我喝酒，烧菜给我吃，都遏制不了他内心激荡不已的排他情绪。他不允许我接近他。而我确实也没有帮助他的能力。不独我，整个无边的外部世界都无力给他哪怕一点点的救护。破碎的心灵是无法补救的。

第一学期期末考试之前，他半个月没来上课，考勤员也换了。事前他没有跟我打招呼，只有班主任和班长似乎知道他的去向，却又吞吞吐吐地说不明白，显然受了他的嘱托，不打算让同学们知道他的行踪。离考试还有一个星期，他回来了。还是那件米色的羽绒服，还是那个沉甸甸的人造革书包。神态也依旧，很热情，很随便，向细心的女同学们借笔记和复习资料，嘻嘻哈哈地跟她们打趣。表面看上去没有任何变化。我还没有打听，他就主动告诉我，这些天他一直忙着治疗眼疾。治病也有必要搞得这么神秘吗？我觉得他有些言不由衷。看病又不是见不得人的事。

"你的眼怎么了？"

"眼底出血。"

"……看不出来。"

"我每年都得歇几次病假。老疼，整个脑袋都疼，看半个小时书都受不了。恐怕治不好了……"

"没那么严重吧？"

"我想过好几次，治不好就不回来了，退学！我不是开玩笑，真的……"

"医生怎么说？"

"他们也没办法，不失明就不错了。这辈子别想干成什么事，真想找个轻闲地方混日子……你说资料室怎么样？"

"那是女人的工作，再说也太闷得慌。你干可惜了……"

"我就想躲起来一个人待着，不招谁不惹谁，没事的时候翻翻资料，挺自在。眼看往四十去了，干这个挺合适。"

"你的眼怎么弄的？"

"早跟你说过……我这个人不顺……说起来挺没意思，反正没用了。你还有古典文学的参考题吗？我少一张第三页……"

他在书包里翻来翻去，不时下意识地偏过面孔，似乎想把左眼隐藏起来。那块蓝色的皮肤并不比往日更显眼，不知情的人绝不会注意它，如今那地方对他对别人都成了敏感的区域，他的感觉和别人的目光频频地关注在那里，把他搞得十分狼狈。这可能是他竭力避免又避免不了的事情。人体别的部位有衣服保护，脸却不能不露在众目睽睽之下。冬天班里戴口罩的人本来很多，但郭普云一放学就匆匆忙忙捂上大口罩，这动作多少有些不同的意味。

他不肯说，但秘密维持得并不很久。

他考大学是七八年，那时他的特长尚未得到发挥，在兵工厂修建队当班长。高考前后他一反往日的平静，显得烦躁不安。命运到了重要的转折关口，他的表现说明他对兵工厂的生涯很不满意，而且对自己的才能抱有希望。温习功课需要时间，他不好意思泡病号就请事假，为此还挨过厂领导不点名的批评。他请假的做法一直延续到高考之后。考前请假可以理解，考后仍旧三天两头往城里跑就不好理解了。人事上没有多少关系，总不会猥猥琐琐地找招生办公室乞怜吧，那种事他干不出来。他本质上是性格脆弱的人，很可能是受不了等待裁判的沉重压力，想脱离工作环境而使紧张的情绪放松一下。等录取通知那段时间，他经常骑着自行车毫无目的地到处跑，像个惶惶不可终日的逃避惩罚的人。

八月的一个黄昏,他串了几家书店之后来到西直门外大街,骑过高粱桥路的南口时,恰有一辆大卡车由北向东拐弯。

车速不快,但郭普云骑得更慢,似乎在沉思某个问题。他向西骑行,猛然看见绿色的庞然大物挤到眼前,连忙朝北拐把。卡车适时地刹住了,他也捏紧了刹棍儿,不知是谁迟了一点点,卡车槽帮的木头在他左脸上轻轻磕了一下。他跌倒在地,却立刻爬起来,膝盖的疼痛更强些,使他忽视了左脸的麻木。司机惶恐地问他伤着没有,要不要去医院,他比司机还惶恐,因为大群的路人正围过来。他连说没事没事,反而安慰司机慢慢开,眼巴巴地把一个并非没有责任的当事人放走。出事前他可能的确在考虑什么事情,慌乱中以为责任主要在自己。他习惯自责,但这种习惯和他的善良使他犯了一个大错误。换上任何人,在自身利益受到损害的情况下,都不会如此愚蠢地善罢甘休。况且责任不清,即使罪在自己,混淆是非的余地也是相当大的,至少可以使所受损失得到一些补偿。他与人无争的好脾气使他失去了最一般的处事常识,单独承受了比事件本身严重得多的一系列打击。他屡次说到自己的不顺,其中也包括了对此事无可奈何的反省吧?

事后三天,母亲发觉他左眼眶有点儿肿,眼下一大块青色的瘀血。他照照镜子,也有些害怕。连忙去医院诊治。家人知道车祸真相之后,曾有一番激烈的指责。更让他受不了的是医生的严峻口吻,眼底出血!弄不好将成终生残疾!即使那位幸运的司机承担了责任,出医疗费、营养费、病假期间的工资和奖金,甚至受到刑事处罚,像母亲诅咒的那样,这一后果也无法改变了,无法改变的还有它造成的心理影响。当得知考试成绩离录取分数线只差六分的消息后,郭普云的悔恨和沮丧情绪达到了顶点,并且始终未能摆脱这个精神上的泥沼，直至被它淹没。当寻找各种不幸的根源时，他一定非常轻易地抓住了它们之间并不存在的必然联系。他的自我责备愈演愈烈，最终导致了严厉的自我否定，除此之外他已经找不到别的手段冲破那无处不在的罗网。

此刻，司机先生正在国土某个角落里奔驰如飞，小小的惊吓之后，他的车开得更稳健了吧？郭普云没有记住他的车号，甚至说不清他的车型。但它分明从郭普云身上碾了过去。我祝司机好运。说到底，他是无辜的。尽管郭普云的自责太过分，但应当为不幸的后果负责的，的确只能是他本人。

郭普云自杀前多次提到左眼的创伤，它对周围的人来说已经不是秘密，但人们对它的悲剧性却不像他看得那么重。他说得很多，有点儿不着边际，许多同学大概私下里都嘲笑过他。

不是相同心境的人，那些婆婆妈妈的唠叨听起来确实不可理解。荒谬，狭隘，零碎，还有点儿可笑的滑稽成分。我当时觉得他把这件事强调到不适当的程度可能有象征意义，他想说明的是别的事，那件事不是太抽象了就是太具体，让他无以言说。

我怎么也没想到，那竟是死。真的死。他的话可以汇集成字典。最专业化的字典，那里面任何一个貌似平庸的词汇，都有宣战的含义，可以看作自杀者悲壮的誓言了。

第五章

寒假以后，专修班课程减少，每天上午四节，午饭可以回家吃，大家对校方的这种安排很满意。但是，我从此再也享受不到搭车之便，因为郭普云对学校食堂的午餐产生了浓厚的好感。伙食糟得一塌糊涂,可他吃得有滋有味儿。不久,我就知道他的兴趣在什么地方了。我在察言观色方面自然是愚钝的,启发我智慧的是班里那位秘书大姐,是她娓娓不倦而又横扫一切的长舌头。她保养有术,粉嘟嘟的胖脸滑而生光,窃笑时肉鼻子耸成一颗圆不溜丢的大蒜。她把这颗大蒜顶给别人,用辣味儿和腥味儿挑逗好奇心。她无往不胜。

"你不在学校吃午饭?"

"太贵,又不好吃……"

"郭普云在学校吃。"

"他懒得自己做。"

"不吧?上学期他经常到太吉饭馆吃牛肉面,这学期他一次也没去过。下午没课谁不想早点儿回家?这儿的饭就那么好吃?"

"那您说是怎么了?"

"下课你晚点儿走就明白了。教室后边有戏,不信你就自己看看,我猜得没错!他骗得了别人骗不了我,老大姐可不是吃干饭的!"

我闹不清她的得意从何而来,也闹不清我的注意力为什么这么容易屈服,似是而非的一席话居然一下子勾起了我的兴趣。那天下课后我没有离校,到阅览室翻了会儿报纸,估计时间差不多了才往教室走。楼梯和走道里不时有端着饭菜的本科生来来往往,我觉得自己像个心情阴险的密探,离目标越近越残忍。跨进教室的时候,我根本没考虑对方的处境,更没考虑这种有意的观察是否会对当事人形成骚扰。我愚蠢透顶的目光直逼向课桌后面的角落,连个样子都不给人家装一下。他看见我了,她没有看见,正把肥白的猪肉片拨到他的小瓷盆里。她坐在我平时坐的椅子上,身体微斜,与他靠得很近。她喃喃地说着什么,他一言不发,想掩饰慌乱却把脸扭成了严肃的怪样子。隔得挺远，可我看清了他的眼睛和那双瞬间变色的紫晶晶的小耳朵。她的脸也扭过来了，清秀，机敏，若无其事，比他冷静十倍。一个出色的爱情捕俘手，一个惯于闪电战的情场突击兵。独身者的大话成了肥皂泡，郭普云明摆着叫她摔了个嘴啃泥，正在缴械投降。他的尴尬令人惨不忍睹，偷春的和尚败事大概就是这个熊样儿。俗情终究不可违抗，他好歹也算个凡人了。他应该好好抡自己几个嘴巴。

我来不及撤退，索性朝他们走过去，借口是现成的，绝对没有破绽。请了半天儿假，明天可以不来听课了；借了几页古代汉语笔记，他记得不全，就从她的活页夹里挑了几张；临走跟他要了一支烟。他也想抽一支，刚要点燃就让她娇嗔地拦住了。

"吃完饭再吸吧！"

"你别走了，一块儿吃。"

他急切地拉住我，把烟悄悄扔在课桌上。他的手软绵绵的没有力气，我后退几步，见他严肃得不行，便也严肃地朝他摆手告别。走到教室中间，又听到那个悦耳的声音："你得多吃，多吃肉就胖了。"好像是故意要让外人听到，亲切的口吻里藏了许多复杂的内容。女人可真厉害。郭普云无论如何也招架不住。但是，她是不是太迫切了点儿？如果她对自己的爱意有信心，何必这么仔细地影响舆论呢？她在逼他就范。

教室里空空荡荡，墙报前聚着三五个边吃边看的外班学生。这些年轻男女不会注意教室后面的人，注意了也无从领略其中的名堂，他和她像两个正在商量工作的班干部，并在一起的饭盆体现了关系的融洽与和谐，实在说明不了别的什么。这是成熟的恋爱，偷偷摸摸的初恋者不会选择这种环境，不管郭普云对一顿接一顿的午餐怎么想,他的对手追求的是公开性和表面化。教室不是恋爱的堡垒,虽然班里的同学一下课便做鸟兽散,可随时都有可能闯入一双有意无意的热眼,对不同寻常的一幕进行各种猜疑和传播。秘书大姐已经这么干了。我也这么干了。我跟她唯一的不同,是舌头短些,好奇心的满足则彼此彼此。他终于拆除防线,作为朋友理应为他庆贺。但有一个问题我许久不敢正视。离开教室里的一对异性,隐隐约约浮上心头的是什么东西呢?是嘲讽。的的确确,那正是嘲讽。我现在可以承认了。

她并不是一个合适的人选。我说不准中等相貌应该包括哪些内容。但感觉告诉我她正是那种相貌中等,大街上比比皆是的女人。身材是好的,高而苗条,超过一米六五,看上去几乎与郭普云持平。脸上肉不多,五官不大不小,可谓清秀,但清秀与清秀有别,有的妩媚,有的恬淡,她多的却是苦相,青春已经从那上面衰退了。年龄将近三十,比郭普云小半轮,差距不大。她在班里待人和蔼;听课很仔细,不怎么出头露面,因而也不大引人注目。她中专毕业之后,在西郊一所中学当了八年教师,教过数学、地理,后来一直教初中语文。她的文章却不强,写作课布置的八篇小文,没有一篇得分显赫,职业显然没有给她多少帮助。她表情庄重,但苍白的额头与微黄的头发总给人一种尖刻的印象,觉得她很可能是让学生畏惧又让他们背地里不停诅咒的中学教员。尖刻的女人做妻子未必合适,做郭普云的妻子就更不合适了。他驾驭不了她。

她叫赵昆。一个没有女性色彩的名字。我没有理由怀疑她感情的真挚,但就在郭普云死后不久,她便随一伙青年男女到南方名胜游乐去了。死可以勾销一切,包括火爆爆的爱情。如果确有所谓真挚,这真挚大约是可以战胜遗忘的吧?现实却明明白白地展现了感情的可变性，不独感情，可变性控制着生活的每一个角落，它公正而强悍，不是人所能抗拒的。面对朋友的亡灵我必须承认，我苦思冥想并为之痛苦的不是他的死，而是造成死亡的种种根源，我痛苦是因为总也找不到它。比起他凄凉的死亡，我更关心的似乎是整个推导的逻辑过程以及它被人接受的程度。为了思维和想象机器的运转，我像检查道具一样地摆布他，无耻地在他不能对抗的身上投下了解剖刀。但是，我只能这么做，换了别人也会这么做，因为现实的目的在召唤。那次奇怪的点名事件在赵昆心里造成了什么结果呢？大概是淡淡的仇恨吧？善良的郭普云以自杀藐视了她的爱情，贬低了她的诱惑力，用尸体把她绊了一个终身难忘的大跟头，她的仇恨便是可以理解的了。她到名胜游乐，在风景地拍下甜蜜的照片，轻轻松松地过日子，芳心荡漾地为爱意寻找新的潜在的目标，也统统都是可以理解的了。

伟大的死亡也好，渺小的死亡也好，能够带走的东西实在少得可怜。不论人们赋予生命的毁灭以何种意义，那句自作聪明的诙谐却一句中的，道出了普遍适用的原则："自然除名！"消失的都是该消失的，没有消失的正在等待消失，物质好歹不灭，大家终归离不开庞大混沌的整体。这真是悲哀的讽刺。郭普云扎入碧水，我在深夜伏案苦想，别的人在别的地方干了点儿别的什么，这一切似乎都成了讽刺的对象。但是，我和我的同类们必须忍受这种耻辱。活着是正当的，合理的，而且十分美好。为了使它更美好，我们应当扎扎实实地从事手边的工作。追踪隐私，在死人枯萎的生命上跑马，作为一个苟存的人，我觉得自己没有理由拒绝这种至高无上的权力。

那年三月，以赵昆为对象，郭普云尝试了此生的最后一次性交。没有迹象表明这是唯一的一次肉体接触，但他确实没有给这次机会增添积极的意义,他在精神上肉体上同时遭到惨败。不可能有别的地点,不能想象他会在公园或旷野里参与一种野合。稳妥的场所只有他那间零乱的小屋。它也不安全,同学随时都可能找上门来,跟他对酌、谈诗、论天下。能够利用的是夜晚。漆黑一团、气味丰富、动作陌生的陋室之夜。他没有开灯的胆量。他也没有生理上的主动性。他的四肢可能会碰到什么东西,啤酒瓶、烟灰缸、书籍、衣物,但他肯定丧失了正常的感觉。他对自身官能反应的倾心关注,恐怕压倒了异性肉体的魅力,起始动作的无效使一系列努力迅速奔向破灭。他饱含羞愧地在夜色中颤抖,疲劳的中枢发给他一个错误荒谬的信号,让他嗅到了并不存在的尸体的气息。他的绝望更具体了吧?天平另一头的砝码加重了,他的人生轻飘飘地翘了起来。

下滑的坡度短时间骤然增大,惯性和前冲力已经渐渐失去控制。他知道自己不行了。此刻离驹子峰的五一之夜还有六七十天。然而结局正在明朗,地狱之光终于降临了。

赵昆当时的反应始终是个谜。她可能采取的态度有好几种。如果生理期待过于强烈,郭普云无能的窘状无疑会伤害她,使她羞愧和失望。如果她掌握了一定经验,最初的惊慌失措之后,她会抢先摆脱沮丧,用成熟或不太成熟的技巧安慰他、帮助他。她怎么也不会去埋怨一个气喘吁吁却一事无成的男人吧?绝对不会的,她的尖刻远没有达到这种地步。能在此时全盘利己的,只有良心泯灭的雌性动物。而她显然是爱他的,即便躯体不能彼此渗透,情感上的痛苦却是融而为一的了。宁静的小屋,伸手难见五指,混乱油腻的物件被漆一样的黑色掩盖。空气也是黑的,只剩下两个人的呼吸和体液淡淡的腥味儿,这一切都凝结成一个扎扎实实的失败,让郭普云无力承受,把他压扁在麻酥酥的粗糙的床单上。为了仅存的尊严,我相信他很快就穿上了衣服,把酒瓶里的剩酒喝干,扔掉一个又一个烟蒂,疼痛的大眼一直瞪到曙色微明。他还能干点儿什么呢?他什么也干不成。他什么也不打算干了。去他妈的吧!

他诅咒了诗、艺术、女人、思想、道德、人类、历史,他咒骂一切,决定杀了自己。

他的决定和三月下旬发生的另一件事无关。不过那件事倒可以揭示他的生存环境,证明他忍耐力的脆弱不完全来自个性因素。

离郭普云出丑不到一个星期,赵昆耐不住寂寞了。她的家在郊区,平时常在城里亲戚或同学家里借宿。可悲的是,这次邀请她的是秘书大姐,而她竟应允了。大姐的丈夫到东北出差,抛下了一张空荡荡的双人床,姐妹俩边聊边诉直至深夜。

女人谈男人跟男人谈女人沿用着同样的模式,然而当我事后得知有关这次谈话的传闻,仍旧为赵昆的坦率和不负责任而大吃一惊。她是幼稚呢,还是淫心太盛呢?难道这种羞于启齿的性感受真的不吐不快吗?对涉及恋爱对象名誉的事如此漫不经心,还能说她对郭普云的追求不是虚伪的吗?她把郭普云的生理难题像说下流故事一样捅了出去。她是无法让人原谅的!听者是谁?一个熟得不能再熟的烂苹果似的中年妇人,她可逮着做一道大菜的机会了。传言大都走样变形,但我相信那句话肯定出自她的口吻。应该说,它太他妈没人味儿了,又太他妈生活化了,它体现了另一种意义上的精彩,让人目瞪口呆。

"你知道吗,郭普云的家伙不好使!"

家伙?不好——使?

这是人话吗?不得不承认,它是人话,是我的同胞们惯常使用的人话。语言是人类交际的工具,如今它变得越来越锋利了。如果一味遵从传统,所谓"家伙"应当叫作"笋""玉杵"等等,这太儒雅,显不出多少幽默。我尊敬的传话给我的同学也不肯使用"阳痿"两个字,似乎老祖宗赋予了它们太多太不相干的艺术性。我尊敬的热心议论这件事的全体同学更不肯说出"生殖器不能勃起"这句话,大概因为它太像西方化的医学术语。大家继承的是东方的智慧和平民的幽默感,朴素,深刻,保持了客观性,又渲染了主观色彩,还能找出比这更恰如其分的话来吗?

"郭普云的家伙不好使!"

大家没有恶意。大家都佩服郭普云的人品。大家只是不像关心自己那样关心一个外人罢了。何况事关"家伙",自有一种天然趣味,大家在脐下三寸之地保留一点儿玩笑意识不能说是罪过。

郭普云,我要打破你在九泉之下的安宁,把这句话清清楚楚地告诉你。你善良、健全、聪明、高尚的同学们用这样的方式传播了一个曾经存在的事实,他们悲痛万分地说道:"郭普云的家伙不好使!"我请你相信,他们是悲痛万分的,你不必再羞愧了!

我永远忘不了这句话。五个字的力量就足以打败郭普云苦撰的所有诗句。他的诗总也写不好,都是因为他缺乏这种生机勃勃的毒笔。他的思想没有这么生动。我想,如果讽刺可以得到广泛正确的理解,那么应当把这句话作为被评价者的墓志铭。让它来证明没有被他的死亡带走的一切。

郭普云并不孤单,赵昆总算自食其果了,深重的磨盘也绑到了她的背上。她故作轻松地走路,不是因为她比郭普云耐力大,而是因为她有健全的反击能力和适应性。

"你知道吗,赵昆是二手货……"

"郭普云真傻,挑了半天挑了个叫人玩儿剩下的!"

"破锅找了个破锅盖,什么人都有人爱……他俩谁也别说谁,挺合适。"

发这种议论的同学都不是居心险恶的人,都有各自的优点,进电影院看到伤感处知道下泪,节骨眼儿上会很讲义气,帮朋友盖小厨房不惜大汗横流。可是转眼之间,他们就会鬼使神差地换上一副跟刽子手差不多的嘴脸,叽叽咕咕地说出毒汁四溅的鬼话。

赵昆无须自杀,这一点使她可爱。与人有染又被人抛弃的隐秘让那个老娘们儿晾出来曝光,与郭普云的性关系让人传得满城风雨,这些她都不怕。她的反击简练凶猛,一下子就解决问题。

她故意迟到五分钟,进教室后没有走向自己的座位,而是绕过讲台,径直走到秘书大姐的跟前。老师和同学都看着她,秘书大姐木呆呆地仰起脸来,空气紧张。她表情平静,连惯常的一丝尖刻都不见了。

"浑——蛋!"

直到毕业,可亲可爱的老大姐再没有恢复元气。赵昆见了这个仇人横着走,把她挤向走廊的墙根、楼梯的角落、校门旁的垃圾桶。老大姐见了她像见了瘟神。

赵昆活得很好,活得很自然,可惜她只统治她自己的个性,无法让郭普云效法她的榜样。强弱与性别没有关系,这个让男子汉羞愧的事实再次得到明证。

恶语传得最盛那几天,郭普云没来听课,实际上,性失败的第二天他就主动断学了。借口当然是治疗眼疾。害怕同学拜访,也可能是害怕那间阴森森的屋子,他迁到百万庄父母身边去了。几个班干部和由他培养的入党对象看过他一次,回来说他正在联系好一点儿的医院,准备动手术。他们在他那儿意外地碰上了赵昆,据说郭普云心情很愉快，当着大家的面把头枕在赵昆腿上，有说有笑，像个春风得意的情郎。大家对他的现状很放心，也不担忧他的功课，他聪明，且有赵昆为他提供笔记。只有那个培养对象对他不太满意，说好去原单位党组织外调，竟撒手治自己的病去了！毕业时此人终于未能"混入党内"，他的前程让郭普云耽误了。换了我也会替自己惋惜。但是让郭普云把此人拉入党内再自杀，否则便不是尽善，似乎又太苛刻了，人终究善不到绝顶。在死的问题上自私一点儿可以饶恕。

我到医疗器械厂宿舍去过两次，没有遇到他。门锁得很严，门板是薄薄的胶合木，敲起来怪声怪气的。明明知道里面没人，但我老觉得他在，不是躺在床上就是胳膊肘支着桌子想东西，故意不让我进去。我当然不会想象他是不是喝了不该喝的玩意儿或用裤腰带把自己吊在大衣柜里了，尽管他曾经提到过那个字眼儿——死。

他和赵昆的关系公开之后，我一直犹豫，不敢询问。更不敢开玩笑。一次学校借部队的礼堂传达文件，散会出来恰好走同一方向，他便用车带我，边骑边聊些班里的事。路过青年湖，他提议到公园水边的长椅上坐坐，我说坐坐就坐坐。

坐下来抽了一会儿烟，他指指湖中心的小岛，欲言又止。

一座水泥拱桥把小岛与陆地连接起来，湖冰已经融化，水色清蓝，但树木仍旧一片冬色。

小岛上动着几个蹒跚的老人。他又往那边指了指。我看着他，他紧吸了几口，把烟头扔出去。

"那儿……赵昆第一次约我就在桥头那儿……"

"口头约的？"

"不是。那天下课她塞给我一个信封，我还以为是习作呢……她让我第二天在那儿等她，信写得很厚……"

一个俗气平庸的故事开场了。但我既不能表示淡漠，也不能显得太兴奋。我只想鼓励他把要说的话都说出来。

"你就老老实实答应她了？"

"不是。我本来想跟她说明白，把真实想法告诉她……可是，她误会了，我又不想伤她……我真傻，怕人家等我，提前半小时就到了。她在公园门口一看见我就开始跑，她一上桥我就知道自己的话没法说了……我老是不顺，这么点儿事都不会处理……"

"你原先想跟她说什么？"

"我想拒绝。告诉她独身的事儿是真的，不是开玩笑。"

"……是不好开口。"

"那天谈得很晚。我以前不知道，原来她也挺不幸的……"

"怎么回事？"

他没有回答，大概感到自己说得太多了。他所称的不幸无疑就是我后来听到的传言。不知赵昆坦白到什么程度，可初次深谈就涉及到敏感的贞洁问题，说明她对郭普云的人品有相当充足的了解和信心。她的失身不仅没有成了障碍，反而使郭普云产生了同命相怜的感觉，可以设想，别人的痛苦多少减轻了他对自身痛苦的关注，为了抚慰别人他可以暂时摆脱自己内心的矛盾。他在以后的时间里维持了与赵昆的交往，显然是出于这种考虑。

矛盾却意外地加剧了。

在湖边我就感到他的恋爱很沉重，似乎不是堕入情网，而是不小心不果断掉了进去，头朝下悬在那儿了。他忧郁地注视水泥桥的桥头，就像在注视他人生挫折的一个新证据。我斗胆表示了我的疑虑。

"你……真的喜欢她？"

"……赵昆是个好姑娘。"

难道我说过赵昆不是个好姑娘了吗？这个中性的判断适用于任何给人以好感的年轻女人，但赵昆对他来说并不仅仅意味着"好姑娘"，前景中她将是做他妻子的那个人呀。对喜欢与否吞吞吐吐，表明了他的苦衷。我几乎要告诉他了——你俩不合适，好歹熬到三十六了，选择务必高雅谨慎些。但这自以为是的有点儿卑鄙味道的话终于没有说出口。他已经陷进去，犯不上再指责他的失误。别人不能代替他思想，当然也无法代替他忍受什么，他忧忧忡忡的样子委实令人毫无办法。

那天从公园长椅上站起来，他悠悠乎乎地长叹了一声：

"你说我怎么办……"

"什么怎么办？"

"我没办法！"

"看准了就干下去，看不准就缩回来，对自己不合适的事别滥施好心……"

"我一点儿没办法！没办法……"

他在公园门口的水泥桩上踹了一脚，我也学着他踹了一脚，表示我对他的理解。青年湖不收门票，怕有汽车开进去，管理部门在大门口路当中埋了这块碑一样的桩子。它没日没夜地竖在那儿，像个丑陋而不知疲倦的无赖。郭普云心口上怕也梗着类似的一块东西，冰冷骄横且顽固不化。我们从水泥桩旁绕出公园，可他绕不过令他隐隐作痛的心灵阻碍。

"……真想死呀……"

"开什么玩笑？"

"真的！死，不是挺好吗……全解决了，全妥当了……"

"怎么个死法儿？"

"办法多了。像根线一样一揪就断，这没什么大不了的。"

"那你就死吧，死了活该！放这种酸屁你就不嫌臊得慌？"

"你不了解我……"

这是他第一次郑重地谈到死的问题。我最初感到突兀，继而觉得可笑，非常非常可笑！他在故弄玄虚、自作多情。欲死的人未必把死挂到嘴边，说出来就滑稽了。他好像怕他的恋爱平庸得不够水平，要用夸张的寻死觅活来增添它的色彩。这是成熟的三十六岁的大老爷们儿干的事吗！直至表白兑现，人们一直未能领悟那种沉甸甸的夸张的实质。采取行动之前，他把死的问题向不同的谈话对象重复了不下一百遍，但听到的人恐怕都跟我一样，鄙夷他，瞧不起他。他使人想起早年的小学课文。

"狼来了！"

人们知道狼不会来，哪怕郭普云把脑袋按到狼牙上，人们也不认为他会玩儿完，因为那狼分明是他的道具，他操纵它是为了夸大自己的痛苦处境。

到头来却出现了和那篇课文完全雷同的不幸结尾。他迷惑了所有的人。

唠唠叨叨提到死，又继续一场无望的恋爱，他到底想干什么呢？是抱着最后一线期待，指望爱他的女人创造奇迹，把他从挫折的旋涡中拯救出来吗？是在生命坠落之前，仓促地占领未曾见识过的异性世界吗？不管怎么说，青年湖那次表白过后不久，他与赵昆携手宽衣登上了不太整洁的卧榻，神游云雨。

也许是肉体器官的神秘力量片刻间占了上风。也许是为自我否定搜寻一个最后的最合理的证据,总之他裸露了自己。他预感到不行,想行一下,哪怕稍稍行一下,但终归是不行。同学们说得很对,他的"家伙不好使"。好使不好使无关紧要,他已经牢牢占有了一个证据,杀掉自己不中用的生命是不可避免的了。

成功了又怎样?生理满足能给他多少勇气?快感毕竟有限度,而且不能成为决定人生价值的重要标准。他迟早还会撞上新的解不开的难题,那时他会非常容易地找到另一个理由。

从赵昆那里是不便打听什么的。间接的知情人考虑到传播信息的危险性,也往往不肯启齿。涉及生者,有些话的确不好说。但我仍旧从赵昆女友的嘴里探得了一星半点用处不大的材料。

"她不在乎那个……"

我点头,暗示我明白"那个"的意思。

"她讨厌那个。"

未必吧?我觉得那次苟合应当是半疯狂的一幕,不饥渴会做出那种事来吗?

"她跟郭普云说过,没那个也没什么,俩人好就够了,郭普云不听她的……"

"郭普云怎么说的?"

"不知道,听赵昆讲……他老说对不起她什么的,拿脑袋撞床头……"

"噢。"

"……我可什么也没说呀!"

她有点儿慌乱,大概后悔不该说什么撞床头不撞床头的,这个细节太具体。我感谢了她,同时感到赵昆真是个憋不住内心感受的人。这也好,像郭普云那样把什么都藏起来独自咀嚼,她的结局就更不妙了。

"她不在乎那个。"

我相信郭普云也不在乎那个,但这并不是说他也相信情感至高无上的地位。他在乎的是别的东西。他很在乎,也许太在乎了!

世界上一定有一些东西,让他感到比"那个"更大更沉痛的羞辱。它们是些什么鬼玩意儿呢?它们杀了他,又躲起来了。

我得找到它们。

第六章

美术馆和各种各样的画廊是郭普云经常光顾的场所。我陪他去过两次,一次是美术馆,一次是劳动人民文化宫。美术馆展出的是法国的抽象派绘画,作者叫皮特还是皮姆记不大清了。画框装潢精美,画可就难说了,稀奇古怪得看不大明白。

他把大小相差悬殊的两个乳房画在一个类似屁股的东西上,猛一看像一堆切开的烂水果。这位异国知名艺术家给人的感觉是个吃饱了没事干的家伙,有点儿胡作非为,有点儿癔症,郭普云却连声叫好,把那屁股上的瘤子看了又看。

文化宫那次就不同了。好也说一些,但已经比较客观,而且指责得很仔细。办这次个人画展的是他的朋友,一个叫吴炎的年轻人,职业是美术学院助教。画展第一部分有他的相片和小传。人很严肃,不笑,眼睛盯着镜头,五官却是满慈祥的。

小传里说得明白。他在某军工企业当过十年工人,从事过木工、瓦工、管儿工等多种体力劳动。这个介绍不同凡响,使那些画有了更丰富的意义。

"你看看人家！看看人家……"

郭普云指着朋友的相片，一进展室就莫名其妙地冲动起来了。第一幅是油画，两张桌面大小，山黑水白，是山地景色。

"多棒！"

转过几扇展格，他稍稍安静一些，眼神儿却十分痛苦地盯着一个又一个画面，低声嘟囔："这小子真出息了……"

这样说过几句之后他闭了嘴，想抽支烟，还没点就让工作人员喝住了。他的表现让人无法理解，整个展室恐怕找不到一个比他更激动的人。打击他的力量来自艺术能量之外，他是不是有点儿嫉妒呢？才华横溢的画家毕竟来自同一个修建队，人家干过的工种他也干过，而且他学习绘画的起点比朋友还要高些。站在这个展室里他不得不置身于无情的对比，再一次直面命运的嘲笑。朋友恰如一轮满月当空，而他却因此黯淡无光，淹没在迷茫的星海里。只是嫉妒不能概括他此时此地的心情。

我觉得他整个身心都让一种宿命的气氛笼罩了。

展厅深处，他让我注意一幅画面。这里光线不好，昏沉沉的，看客们不大停留，悠闲地踱到南侧的展格里去。我跟他却像两根木头似的戳在这儿了。他退几步，又凑到画面跟前，来来回回好几次，最后在我身旁站定。

"你觉得怎么样？"

油画题名《黄泉》。单一的黑色把画框填满了，像一块黑帆布，又像新铺的柏油路面的一部分。走近看看，发觉颜料涂得浓淡交叉，似乎很有名堂，但究竟是些什么又说不清。

他摇了摇头。

"他的本钱是写实，这么干可不行，我见了他得骂他！"

"我觉得……还可以嘛。"

"不灵不灵，他不是玩儿这个的。"

他轻松了，大约是因为在朋友天衣无缝的才华上寻到了破绽。那以后他接连为几幅画挑毛病，语言泼辣而俏皮，画家的短处使他愉快。他的样子很开心。多少有点儿刻薄。

"他这么耍小聪明，非毁了不可！"

"这幅画也拿来展览，这是他十年前的水平，他昏了头了……"

"这小子，我早说过他不善于使用红颜色，他非往这陷坑里跳……"

他滔滔不绝似乎要证实什么，并且不断抓到把柄。说得未必不对，问题是他的情绪。我不懂画，但我知道他失态了。那人再怎么不完满，比那个叫皮特或皮姆的癫老外也地道得多吧？舍得给人家叫好，见到朋友的短处倒死扯着不放，这合适么？依他的为人，在朋友面前他也敢讲这些话，但对旁观者似乎应当讲些分寸。我当时不曾想到，那些苛刻的贬低是败阵的人虚张声势的反抗，对方辉煌的胜利早就压倒了他，他只是说说而已，目的无非是想把绝望的压迫稍稍抵消一些。

但艺术家并不给他更多的喘息机会。如果不是看到那幅画，他本可以暂时愉快地离开文化宫的。

这个足有两米宽的画框吊在展厅出口旁边，显然是压阵垫后之作。但是它给我的震动还不如那幅《黄泉》。主体是一枚枚奇大的黄色花朵，空隙里有一张枯瘦的叼着香烟的面孔。烟头引燃了花瓣和头发，人和植物正在燃烧，一些黄花变红而形状却依旧。人脸也不怕烧灼似的，平静，自然，淡漠。写实和变形两种手法奇怪地组合在一起，给人一种生硬的印象。我等着听郭普云的评论，他却茫然不知所措地呆在那儿不动了。又是常见的痛苦表情，好像被匕首扎了肚子，背驼下去，眼神凄凉，令人困惑的同时又令人怜悯。

走出文化宫大殿，他长叹了一声。

"……你看看人家，画素描那阵儿他还不如我呢！"

"人比人得死，还说他干嘛。"

"那些大花搞得真绝……"

"没见过那么匀溜的花儿。"

"那是木工房的刨花，黄松木的刨花儿，我们在那儿干过好几年……到南池子找个地方喝点儿去吧，累得要命，每次看画展都累得要命。"

酒桌上他彻底地赞扬了朋友，同时哀叹自己无能，友人的成功显然没有给他多少欣慰。他不时讲到朋友的轶事，卑微地炫耀他与画家的亲密关系。

"吴炎爱吃辣酱，吃起来满头大汗……我们净逗他。"

我劝他少喝点儿，他答应了，不一会儿却凑到柜台那儿又拎回两升来。他的话琐碎，带着淡淡的忧伤。

"吴炎的爱人不会炒菜，我每次去都自己掌勺，他们两口子服我。"

"你常去吗？"

"过去常见面，现在不了。我知道他应酬多，再说我也不想巴结人家……有几次骑车去看他，走半道就蹬不动了。觉得没意思，见了面怪寒碜，何必呢……我好长时间不去了。他常向单位的同事打听我，他人不错……"

"你不想跟他谈谈对画展的看法？"

"我算老几，我配说人家吗？我们……不是一个档次了。"

"说实在的，你的水彩画再加几把劲也能拱上去。"

"别挤兑我了。我没什么出息……再怎么弄也不行，全晚啦！"

那天酒喝得并不过量，可出饭馆向北走了没多远，他就扔下自行车守着一棵大树呕起来，怕难堪，自己摇摇晃晃地向旁边一条小胡同里扎，脸朝一个脏乎乎的墙角蹲了半天，起来时脸色淡青，嘴角上挂着食物残渣和一丝苦笑。我以为他又要说"我这个人老是不顺"。结果他什么也没表示，道过别就软绵绵地把那辆破自行车骑走了。

日后当他屡次谈到死，人们开玩笑地问他怎么个死法儿的时候，他往往故作神秘，我则短暂地想到那辆自行车，设想他会不会骑着它去干点儿什么。

在南池子小巷里干呕时他是那么痛苦，当时说他准备骑着车子去撞公共汽车不会没有人信的。他能有什么合适的目的地呢？回到阴冷的小屋，那一夜一定是悲愁难眠的吧！面对朋友的光辉，他像颗流星一样掉下来了，掉到他自己也闹不清的鬼地方来了。

郭普云曾经提到，他落伍的根源在于选择了水彩画而没有选择油画。这个分析避重就轻，但至少在表面上说明了偶然性对人的命运的影响。他们那一批学生有六个人分到了修建队，分到木工班的是他和吴炎。时值六八年秋季，凭一腔热情对体力劳动并无反感。但他们还是向往早晚调到校验车间工作，因为那里可以舞枪弄炮，很威武的。从试验靶场传来的隆隆炮声很快就失去魅力，他们不得不长久地摆弄钢锯和刨子，过一种没有色彩的沉闷生活。他们常到厂区西侧的驹子峰闲荡，将野鸟和山蛇捉来烤着吃，直到遇上那位在矿区监督劳动的相当知名的画家，他们的生活才有了新的意义。画家过去是这儿的工人，50年代末就调到总工会。如今被迫下野，重新投入深达百米的矿井。他上井后经常来不及更衣便夹着画夹往驹子峰跑，因为夕阳眼看就要落下去。这种性格坚韧且有些偏执的气质无疑把他们深深地吸引住了。那年郭普云十九，吴炎十八岁多一点儿，正是容易激发艺术幻想的年龄。他们全身心投入了献身艺术的美妙境界。

郭普云在写作课的一次作文练习中曾提到过这位满脸煤灰的启蒙者。我最初以为他是虚构，因为诗意把真实感破坏了。

吴炎的文章朴素些，那是刊登在《中国美术》八四年第三期上的一篇创作回顾，里面谈到那位启蒙者时毕恭毕敬，但重点介绍的却是自己突破师长的艺术局限所感到的困惑和由此获得的成功。我读这篇文章时郭普云已经不在了，那位启蒙者也不在了。他于郭普云自杀前四年因肝硬化辞世，恰逢创作低潮和新一代画家崛起，死时相当寂寞。不是认识郭普云，我几乎不知道世界上还有这么一位默默无闻的画家，他伟大的启蒙同时造就了一个成功者和一个失败者，孰功孰罪，真也说不大清了。

过去的木工房现在还是木工房。它在兵工厂西北角围墙的边缘，房后是陡峭的岩坡，房前是一片不大的贮木场。与清洁的厂区相比，这里显得破败僻静，房顶冒出的几蓬绿草和落水管留给墙壁的雨锈散发着忧伤的味道。工厂党委办公室副主任把我领来时木工已经下班了，门上别着一把铁锁。我趴在窗上看了看，只见满地都是黄灿灿的刨花，工具七零八落地埋在里面，墙角竖着的那些木头方子却光滑可爱。郭普云和吴炎躲开单身宿舍的喧闹，不知在这里度过了多少苦画之夜。想到那些孤独的时光，我觉得这地方一砖一草都是很令人感慨的了。经历过那番搏斗，人怎么能忍受失败呢？换了我可以忍受吗？

办公室副主任是和郭普云同期进厂的同事，据说郭普云和吴炎埋头学画的时候，他迷上了拉二胡。当时他是厂部办事员，经常为郭普云他们偷窃办公用纸，那几千张由生渐熟的素描里面有他一份功劳。他还多次穿着三角裤衩充当习画者的模特儿，或坐或立或卧，不停地在扎人却有趣的刨花堆里出入。

郭普云死后，人们在那间小屋褥子底下发现了一部分早期绘画习作，其中一张勾勒了一位光着腚拉二胡的小伙子。书店画册上的素描也无非是这个水平，大家都觉得郭普云确有才华，倒是那些画中人让人觉得古怪。

"我们好几个一块儿进厂的朋友都让他俩画过。夏天让蚊子叮得够呛，冬天火炉子不热，就把被子扛来，捂一会儿光一会儿，受罪受大了……"

副主任谈起这些来兴致勃勃的。他举止坦率憨厚，看上去的确是个很讲义气的人。

"你们是自愿的吗？"

"自愿什么！穷开心呗，画一次小郭管午饭，小吴管晚饭，我攒几次就够喝一顿的钱了，大家都有份儿。我拉二胡宿舍的人嫌吵，上木工房怎么拉都没人管，他们干他们的我干我的，两全其美……"

"你二胡拉得一定不错。"

"坚持下来说不定能混个专业干干，可惜扔了，不过一想也没劲。我这人天生没长性，跟吴炎没法比。那小子肯玩命，那年春节我们回城休假，他买了一网兜面包。在火炉上蹲了一壶水，扎在木工房好几天没动地方。我们回来一看，小子脸儿都绿了，衣服花花绿绿蹭得全是颜料！"

我注意到他没提郭普云。

"他比郭普云刻苦吧？"

"俩人差不多。"

"郭普云怎么没画出来呢？"

"说不清。他一开始挺顺，他的水彩宣传画参加过部里的展览，后来又参加过矿区办的工农兵文艺巡展，在郊区县有点儿小名气。那时候吴炎还狗屁不是呢！"

"他俩关系怎么样？"

"我们几个哥们儿谁跟谁都没的说！"

"郭普云以后为什么不搞画儿了？"

"忘了从哪年开始了，不是七五年就是七六年，他老跟别人夸吴炎的画画得好，开始大家也没觉得什么，听多了就觉着有点儿不对味儿。后来他又老说自己不行，唉声叹气的，其实他的宣传画挺冲的……这人毁就毁在心太重！管别人干嘛，自己干自己的不就完了。"

"以后他就写诗了？"

"他以前也写，后来就把心思全放到诗上了。七七年吴炎考美术学院，小郭也报了名，快考了他又不想去。大伙儿劝他有枣没枣打一杆子再说，他不听，结果人家考上了。那次送别聚餐他醉得一塌糊涂，又可气又可怜……第二年他考中文系也没考上，人整个儿就完了……人真是大好人，就是……"

副主任摆着脑袋，不说了。他领我看了郭普云的宿舍和办公室，那清洁的床铺和同样清洁的写字台已经被活生生的新人占据，死者的遗迹一丝也没有了。环境依旧，并无多少压抑，然而一个人生却从这儿走上完结。精悍纯朴的副主任是与他同期提拔的青年干部，他完全可以胜任科长之职，把宣传工作搞得有声有色，过一种平淡愉快的日子。副主任活得多么健康，而他却在地下彻底地腐烂了。

他愚蠢地投入一种竞争是否值得？或者说，他愚蠢地计较竞争的结果是否值得？人固然会有意无意地被竞争的旋涡围困，固然会遭受梦想破灭的耻辱或领略无尚的荣光，然而豁达奔放的态度还不是不可选择的吧？为此付出生命以上的代价无论如何也是愚蠢！郭普云把自己腐败的尸身晾在泥滩上，让世人像看一条死鱼一样欣赏他，不啻是登峰造极的蠢行。所有在竞争中搏战的人都将投以藐视。

我在城东光华小区找到吴炎的住宅，主人已经到联邦德国巴伐利亚艺术学院进修去了。我在兵工厂四号仓库见过他，那时他正在某个速成班突击德语，口袋里掖着许多小卡片，在会场外面与人谈话的间隙里不时掏出来看看。追悼会没有隆重气氛，郭普云的好友们默默地掉着眼泪，但是吴炎始终保持平静，两眼若有所思地盯着某个地方。他非常固执地不愿意表示哪怕一点点哀伤。我当时觉得这个人怎么这么冷酷，又觉得他性格里包藏着可怕而又令人难以揣测的东西。他在主观上与郭普云似乎处在两极世界，一个虚弱无力随时都被外部力量所左右，一个韧性十足我行我素随时都准备把外部阻碍掀翻在地。

安顿了郭普云之后我本想找他谈谈，但是他拉走一个同事商量给对方调动工作的事去了。

他妻子给了我一个地址，我向欧洲发了一封厚厚的信件，几乎不能算信，它是一堆集合了众多询问的长长的单子。他的回信简单干脆，再一次证实了生者与死者、成功者与失败者本质上的重大差异。

信中他这样写道：

我不想以这种方式回忆我的朋友，他做了他自认为应该那样做、只能那样做的事情。我尊重他的选择。如果我们不能帮他摆脱痛苦，指责他是卑鄙的，我保留对他行为的不理解，但是假如让我完全理解，除非我也走上与他相同的道路。而这对我、对你、对别人都将是不可思议的。探讨根源没有意义，这不是唯一的现象，过去或未来都不能阻挡小部分人类踏上这条道路。这是他们选择自由的平凡手段。没有必要大惊小怪。如果有可能，请你不要打破我的朋友梦寐以求的宁静。以上是我对你二十四个问题的统一回答。我已无话可说。

驹子峰三八六铁路道标以北有他的坟墓，感兴趣可以去看看，那里有块石碑。我明年清明驻足西欧，请你代为祭奠。风光秀丽，仅为旅游也是值得一去的。拜托。

我再次驰信恳谈，一方面应诺清明祭奠之事，一方面求他务必回答几个与爱情有关的问题。他恋爱过吗？他失恋过吗？他生理有缺陷吗？最后一个问题问得既坚决又死皮赖脸——他是否有长期自渎的劣习？

没有得到复信。大概是过于唐突了。

那位副主任曾经肯定地表示，在兵工厂十几年间郭普云没有谈过恋爱，在城里交过朋友没有，谁也不知道，他也不谈女人，碰到青工们说下流话他就远远躲开。他的清心寡欲在兵工厂是出了名的，许多人为他介绍对象都被婉拒，以后人们都知道忌讳，连朋友们也不跟他提这回事了。我没好意思问郭普云是否自渎的事，副主任即便知道也不会说的。它涉及到名誉，尽管人们心照不宣。

郭普云的坟墓四周的确很美。灌木林蜿蜒茂盛，各色野花如云如绣，山蝶与昆虫顺着山坡的草面滑上滑下，到处都可弹落亮晶晶的露水，闻到柔和的植物香气和泥土的腥味儿。

那块一米来高的花岗岩石碑上有字：来去匆匆者永在之地。字刻得好，刻得深沉，但细读却能感到一种隐约的讽刺。

相对于"永在""来去匆匆"不是显得很多余吗？然而正因"来去匆匆"之不幸，故"永在"之说到底不失为很深重的悼念了。

这是一块很好的墓碑，一行很好的碑文。但是我仍然觉得想完全而直截了当地概括这条不仕的生命，没有比那几个字更妥帖的了。墓志铭写给死人，却是给活人看的。要想在数代活人面前保持一种辛辣，保持一种轰击力，必须让他们永远聆听一个新鲜的声音。大碑上应大书狂草：

他的家伙不好使。

是的，用不着羞愧。躺在这块墓碑下的将不止一个人。它是什么——家伙？家伙是物质，也是精神。是肉体，也是魂灵。是生殖器，也是思想，是无边无沿的人性世界。

谁的家伙好使？请检查一下。

第七章

手术日期是四月七号。不知郭普云是怀着什么目的上手术台的。这次操作几乎算不得正经手术，它更像一次美容。与治疗眼疾没有关系，医生被要求做的是设法祛除他在眼窝下面的青色瘀斑。手段是低温速冷。这种国外引进的新器械对消除姑娘脸上的雀斑、黑痣有显著功效。它的主攻方向是抑制癌症，但它在那方面暂时还无力大显身手，它的大部分工作与穿耳孔的激光器处在同一水平。

郭普云治眼在同仁医院，那里有他完整的病情记录。但是这次他避开了它，走进马神庙以西一家对市民开放的部队医院，挂了皮肤科的号。医生告诫他速冷效果因人而异，每人的皮肤承受能力不一样。况且他的永久性瘀斑对相貌影响甚微，劝他谨慎考虑。他态度坚决，甚至还开了玩笑："帮帮忙，哥们儿正谈着恋爱呢！"他一连三天挂号，最后那次敲定了手术时间，约定单上写得明明白白：四月七日九点，西五区低温操作室。他按部就班地在那张铝制的小床上躺了下来，闭上眼睛，器械沿轴杆移到床的上方，一个类似枪口的东西垂直对准了这个漂亮男子的面孔。医生是否觉得想要锦上添花的美男子十分可厌呢？没有理由怀疑白衣天使的注意力，操作是简单而熟练的。所有躺在这里的人都将受到平等公正的对待。医生按动了开关。

那地方成了郭普云的断头台。

两天之后，揭掉半个烟盒大的白纱布，他、父母、妹妹、赵昆共同"呀"了一声。他毫不羞耻地当场便哭倒在地。他像个切双眼皮失误的无事生非的臭娘们儿，竟哭晕了。他看到了那块白。那以后他频繁地称自己为小丑，那块白就是他的脸谱。他廉价的自我嘲弄太轻松，大家都知道是怎么回事。

"他当时就晕过去了！"

"一揭橡皮膏，当时就傻啦！"

"这一下雪上加霜了不是？"

"他就不该去！真不知道他想干嘛……"

专修班充斥了这种议论。同学们普遍认为他对相貌缺陷的斤斤计较不像男人干的事，不可思议。刻毒的则认为这没什么，生理有问题的单身汉免不了举动怪癖，追求相貌的完美可能是为了弥补某些方面的不足。大家分析来分析去，却并不注重结论。探讨本身就是有趣的。没有人觉得那块白是一场灾难，设身处地想一想，都觉得没什么大不了的,谁都可以忍受。他竟受不了,竟晕过去,竟变本加厉地拿死唬人,全是因为他的恋爱和婚姻缺本钱,因为——他的家伙不好使。当灾难没有涉及自身的时候,怜悯是轻浮的,而且不能强求它保持悲哀气氛和一以贯之的严肃性。

但是许多同学都去慰问他了。他们付出了大量同情,有人可能也想看看那块白。看到的却是纱布,也白,但白得不够意思。郭普云不想给人看,对一切同情和劝慰付之一笑。他只详细地给大家讲解低温速冷是怎么一回事,器械是怎么一个形状,好像他不是它的牺牲品,倒是义不容辞的推销者了。他没有责怪医生,他们都是好样的。他不想打上门去追究责任,不是事故,肯定不是事故!责任在他自己,手术单上印了三条可预见的不良后果,他是签了字的。百分之一的可能性让他赶上了,他还有什么说的呢?他原来就不顺。他一向不顺。他从来就没有顺过。他是自讨没趣,他认了!可是,那台机器可真是好机器呀,花了二十多万美元呢!

郭普云到底也没有解释他遇上了什么性质的麻烦。怕那块纱布掉下来,他神经质地频频去按橡皮膏,压压这条压压那条,好像生怕它们出大问题。同学们让他闹得怪不好意思,不过他们确实想看看那块白究竟是怎么个白法。终于有个冒失鬼憋不住了,郭普云立即把他噎了回去。

"没法儿看!真的,没法儿看!京剧里小丑什么样儿我就什么样儿,你回家看电视就明白了……"

"像白癜风吗?"

问得越发愚不可及。似乎还不够,一些人又七嘴八舌地提到偏方、提到老中医、提到针刺疗法,有人甚至请他到小汤山温泉去泡一泡。如果遇到相同麻烦他们想必会那样做的,但郭普云不会那样做，他知道自己失去了什么。超低温在一瞬间消灭了眼肌上的瘀结，却也杀死了皮肤内不可缺少的物质：黑色素。它存在的时候没人注意它，一旦失去就引人注目而且永久地留下死亡的标记。这是第二次车祸，是他主动接近了这次灾难，尽管他没有料到结果会这样惊人的相似。眼底出血永远不能根治，黑色素永远不能再生，诗歌永远不能写出光彩，生殖器永远不能勃起，命运永远不能把握……难题山一样堆砌在眼前，他可能发现它们之间的强韧联系了吧？他淡然地谈到他无意义的生命，谈到死。不是因为活不下去了，而是因为死亡很有趣。口吻伤感，但仍旧没有达到让人当真的程度。

"你又来了、又来了……"

赵昆隔着椅背儿推了他一把。提到死，不自在的同学们反而放松了，谁都觉得这是玩笑话题，谈起来热闹。

"小郭你死的时候告诉我一声，哥们儿陪着你，我早活腻歪了……"

"你老说死死，你想怎么个死法儿？说出来让大伙听听，好让咱们学两手儿！"

"你小子一月一百多块钱拿着，死了你冤不冤，咱俩换换得了。"

"你心太狠了！你一蹬腿颠了，让人家赵昆怎么办？"

赵昆跳起来打了那个同学一巴掌。她面容不怒不哀，似乎也没觉得有什么不祥，很平静地给大家斟茶、递瓜子。

郭普云的母亲推门探了探头，又把门关上了。同学们起身告辞。他和赵昆站在楼前草坪上向大家挥手告别。赵昆偎着他，看来已经死心塌地要做他的好妻子了。既然那块白和别的什么都不能阻止她，郭普云的苦恼就没有存在的理由了。大家对他的前途绝对放心，过不了几天他就会来听课的，那时真有不少玩笑好开呢！

"替我向班主任问好！"

他又意味深长地加了一句。

"放心，我不会污染城市！"

"闭上你的臭嘴！再胡说八道我们都不理你了……你有完没完？好好休息，过两天我们还来看你，真是的……"

一位年龄大一些的女同学往回跑了几步，在大家的嘻笑声中朝郭普云边喊边挥舞拳头，似乎真动气了。转过身来她问谁跟她去农贸市场，那儿的黄瓜倍儿嫩倍儿便宜，来的时候她就瞄上了。没人去，她自己去了。剩下的人继续走路，扯了些关于白癜风、关于美容危害性、关于男人为什么越来越娘们儿气的闲话，然后四处散开，各自奔向属于自己的小小角落。庞大的城市笼罩着热腾腾的活力，死亡在它面前是荒谬的，人们都在疯狂半疯狂地寻找活得更好一些的办法。郭普云是这人欲横流中的一个泡沫，他不会沉下去，他也不会消失，他会老老实实随大溜儿一块儿漂下去的。他离死还远呢！

没有人注意警报已经拉响。那次探望离五月一日不到半个月。对于等待急救的病人来说半个月是太漫长也太充裕了。郭普云没有遇到一点儿像样的阻拦，直达目的地。自始至终，他没开一句玩笑。

"我是小丑儿。"

"我的确是个小丑儿！"

他念念不忘那块白纱布，好像生怕失去这个特征，不停地给它以关怀，使它与他的面孔牢固地合为一体，并一直把它带到水中。铁道线上的铺路石将他坠到水面以下，他两手抓到湖底淤泥的那个慌乱时刻，大脑神经下意识输送的恐怕还是这个念头。

"我是个该死的小丑儿！"

虚 证 | 245

他重复这句禅言到了令人反感的程度,他的思想已经容纳不了别的内容。这是为什么?他凭什么认定自己充当了生活的滑稽角色?答案似乎是显而易见的,对此人们没有疑问,至少在他生前人们没有疑问。谁都有办糟了事情骂自己浑蛋的经验,消沉的时候不来几句自嘲是说不过去的。他未必真把自己当作小丑儿,大家更不会把他当作小丑儿,严格说来谁不是小丑儿呢?谁没有干点儿阴差阳错、弄巧成拙的难堪事!他硬充小丑儿未免太牵强了。仅凭医疗事故、器官缺陷可以哀叹倒霉,却没有必要把一些过分的贬低强加给自己。

但是,郭普云偏执狂似的自嘲不能不让人疑心。如果他对自己的审判是周密而严肃的,他手里一定攥着别人不知道或被外人忽略的重要证据吧?小丑儿所干的是与身份相适的勾当。

他,一个公认的善良人,一个交口称赞的品德高尚的人,曾经干过些什么呢?难道真是些见不得人的勾当而使他不得不一而再而三地诅咒自己吗?

我几乎感到躺在驹子峰下的郭普云的不安了。我的朋友,请你息怒,不要担心一个活人的胡思乱想会伤害你。伤你最重的是你肩上的那颗头颅。疼痛对你来说已经不算什么了。来日黄泉,欠你的账将加倍还你。安睡吧,这些肆无忌惮的思索与你无关。

与你无关!

我想说的是——郭普云的母亲在一九七二年才正式成为他的母亲,她给郭普云带来一个不同姓氏、不同血缘、不同性别、不同年龄的家庭成员,按照坚定的传统信念,他称这个曾经毫不相干的人为:妹妹。这个从天而降、发育成熟的姑娘转眼间做了他的妹妹!那年他不到二十三。她,十八岁,多变的十八岁。她有了一个伤感、漂亮的哥哥。她的生父故去，他的生母故去，一对新婚的老夫妻趋使一对青年男女共同在百万庄那套三居室的单元里会合了。十四年以后，郭普云平静地离开这里，使这个近乎完美的家庭崩掉了一角。他缓缓走下楼梯的时候听到妹妹活泼的笑声了吗？那是笑声还是催促死亡的钟声？

专修班第一学期开学不久，他曾经漫不经心地提到过这个女人。他的描绘只给我留下一个印象，那姑娘似乎相当固执，固执得有点儿不近情理。她放弃了攻读博士学位的良机，从吉林大学毅然杀回首都，以硕士身份钻进了响当当的物理所。理由很简单，东北入冬太冷，一年也熬不下去了。

"我写信劝她不能因小失大，她答应考虑，可没几天就拖着行李自己跑回来了！你说这人多幼稚……"

"她挺开放的吧？"

"大大咧咧的，娇气。"

"从小就这样儿？"

"嗯。"

"那可跟你正相反，不过脾气不一样的兄妹多得是……她漂亮吗？"

"……还可以。"

以后他就没有提到过这个妹妹了。他没有告诉我她元旦举行了婚礼，更没有告诉我母亲是他后母，妹妹也不是他亲妹妹。这些情况是他死后我才从别人那里陆续听到的。不知他为什么要隐瞒这种没有特殊意义的事实？别人还提醒我注意，与他一贯的表白相反，他的家庭并不和睦，他和后母之间有一道捉摸不定的很深的裂痕。

我曾经参加过那次集体拜访，吸引我的除了郭普云脸上那块白，便是他母亲不寻常的冷淡态度。这是我第一次看到她。

面孔非常慈祥，保养得很好，然而皱纹不多的脸上笑容也不多，表面的客气后面藏着一种淡淡的疏远。她推开郭普云的房门，探探头又缩回去，好像不小心进错了房间似的。我从那动作上读到一个暗示：差不多了吧。同学们也都是有心人，片刻之后便告辞恐怕不能说与老太太的表现没有一点儿关系。这恰好应和了我的想象，肯把儿子甩在医疗器械厂宿舍里而又不闻不问的，确实应当是如此这般的一个母亲。

她没有参加郭普云的追悼会。她的老伴儿，也就是死者的生父，同样没有参加。兵工厂路程崎岖遥远。不来是可以理解的。郭普云的父亲患有脑溢血后遗症，行动言语皆不便，不能看儿子最后一眼就更可以理解了。为了防止肿胀的肉体从骨头上松落，郭普云浑身上下缠满了纱布，只留下两只似睁未睁的眼睛。大老远赶来看这副惨景，确实没有必要。工厂在电话里也是这样劝两位老人的。不管他们的劝阻是否真诚，追悼会上看到郭普云孤零零地躺在那儿，他们一定感到了有什么地方不大对头。死者旁边似乎缺了点儿什么。至少在我不幸过早离开人世的时候，我不希望身边没有我的母亲。不能没有生我、养我而爱我的人。

以后我知道那是后母。我觉得我该明白那些事了，细想反而更加糊涂。依郭普云的为人品性来看，他不会阻挠父亲再婚，也不会由于眷念生母而故意把自己与后母的关系搞得很紧张。此外，后母刁难丈夫前妻之子的可能性也不大。即便是个泼妇，在郭普云的善良和忍让面前也会有所收敛的。老太太看上去绝不像挑衅成性的人。她很文雅。

但是裂痕确实存在。

我带着班主任到百万庄那个单元探访过一次。他的目的很明确,要找到郭普云生前的笔记,借到教导处好好研究一下,看看学生们到底在想些什么。我则想以公谋私,躲在班主任身后捞取些意想不到的材料。

郭普云的父亲打开门,但没让我们进去。他挂着拐杖,嘴角有点儿歪斜,两只迟钝的悲伤的眼睛在门缝里瞪着。他嘟囔的什么无法听清,但神态却告诉我们休想再往里迈一步。笑容可掬的班主任顿时尴尬得要命。

"我是郭普云的班主任,来看看……"

"没有人!里面没有人……"

这次听清了。门也关上了。班主任不甘心,拉我在楼梯台阶上坐下来,一边吸烟一边等郭普云的母亲。他说老太太可能买菜去了,我说老太太肯定在屋里,不愿见我们,故意让老头子出来搪塞。他不相信,还说不该用这种愤世嫉俗的语言指责一个让悲哀笼罩的家庭。

他说:"我们应该体谅人家。"

班主任是个很可爱的人。他猜得很对,当我们失去耐心来到楼门口时,郭普云的母亲拎着菜篮迎面走过来,她认出了我。寒暄之后没有往楼里让的意思。三个人便站在草坪旁边的空地上讲话,那样子一定很怪。

"你们校领导前些日子来过了……"

"是的、是的。我是班主任,我代表全班同学再一次……"

班主任老往身后瞧,似乎想给大家找个坐的地方。但老太太没有坐的意思,挽着一篮蔬菜直挺挺地立着,目光平静而专注。

"是这样,为了加强对学生的思想工作,便于掌握学生的思想动态，我们想把一些事物彻底剖析一下。我们过去了解情况太少，现在的困难是……"

"我能帮什么忙？"

"我们想借郭普云的笔记看一看。"

"他记笔记吗？"

老太太反问我们，班主任一下子愣住了。郭普云有个谁也不让看的日记册，连赵昆都说没有读过。他平时公开的是个写诗的草稿本，里面记了不少格言，有些可能是他自己杜撰的。

借不到日记，借到这个草稿本也将就了。我骗老太太："他经常记笔记，他让我读过其中一部分。我们保证对笔记内容严守秘密，看完马上还给您……"

"没必要了。上个星期六他爸爸一直躲在屋里烧东西，不让我进去看。烧了不少书，连灰都捣烂了，里面可能有普云的日记……请你们原谅。"

"……太可惜了。"

"就是没有烧，他爸爸也不会借的，我也不会借。普云的事跟别人有什么关系？你们做思想工作用不着打他的主意……"

"对不起……"

班主任有点儿不自在，摇了摇头。他不知什么时候把菜篮子夺到自己手里了，大概很沉，不胜拖累似的歪着一只肩膀。

我问了郭普云五月一日离家前的一些情况，老太太很耐心地回答了许多细节，似乎没有多大忌讳。这种局面没有维持多久，大概是因为我问了不该问的问题。我很后悔。问过之后就后悔了。

"郭普云平时跟家里有矛盾吗？"

"……什么矛盾？"

"他一个人住那边，很乱很脏……我觉得他是不是跟您……或者……"

"那是他自己闹的！他从来不和家里人说心里话。我们不知道他整天想什么，他不告诉我们，我们也不问，三十多岁的人了，自己完全可以管好自己，他自己不想好好过日子有什么办法……"

"他脾气很好。"

"你什么意思？"

"他好面子，您要用刚才那种口气批评他，他会受不了的……他跟您吵过嘴吗？"

"我是他母亲，该怎么批评他是我的事，做了错事就该批评……"

"他做了什么错事？"

老太太脸色苍白，班主任在背后扯我袖子，但我看到机会就在眼前，我得把它抓到手，不论自己将表现得多么愚蠢。

"大妈！普云做的错事跟他的死有关吗？他做了什么错事？"

"……我累了。班主任老师，请以后不要打扰我们，他爸爸身体不好，你们都知道，把菜篮子给我吧，我要上去了。"

"大妈，对不起您了！"

"别客气，我知道普云有许多朋友。家里待他一直很好，不信你们问问周围的邻居，你们可以随便敲开一家问一问……"

当然，这是完全用不着问的。

"普云……是个好孩子。"

老太太看看我，看看班主任，抱着一篮菜踱进了楼门。我们不怀疑老太太最后这句话。任何认识他并且有良心的人都会这么说。郭普云是个好孩子。这个评价的真理性是明摆着的。

虚 证 | 251

对此表示不信任的只有他自己。他恶狠狠地把自己叫作小丑。

班主任惋惜那个被烧掉的笔记本，他一本正经地认为它是开展学生思想政治工作的生动教材。他一点儿也不觉得这样充分地利用死者是否妥当，是否有悖人情。我比他强不了多少，也许更可鄙。我触了老太太的疼处，用郭普云缺乏照料的生活情景使她难堪。我还硬从她嘴里拽出一条线索，试图证明郭普云曾经做过难以被人接受的错事。我总感到，郭普云曾经十分狼狈地抗拒过一种来自异性的吸引力。与他和那位舞蹈教员的交往有别，这次朦胧的经历——很可能只是视觉上的心理上的经历——使他陷入了更深的罪恶感。

他的死离妹妹由东北归来半年多，离妹妹完婚刚好四个月。巧合不能说明问题。但是，他七五年在与吴炎的艺术竞争中突然转入颓唐，那时距他父亲再婚恰好三年，这期间难道没有发生一些别的事情吗？他与众不同地淡视恋爱问题，当时已经表现得很突出了。

郭普云的朋友之一，那位兵工厂党委办公室副主任对我讲过一件事。事情本身像笑话，但是他讲得很严肃。我也觉得这个笑话不简单，它的趣味非常深奥。

一九七六年春节前夕，休假的郭普云到菜市场办年货。售冻鸡的柜台前人多手杂，他抢到一只鸡之后便被挤到或主动撤到人群后边。他站了一会儿，这时有人揪住了他的胳膊，不等他明白怎么回事，已经被粗暴地拥进了柜台后边的办公室。工人民兵们指责这个文弱书生企图偷窃一只三斤二两重的母鸡。

他们抓住了他！他跑不了了！说，为什么偷鸡？不说送你到派出所去！胜利的喧嚣压没了郭普云的申辩。他说他是准备去交款的，但没有人相信他。最后菜市场通知兵工厂保卫科来领人。

郭普云？

偷窃？

母鸡？

兵工厂没有谁认为这个指控可以成立。郭普云的饭票是公用饭票，谁都可以抽几张，想还就还不想还拉倒。他经常几十块几十块地周济修建队生活困难的老师傅，大都是白给。这样善良的好心人会偷一只不值一提的母鸡吗？真是笑话！

兵工厂说服了菜市场，事件总算平息了。但工人民兵们直到最后还在坚持自己的理由：他站的地方离门太近离柜台太远，他们以后见到这种人还是要抓的，他们从来就没有抓错过。他们是内行，他们十分清楚一个胆怯的偷窃者的种种表现。

兵工厂虽然保护了他，但他已经饱受了人格上的侮辱和打击。他一蹶不振，好长时间没有缓过来。

"他脸色惨白，人都傻了，谁劝也没用，以后我们都不跟他提这件事。"

"他肯定没有偷的意思？"

"那还用说么！"

"那他干嘛长时间抬不起头来？"

"老实人都这样！如果让大家待在一间屋子里，假定找一个小偷，最先脸红的肯定是郭普云，哪怕他一根线毛也没拿过。老实人知道自己清白，所以连一点儿别人的怀疑都接受不了……这种人我见过许多。"

"如果他并不怎么清白呢？"

"别人不好说，但对郭普云我可以百分之百打保票，他是难得的好人！"

副主任对朋友的真挚爱戴令人感动。我也始终认为，像郭普云这种与人为善的人的确不多。但是必须面对一个不得不面对的事实：郭普云自杀前坚定不移地指称自己为小丑。这不是通常意义上的自嘲，也不是通常意义上的比喻，它带着深不可测的人性烙印，是对自身遭遇的绝望而明确的悲痛概括。

作为一个品德受到称赞的人，郭普云某些时刻恐怕难于正视自己内心与常人无异的边边角角。他的生理缺陷不会是器质性的，很可能与长期的精神压力有关。也不能怀疑他没有正常男人的正常欲望，直至三十六岁他的道德观都是纯粹的，他满足欲望的唯一手段只能是自渎。这种行为造成的后果，许多科普小册子和青年卫生知识丛书都写得明白，它的副产品是思想上的自我谴责。郭普云为自娱付出的代价比别人更惨重，他拒绝与异性接触的时间太漫长了，而且他似乎被自己的欲望搞得无地自容。不论多么堂皇的人，在获得性愉悦时的种种失态与猥琐的人是相同的。那种不堪状对人的道貌岸然的确是一种讽刺，而且它的确类似于小丑儿的行为。大家同受七情六欲的制约，豁达的人随之任之，堕落的人更不以为然，而在郭普云看来却成了沉重的隐蔽的罪恶，更让他难堪的，恐怕是这种罪恶迫使他饥饿的思想产生许多企图和遐想。他在视觉上是否感受过异性身体无意的引诱呢？他屈服了吗？他的屈服被人发现了吗？

我绝对不承认他会偷窃。但是在菜市场大门与柜台之间恍惚片刻，那副拎着一只母鸡让人推推搡搡的样子，什么时候想起就什么时候感到一种深刻的悲哀。

联合大学分校二楼厕所的木头挡板上有一句放肆的秽语，用蓝色圆珠笔写的，字迹很漂亮，显然出自有文化的开放的当代大学生之手。它精辟地表达了一种人生观，宣言似的炫耀了一种荒谬和坦率。佚名者写道：

"高尚了一天之后，不妨下流一下！"

聪明的年轻人为高尚和下流安排了这样的关系。虽然他在一天里未必高尚，但在试图下流一下的时候却没有掩盖，嬉皮笑脸地正视了自己。他知道这"一下"与高尚无关，并且认定它从形式到内容都千真万确地属于"下流"。不知名的大学生活得不够严肃，但他肯定活得比较轻松。只要高尚和下流适度，这个王八蛋肯定会前途无量的。就是颠倒了高尚和下流的位置，他也不会像郭普云那样骂自己为小丑。郭普云的不幸在于他不能容忍灵魂角落里的一点点污斑，况且那污斑未必就是污斑。厕所便池里的东西一般来说也是人的腹腔里的东西，人就拖着这些东西在世界上走来走去，这没有什么难为情的。我们身上还有干净的血。

他却"小丑、小丑"地嘟囔着，把自己干掉了。不过，没有自杀的人脸皮都有相应的厚度。有些活得很自在的人也不知道什么叫羞耻。仁义道德和男盗女娼的双簧戏仍在没完没了地演下去。郭普云让出了自己的位置，但他显然不知道自己带走了什么。他的离去不会使这个世界更美好，大约也不会使这个世界更丑恶。它还是它原来的样子。

但是，人群里少了一个好人。

第八章

出事前五天，郭普云来看我，情绪很好，我爱人上街买了几盒冰激凌，我和他边吃边聊，话题扯得很远，他脸上的纱布有点儿脏，但粘得很牢固，我竭力不去看它。他敷衍了事地翻了翻我扔在沙发上的刊物，叹息他的诗再也写不成了。我说只要肯写总会写得成的，没有大成也有小成。

"人都要死了，还写什么写？"

他竟然冲我爱人笑了笑，很开朗的样子。他做作得有点儿让人讨厌了。

"你说死呀死的有上千遍了吧？"

"这次是真的！"

"就为这个？"

我恶毒地指了指他的脸，想讽刺他，因为和风细雨地劝慰他已经听不进去。果然，他立即抬手往脸上摸，身体烫了似的一抖。

"我知道是怎么回事，有人劝我化妆，有人劝我找找土大夫，没用！但凡有一点儿办法我也不会……算啦！咱不谈这个。你们打算什么时候要孩子，打算拖到什么时候……"

他坐了一会儿就走了。走前跟我商量好在后天陶然亭的全班聚会上见，又满不在乎地跟我爱人开玩笑："大妹子瘦得可以！胃口不行吧？"把她说了个大红脸。郭普云走后，她断定他不会死，她觉得这个漂亮的小个子男人很乐观，也很幽默。

我多次设想，如果不用语言而用十几个大嘴巴打消他对死亡的迷恋，再大吼一声："孬种！小丫头养的！"效果不知是否会好一些？他会醒过来吗？当然，如果耳光打后还是个死，那么打人的人就不啻于杀人犯了。可见我当时没有装模作样地揍他是对的。

陶然亭的聚会只到了二十几个人，许多同学没有来。郭普云也可以不来的，但他早早地等在公园门口，在整个游玩过程中活跃得几乎可以说是上窜下跳。我想，他是把这次活动当作他人生的告别式了。

我们租了六条船，由北岸向南岸冲刺，比赛的负者需在交船后于山坡的草地上表演节目。同学们争先恐后地挑选强壮的同伴登船，郭普云迟了一步，也可能是有意的，那条船除了他便是三个弱不禁风的女同学。班主任觉得不公平，想给他换个男的，他不干，女同学们叽叽喳喳的也不干。最后决定让他先划五十米，别的船稍后启动。

他划得很稳，船头笔直地切开水面。另外五条船待班主任一声令下便发疯般地追了上去。如果独船独桨他会保持相当的速度，在急迫的追逐之下他却慌乱了，水花儿时大时小，耳朵涨得紫红。第一条船刚刚超过他，他的船头便忽左忽右地摇摆起来。又一条船超过去，一个大嗓门儿快活地吼道："郭普云，你小子今天输定了！"

我乘的那条船最后一个擦过他的桨边，他面朝船尾，额头和发梢上全是汗水，两眼全神贯注地盯着桨柄。对输赢不在乎的女士们尖叫着，用水撩我们。但郭普云似乎是想赢的，埋头挥桨的样子有些悲怆。

我向他打了个手势。他不明白。

"往回划……"

他苦笑了一下，对我提出的恶作剧不感兴趣。不久南岸的胜利者发出一阵惊呼，我回头一看，发觉他竟然真的那么做了。船头调转一百八十度，有趣的是，他还摘下一片桨叶示威似的朝胜利者们挥舞，大声嘲笑着："你们中了鄙人调虎离山的诡计！你们输了！孩子们，到北岸来吧……"

数船齐发，像追兔子一样满湖乱窜，终于把他那条船逼抵了南岸的码头。水仗打得很激烈，衣服和头发上大都淋了水，郭普云拖着精湿的裤子上岸，一边告饶一边护着脸上那块纱布，怕水滴溅上去。大家起哄让他来个节目的时候，都觉得他肯定要推辞，万万没想到他一口就答应了。出事后大家回忆这件事，都把它当作一个迹象，认为它透露了一种必死的信念和决心。

他演的节目叫《醉汉》，是个不到五分钟的哑剧。草坪有坡度，他来回走了两趟，把几块石头扔到边上去，然后伫立不动进入角色。从那儿开始，二十几位同学鸦雀无声，他们被他的认真态度惊呆了。

他做举杯饮酒状，再做一次，眼神飘忽起来，随后开始踉踉跄跄地挪动，上身大俯大仰左右开合，似乎已不胜酒力。最后做了一个京剧的摔碑动作，又顺着草坡来了两个几乎成直体的后滚翻，挣扎几下之后终于静卧不动了。掌声四起，他敏捷灵活的肢体动作把大家震住了。他一定受了醉拳的启发，但一千个喜欢醉拳的武术迷里不准有一个能达到如此漂亮的表演水平。不愧是练过舞蹈的人！班里爱出风头的小子们可能在嫉妒他了。女同学们最冲动，叫着让他再来一个。

他拍拍肩膀和袖子，得意地说了一句："怎么样，小丑儿演得还像回事吧？"说完就默默地退到人圈后边去了。

我当时就感到这不像即兴表演，他背地里可能偷偷排练过。那种场合完全可以敷衍，何必把表演弄得那么精确那么不同凡响呢？怎么也忘不了当时的情景：他严肃地走进草坪中间，面向山脚下碧绿的大湖，四肢跃跃欲试。

"我演的这个节目叫《醉汉》。"

他知道那是一生中最后的表演了，他是演给自己看的。他把自己的生命历程浓缩成一个醉汉形象，用不到五分钟的时间再现了一次，重温了一次。节目完了，他也完了。他想以出色的表演证明：他根本就没醉！除此之外，他还想说明什么呢？

离开陶然亭的时候,他把自行车支在便道上,跟每一位同学招呼再见。我发现他身边的赵昆有些闷闷不乐,便没有多说什么,挥挥手就道别了。

"哥们儿,好好活!"

我已经走出挺远,因此不知道这句话是说给我还是说给身边其他同学的。总之,这是他留给我们那几个人的最后一句话。此分离竟成永诀,我都记不清他站在便道上是怎么一个姿势,怎么一副表情了。而我们在他眼里,恐怕一个个都是冷漠无情的吧?

据说,也是在陶然亭门口,他提出和赵昆断绝来往,对不起她呀,配不上她呀,废话说了一大堆。把赵昆说得挺烦。具体情况怎样不好说,但那儿也是赵昆跟他永别的地方,她再没有机会见到活的他了。他们的分手一定很冷淡,而这恐怕是郭普云希望的。他不忍心让自己将要采取的行动给她太大的打击。他明白自己不爱这个女人。他从第一天开始就没有爱过她。他纷乱的情绪本来就无力承受这种感情的重负,脆弱的线索在死的决断面前一下子就绷断了。他对她没有留恋,也许只有发自他本性的沉重内疚,和一种善意绵绵的祝福。

那天他没有谈到死。死已经成为显而易见、转瞬将至的事实,他无须也不屑提到它。据与他同船的女同学回忆,当那条小舟的落伍无法改变,而他已经划得筋疲力竭的时候,曾听到他哑着嗓子嘟囔了一句:"真他妈没有意思呀!没意思透了……"她们当时颇感惊讶,因为他从来不骂人,话里也没有脏字。

那句话实际上阐明了一个老问题,一个生死攸关的重要思想。她们却以为他只是厌烦划船追逐这种低龄人的娱乐活动。

她们本想接替他的,而他却调转了船头。他在一群乍一看无忧

虚 证 | 259

无虑的男男女女面前咀嚼他的计划，其心境是否充满了清高的快意呢？他想嘲弄这些将继续活下去的浑浑噩噩的人了吗？他很清楚自己制造的悬念，以及他们将为此遭到的小小的冲击。

他不露声色是为了更好地玩味他们的愚蠢和麻木。我想，他既然已经瞧不上这个世界，要弃它而去，那么他未必还瞧得上这个世界上的人。他藐视他们。阴冷悲壮的决心鼓舞了他，使他有权利这样做。那些因廉价的娱乐而欢笑的同学们，在他眼里都一一现出了小丑的本相，大街上还有无数小丑儿来去匆匆，被七情六欲所折磨的高级动物堵塞了城市的各条通道。是的，他瞧不起他们。他顽固的自悲感在自绝前一定升华为辉煌的自负和自傲情绪，激励他勇敢地踏上了人生的最后一段归路。

五月一号是他战胜自己从而也战胜这个世界的永久纪念日。死亡成了他的战利品。

从五月三号开始，人们陆续读到了他的宣言。六封信表达了同一个主题：死是必要的、正当的、不可避免的。他选择它是因为他比别人更迫切地需要它，而且，也比别人更正确更深入地理解它。

然而，他的宣言并没有使哪怕一个人顿悟或惭愧，却使所有人体味到一种突兀的荒谬感。这或许就是活人与死人最显见的区别，也是活人与死人最重大的思想分野了。

致父母（信件一摘录）

不要为我难过。我是不肖之子，为我伤心落泪是多余，也没有什么意思。我想这么干不是一天两天了，我提过几次，你们不在意，我也没有办法。以前我想这个问题时心里老是乱糟糟的，说出来倒不是想吓唬谁，你们听不进去不是你们的责任。这纯粹是我个人的私事，与父母无关。你们千万要想开些。知道会给家里添好多麻烦，可这是最后一次了，你们就原谅我吧。

宿舍门后边有几个大编织袋子，里面有我用过的东西，主要是书和衣服，你们替我处理一下。卖掉，烧掉都行。几件家具还好，可留着用。父亲送给我的呢子大衣在床下的皮箱里，我穿着太长，所以没怎么动它，还给父亲。本来想把屋子收拾干净，几次都没有干到底，玻璃还脏着，请母亲不要怪我。

窗台上有几瓶煤油。炉子让厕所旁边那家借去一直没还，大概忘了。母亲想要回来可以去找他们。

致妹妹（信件二摘录）

你穿牛仔裤还是很好看的。母亲埋怨几句就会过去，只要季节合适，希望你总是穿着它，永远保持一个挺拔优美的形象。

那件事可能会吓你一跳，不过也没什么，第二天不再想它就是了。你现在过得很幸福，我的决定无损你一根毫毛，就当我早夭了吧。我是个软弱无能的人，思想可能和别人不一样。

你别骂我就行了。

长期以来我想了很多事，现在我心里特别安静，空空的什么也没有，许多话一时也想不起来。我觉得你不适合钻研物理学，将来一旦没有成就，千万不要逞强或灰心丧气，做一个好妻子不是很好吗？以后你们有了孩子，不要跟他提我，要设法把他开导成性格爽朗的人，像你一样，别让他继承你和你丈夫的缺点，做事不能大大咧咧的。

我是父亲的独子，他老了，身体又不好，请你一定照顾好他老人家。有些事我不好说三道四。父亲曾经是很聪明的工程师，如今精神恍惚实出无奈。别冲他发火，他发火的时候不要理他。

我已经考虑成熟，自我感觉很好。真的很好。能把一切烦恼和一切秘密都带走，想起来感到很幸福。那件事对别人有利，对我更有利。我已经等不及了。

致赵昆（信件三摘录）

我再重复一遍，这件事跟你没有一点儿关系，不要自寻烦恼。你劝慰多次，我很感动，仍旧这么做的确是没有办法的事。如果有人责怪，可以让他们看这封信。

咱们刚刚开始交往的时候，我跟你谈过我的悲观想法，不知道你忘了没有。我没有明确的目的，你大概不以为然，因为你的表现说明你目的很明确。我虽然说了自己的想法，但在行动上却不由自主了，你的关怀使我过于激动，我没办法。这可能给你造成了错觉。我不值得你爱，这一点你一定要想通。我稀里糊涂干了什么，有时候自己也闹不清楚。索性不去想它。

我觉得你是个好姑娘，早晚会得到你想得到的一切。这些我都不能给你，想起来心里很难受。把我忘掉，干你的事，这是最好的办法。

班里的人可能会议论你和我的事，我一走议论会更凶。我用不着怕这些了，可是你千万要挺住。我们年龄都不小，这种事已经见过许多，太认真了不好，不当回事又会遭受打击。一定要珍重。现在我很平静，只有这一个不安，希望你好自为之。我对不起你，如果真爱我，请分担这最后一点儿不幸吧。

我没有什么报答的，在心里致最真诚的祝福。我的祝福只给你一个人。

周围的人如果向你提到我，请用最恶毒的话骂我，我只配得到这些。时间仓促，还有几封信要写。代我问候你的父母和弟弟，他们对我那么热情，我辜负了他们。

我走了以后，你会更快得到幸福。我坚信这一点。让我走吧，别恨我！我实在受不了了。这跟你没关系，你一定得明白呀！

致厂党委办公室（信件四摘录）

不要兴师动众找我，你们找不到的。我走得很远，那个地方很干净，对我来说非常合适。厂里工作那么忙碌，又给你们添麻烦，很过意不去。因此，收到信后不要采取任何行动，别向哥们儿和同事传播，让我安安静静地离开吧。我没有什么遗憾，十几年来工厂待我一向很好，又送我上了大学，可惜我不能报答同事们的好意了。组织上让我担任宣传科长，是很大的器重，我干的工作不多，有负大家的期待。请组织上选拔新的人选，把我的名字除掉。我入党八年多了，如今做下这种无可奈何的事，已经不配原有的称号，也请除名。我对不起领导、同事和朋友，但是请各位尽可能理解我的行动，也不要猜疑我这么做的动机。经过长期的思索，我觉得自己已经无路可走，而仅剩的这条路也并不像人们想象的那么可怕。我等待得太久，该行动了。唾弃我吧！这正是我所希望的。你们将来总会明白，这是我应得的下场。我过去办什么事老是犹犹豫豫，可这一次我觉得自己很有信心。我一定会成功。你们和别人都挡不住我了。

此事与政治没有任何关系，完全是我一个人的私事。原因也很简单，我就用不着说了。很久以来我就感到，脑子里纠缠不休的一些念头，在别人那里根本就不存在。我自己也不知道是怎么回事。我六岁的时候天天早上起来都想到死，后来忽然就不想了，可能是因为害怕。我现在的心情非常轻松，请不要怀疑我受到了什么压力，没有，根本没有！

四月份的工资没有领,请寄给我家里五十元,余下的交党费,办公桌和宿舍里的东西,请派人代我销毁,把公家的物品留下。

致中文系教研室(信件五摘录)

我不是好学生。如果有办法,我会减少这件事给学校带来的不安,可是我没有办法,相信老师和同学们会体谅我的难处。以前做梦都想上大学,上大学以后觉得的确很好,由于种种原因自己无力继续读下去了,非常遗憾。感谢老师给我上的那些很美好的课,知识对我这样的人已经没有用处,好在求知有为的人很多,他们会得益于老师的教诲,活得更充实的。我活得太累,只配半路灰溜溜地走掉,不提了。

赵昆是个很好的女同志,聪明、好学、热情,我的决定已经对她造成伤害,不希望她再忍受言论的打击了。请校领导和系领导设法保护她,这是我唯一的乞求。

老师们都是知识和阅历非常丰富的人,我用不着解释我的行为的种种理由。我只能这样走下去,道路非常明确,用不着仔细分辨就能找到。我却找了那么久。我得抓紧时间走到底。

再耽搁我怕自己会走不动,会突然改变主意,那就真的不幸了。

我的组织关系可以不往原单位转,废掉算了。我不配做人,做党员就更不配。我欠的债太多,今生已经无法归还,一笔勾销了吧!

致吴炎(信件六摘录)

不要嘲笑我。我们相识甚久,曾经无话不谈,可是你不会了解我没有表达过的思想。我觉得自己的思考已经成熟,可以面对任何嘲笑和鄙视。你知道,我在公众场合有爱脸红的毛病,现在我敢于在大庭广众之下宣布我的思想,只是没有这个必要罢了。我要说服的只是自己，况且听众里理解我的人肯定极少，其中也包括你。你理解我吗？

我们也没有必要探讨生和死的意义，道理都明摆着，而这道理并不适合每一个人。我最好的生存方式恰恰是它的对立面，这一点过去连我自己也没有看到。总算想清楚了，这是我一生的幸运。我要走了，悲伤的感觉越来越淡，思想是一大片空白，觉得自己里里外外都很清洁。有时候我也怀疑自己对事物的感受有误差，可现在我放心了，我觉得自己正从牛角尖里一步一步地走出来，眼前马上就要出现一个崭新的陌生世界。

我可以想象死是怎么一回事，我一点儿也不怕它，这几个晚上我一直在琢磨它给我造成的后果，我觉得它非常亲切。你又要骂我了吧？活着的问题我几乎不想，它比死可怕一百倍、一千倍。我思考它永远不会得到结论。而死亡给我的精神以极大的慰藉，我终于明白许多伟人为什么喜欢它了。

你的画越搞越精，真正见风格了。可是此时我要说出我的担忧，我觉得你有潜力，但已经没有挖掘这种潜力的奋斗意志，你已经累坏了。我败阵比你早，虽然保持了对艺术的喜爱，心里却知道自己没有靠得住的才能。我的诗你看过，我的惭愧来自内心深处，一碰就疼。你迟早也会败阵的，但你会画出很好的画，也会保住自己的名声。希望你继续走运。不要败得太惨。

今天我又翻了翻川端的《雪国》，不知怎么想到了三岛由纪夫。把自己的肚子切开，不就是一次惨败吗？死得那么辉煌，仍旧摆脱不了对生的绝望的悲哀。我自己想处理得平淡一些，到最后了还要哗众取宠，很不可取。还是更安静地离开吧。

我嫉妒过你，现在不了。活得疲乏的时候，请接受我在另一境地为你做的祈祷,希望你打起精神来,好好过你的日子。

这就是郭普云濒临死亡时的思想,简单而含混,冷静而热烈,是个极矛盾的统一体,多么锋利的刀子都剖不透它。信息已经失去了表面的含义,传达的是极遥远的冥冥之音,似乎是来自地狱的一连串密码。

我手里有这六封信的复印件,是从那位党委办公室副主任处搞到的。他们收集这些信的目的,最初只是为了从中发现郭普云失踪的线索。他们只看中了一句话:"那个地方很干净。"

有人在这行字下面勾了许多圆圈,复印机把这种苦心猜度的痕迹保留了下来,显示了说不清道不明的神秘感。

哪个地方干净呢?

干净到什么程度算干净呢?

面对辽阔的国土,惊慌失措的人们居然没有找到一块信得过的干干净净的地方。干净的地方本来很多,但是他们找人找昏了头,一概加以怀疑。某个失望的片刻,他们可能发出了短促的、显然是不科学的惊呼:妈的!这个世界竟然没有一块干净的地方了!

兵工厂在周围的山上拉出大队人马,像演习部队的散兵线一样,从山脚冲到山顶,又从山顶兜到山脚。战果只是抓到一对乱搞男女关系的城里人,一查却是夫妇,只是旅游期间一时性起罢了。这事把严峻的气氛彻底冲淡,满山嘻嘻哈哈地不住谈那个倒霉男人的大白腚,郭普云好一时都不在话下,人们似乎已经淡忘了他。校方根据郭普云父母的提示,向四川和东北的亲戚拍了电报。中文系草拟了寻人启事,派人迅速送到日报社。赵昆跟着兵工厂几位干部去了北戴河,起因是郭普云谈到死的问题时,曾屡次向她提起大海。找人要紧,假如郭普云提到过喜马拉雅山,人们想必也会去的。他们马不停蹄。忧心如焚。毕竟是为了挽救一条活泼泼的生命，不是为了找一只离家出走的猫或爱犬。五月五日，兵工厂的扫荡大队在驹子峰山顶捡到了郭普云的气体打火机，那个干净的地方显然就在附近，包围圈迅速收拢，大规模的寻觅被小范围的搜索代替。胜利在望，捉迷藏的游戏眼看就要结束了。生者的智慧似乎总是略逊一筹，他们忽略了垂钓者云集的水库。徒劳地钻进了附近被废弃多年的矿区煤窑，在半人高的黑穴里像狗一样爬了好几百米。他们对干净与否已经失去了判断力，像挖掘宝藏一样充满幻想地寻找那个僵硬的可怕的尸身。他们都认为他肯定死了。

学校和家庭也都认为他肯定死了。他们对自己的肯定态度一点儿也不惊讶，而正是他们对郭普云的死之表白不屑一顾，并且很直接地嘲讽了它。他们后悔吗？他们不觉得什么地方出了什么毛病吗？学校照常上课；讲师仍旧滔滔不绝，赞美的是一位会写诗的古人；公告橱窗里贴着吉他培训班的授课时间表和对一位八四级本科生的处分决定，他到王府井书店窃书被罚款一百九十三元；传达室的老头儿在痛斥一位乱放自行车的学生，让人疑心他想掐死那个窘迫的年轻人；篮球场有人在卖弄弹跳力；食堂门口，有人举着灰不溜秋的馒头骂大街；系里的女秘书抖动着两个钥匙环似的耳饰一上午在走廊里来回遛了八趟，涂了血似的嘴唇噘得活像紫色的肛门；刚刚粉刷的厕所墙壁上被一位天才刻画出新的美术作品，起伏的山丘似的玩意儿显示了欲望的骚动和不安。一切如常。一切都有条不紊。地球的引力没有受到损害，按老德行转动，很耐心地拖带着它的亿万生物。

然而，郭普云却深潜在浑浊的水底，拿自己身上的肉悄悄地喂鱼。

的确是出了毛病。但世界是健康的，生活是健康的，大家都是健康的。有毛病的是寻死的人，是郭普云那个倒霉鬼。他以空前丑陋的状态浮出水面的时候，加深并且丰富了人们的这一认识。

兵工厂医疗部门根据完美的医学科学作出死亡鉴定：忧郁症导致精神错乱。这个结论与领导的意图不谋而合，与死者朋友们的愿望也恰好合拍。科学是通人性的。他们珍惜死者作为一个党员的荣誉。他不可能是正常人，因为他不可能自绝于党、自绝于人民。作为一个疯子，他的行为就或多或少可以理解了。朋友们爱他，尊重他，惋惜他，但是他们毫不含糊地把他看成一个精神紊乱的人。他们对他的理解在这儿画了句号，友情已经无可挑剔。他们可以堂堂正正地为他开个追悼会，可以理直气壮地为他竖个永垂不朽的大石碑了。

追悼会上有花圈，但是没有哀乐。不是他不配，而是因为四号仓库离广播站太远，电线一时拉不过来。四号仓库是个废仓库，不在礼堂里送别死者，是因为那里正在筹备一个公司的会议，主席台都筹备好了。好歹有个仪式，对郭普云无知无觉的尸体来讲，冷清的仓库和废墟似的氛围不能算是对他的辱没。人世对他够慷慨的了，似应无憾。

学校给市报社去了电话，通知人已找到，寻人启事不必登了。回答也干脆，不登很好，但费用仍需交纳百分之五十，因为扰乱了人家的排版计划。派人去结账，发觉欲登的启事排着长队呢，郭普云不自己漂上来，那个启事耗半个月也未必能见报。跑腿儿的教导处干事回来以后直拍办公桌："这小子！这小子！干的这叫什么事！真腻歪……"

小子，是指郭普云。

联合大学分校的党委书记到专修班来了。一个胖胖的很稳重的男人。他是第一次来，也是最后一次，直到毕业再没有见过他，也再没有听到他严肃的很讲原则的声音。他不来很好，可惜不论你走到哪儿，都会发现他坐在某个麦克风后面侃侃而谈。

"作为一个共产党员，郭普云采取的做法是非常错误的，也是难以原谅的！当然，考虑到具体情况，也有值得同情的因素，但是……我们……一定……"

洗耳恭听。你必须洗耳恭听。这里有哲学，有辩证法，有我们生活中最重要的学问。古典文学可以不及格，形式逻辑可以考鸭蛋，这门学问不过关可就麻烦了。

"事情已经结束，过去就过去了。大家不要受干扰，要专心学习，目前面临期中考试，希望大家取得好成绩。班里的党员和骨干同志们要起带头作用，不能因为个别人的行为妨碍正常工作。要相信组织，这件事一定可以处理好，而且它实际上已经解决了。我代表校党委向大家提出以上要求。希望……"

态度认真、恳切、周到，这个胖子很可能是个脾气随和、工作卖力的好人。但是他的话给班里凭空带来一种紧张和压抑，我觉得他是把面对教育局等上级机关时的惊惶情绪传染给他的学生了。大可不必，事情确实已经结束，不用他叮嘱，该过去的早就过去了。我甚至感到班里压根儿就没有受到什么干扰，班长不是在挨桌挨人地发电影票了吗？

党委书记是个值得尊重的人，他说什么我都听得进去，听得有味道。我只为他担心一点，他儿子上吊了怎么办？

当然，过去就过去了。这个世界本来就没有什么过不去的。

同学里却有人愤慨了。

"他妈的！真没人味儿！"

"拍卖人道主义！谁要？"

"太冷酷了……"

有位同学递给我一支烟，皱着眉头问我，似乎想探讨一下。

"你觉得郭普云的死因是什么？"

"他杀。"

随口蹦出一句，把自己也吓了一跳。他看着我，连连摇头。

"我怀疑他打杜冷丁上瘾。"

"有证据吗？"

"没有。只是怀疑。他眼疼频繁，为了止疼有可能打杜冷丁。那玩意儿我听说过，上了瘾就控制不住，他会不会……"

我愕然。骂党委书记没人味儿的同学也凑过来。听着听着突然公布了自己的推理。声音悄悄的，可听起来像一声炸雷。

"我怀疑他是同性恋。你们不觉得他有点儿娘们儿气吗？"

我愕然至极，嗅到人味儿了。臭气熏天的人味儿。我差点儿晕过去。我好长时间不能明白，人们自由的猜想恰好是自杀者应得的侮辱。他留下了一个对活人来说不是没有意义，也不是没有趣味的谜，任何猜度都是公正的，人们对生活之谜的关心远远超过对一个死者的关注。为解谜的方便，人们不惜以死人的名誉来做抵押。这确实是一个充满人味儿的现象。党委书记也好，口出狂言的学生也好，校门口捡破烂的老翁也好，自作聪明的鄙人也好，大家看上去固然千差万别，但骨子里至少有一个共同点：都是人味儿十足的东西。同在一个酱缸子里腌着，味道不同那才叫怪呢。死人的悲哀和名誉不在话下，活人的悲哀和名誉的处境难道就好些吗？千万人拥拥挤挤熬成了一锅粥，郭普云随着一个气泡溅出来，是他的福分。

福分也有限。同类们沸沸扬扬的并不肯饶了他,还得拿他给这锅粥来添作料。他终归还是逃不出去。试问:这锅粥熬得可好?

味道好极了。不是吗?

我疑心自己这支笔在干着同样的勾当。郭普云,你猜到我想写一篇好文章的充满功利主义的卑鄙目的了吗?我要告诉你,你的朋友正在事实和想象的双重诱惑面前垂死挣扎,他想咀嚼创造力唤发出的艺术快感,得到的却是沉甸甸的不堪品尝的人生痛苦。凭借你优越的地位,饶恕他并且怜悯他吧!

请再给我一点儿勇气。

尾之章

我把妻子买的塑料花丢火车上了。本来打算清明节早晨动身,临时改了主意。妻子恰好回娘家,一个人待在屋里很无聊,突然萌发了乘夜车去下苇店的念头。郭普云也是这时候走的,干嘛不体验一下?这个想法让我激动万分,浑身的肌肉都紧张起来。当我揣着几块早点,手捧祭奠花束走出住宅的时候,我提醒自己要尽量模仿郭普云当时的心境,看看它对我的视觉和动作有什么影响。

不行。一上汽车就让个乡巴佬撞个趔趄,气得我差点儿骂他。息怒。息怒。我冲他笑了笑,我觉得这笑里饱含了郭普云式的善良,对方却着着实实瞪了我一眼。操他妈的!眼看要死了,老子该怎么办?打他个满脸花怎么样?没能打他个满脸花,只是趁下车的机会用屁股拱了他一下。情绪全完了。深感自己是个卑微小人,全没有死前的悲壮和豁达。看来我只适合马马虎虎活在世上,来不得半点儿超凡。

永定门火车站的灯火像是鬼火，闪烁不定而且不怀好意。

广场上蹲着、坐着、躺着候车的旅客，一团团一簇簇像是坟场的土丘。我买了车票在候车室墙根儿蹲下来，刚点好一支烟就发觉眼前张开了一只魔爪。这个衣衫褴褛、故作悲哀的女人在向我乞讨。口袋里确实装着几张钱，我迟迟疑疑地摸到了它们。换了郭普云会倾囊相赠吧？钱对死人还有什么意义？我咬咬牙，费力地捏出了一个伍分的钢镚儿。我马上感到难为情，周围几位人物都不理睬她，我的慷慨贬低、侮辱了他们。那区区伍分小钱把我搞得怪难过。我对那个行乞的女人没有一点儿真实的怜悯，我疑心她是个骗子，肚子里一副好下水。郭普云没有这种眼光吧？我比他差得远，或者，差得远的倒是他。他的善良让这个不可知的世界给吓坏了。他胆子大点儿，人世说不定会多一个横冲直撞的人。

"走开！走开！"

车站工作人员把行乞者赶出了候车室，像赶走了一条狗。

她攥着几个钢镚儿溜出大门，也确实是一副叼着骨头不撒嘴的样子。郭普云可能会为她伤心。我不。

列车进站了。一阵生气勃勃的骚动使黑夜活泼起来。人们先是互相拥挤，生怕离得太远，然后是手提肩扛负重冲刺，又生怕离别人太近，都想捷足先登。一个在检票口态度蛮横的家伙跑了十来步突然玩了个嘴啃泥，人流立刻像河水避开礁石一样从他两边绕过去，没人搭理他。郭普云可能会搀他一下，我却除了笑的欲望之外什么表示都没有。看他在地上摸来摸去，我真的笑了起来。我猜他会不会是寻找牙齿，这个念头不是很幽默吗？

人们不知出于什么心理，很热心地把自己往中间的车厢里塞，而两头儿的车厢却空荡荡的。我在客车的最后一节车厢找好座位，把车窗提了上去。郊区车不对号，设备陈旧，一股臭脚丫子味儿。濒死的人似乎不该有这么灵敏的嗅觉，他应该视而不见，充耳不闻，应当一动不动地盯住自己的内心，倾听它最后的可爱跳动。列车启动了，蒸汽车头呜呜地鸣叫几声，开始嘶拉嘶拉地放气。窗外的黑夜向后流了起来，越流越快，直快到完全静止，凝固了似的。这种情景果然有助于酝酿悲哀，我看看身边没人，就在三人座椅上蜷腿躺好，闭目琢磨车轮咯噔咯噔的愚蠢震荡。这可是个可怜自己的好机会。想想不顺心的人和事吧，滋味倒蛮不错的。我把他们和它们一一塞入车轮和铁轨之间，听着不可阻挡、令人快意的破碎声，着了迷。郭普云体味到这些了吗？他最后不是把自己也塞进去了吗？我发觉自己不行，我把该宰的全宰了一遍，得到的是老大一个快活，快活得直想来一段口哨儿。这个熊样子是不配死的。郭普云做的事应该相反，他把一切应当破碎的东西从车轮下拯救出来，唯独留下了自己。这是不可及的伟大，我不行。我快活了一阵儿竟然迷迷糊糊地打起了瞌睡，醒过来的时候列车离下苇店只有一站了。乘务员在拖地板，擦汗时露出一张优美白皙的面孔。郭普云是不屑看的，美在死人眼里是臭大粪，是狗屎。

我暗暗叮嘱自己，心管住了，目光可没有管住。我瞟了狗屎一眼。那是多美的一堆狗屎呀，秀色可餐乎？可餐！可餐！郭普云没有看到它，或者看到了而没有正常地感受它，否则他说不定会活下来。生活是美好的，只要活着，狗屎也是美好的。郭普云没有看到这一点，我可是看到了。

目光下流的结果是丢失了那束塑料花。我把它给忘了。我琢磨它很可能被哪位乘客拿走，插到他们家的花瓶里去了。让这个陌生人供着郭普云吧，死者不也是他的兄弟么？即便他有点儿沾沾自喜，仍不失为一个小小的节目，是献给郭普云的一出祭日舞蹈。心灵的舞蹈永无终结，让死人好好看看，好好回忆一下他们摆脱的大大小小的喜剧和悲剧吧。

我走出下苇店小镇，一条白晃晃的路把我引上摇摆不定的吊桥。桥下是干枯的灰蒙蒙的河滩，如果我想找死，会迫不及待地从这儿跳下去的。我实在不能忍受那种突如其来的恐怖感。我有点儿害怕，腿肚子哆嗦起来。一只有力的巨手在摇晃吊桥，是郭普云，还是魔鬼？星星近在眼前，灯光无比遥远，像是人的又像是野兽的眼睛。我自语：我是个即将死去的人，我无所畏惧！无所畏惧！

踏上铁路支线之后我平静了。我抓起枕木旁的石砟掂了掂，边走边抓边扔边听，黑暗中啪啪地响着石头敲打山坡的声音。没有别的响动，所有声音仿佛都是我一个人制造的，我让它们响它们就响，我控制着这个世界。我不想吓唬它，它也别想吓唬我。我们谁也不怕谁，我们是谁也离不开谁的同谋。黑夜和阴森森的山影顿时变得亲切了。我觉得自己正在触摸到曾经被郭普云触摸过的无形而无边的诗意，我无比轻松。

我在驹子峰山顶上吸了烟。我不能设想郭普云会不在这个优雅的地方美滋滋地喷云吐雾。哪怕全世界禁烟成功，肯定会保留一个法律允许的吸烟场所，这个地方就是山顶，无数险峻或平坦、温暖或寒冷的山顶。居高临下看到的东西是多么美好呀！呜咽的列车汽笛声和奋勇开进的撞击声回荡山谷，忽明忽暗的灯光穿透了深蓝色的山岗，仿佛到处都有人在喧哗、欢笑、哭泣、咒骂，而淡淡的月光和星光正无比恬静地注视着、保护着这一切。这是一个使思想和感觉达到无限自由的地方，是一个使苦和甜、哭和笑、幻想与现实、生存与死亡变得无所谓从而也无所求的地方！郭普云，你眼疾深重却不曾失明，难道你看不到也体味不到这灿烂的一切吗？

我无法理解你。

摸索着走下驹子峰，站到蓝色的大镜子似的水库边儿上，我发觉手里还攥着在铁道线上捡的两块石头。月光如水，而水里也淹着一颗清明的月亮。银色的水面无比清洁，我害怕再站一会儿自己会情不自禁地走下去。郭普云没有想到死，他只不过是跨进这潭清白之水，想好好地洗一洗，把自己荡涤得更加清洁美好。结果他在强烈的陶醉中睡着了，从此永远融进了一个梦寐以求的宁静世界。

朋友，我理解你了吗？

我把石头抛出去，月光碎裂了，长时间地颤动，抖出许多闪亮的弧和许多闪亮的点。我把另一块石头抛出去，抛得远些，月亮仍旧破裂了。是的，我可以击碎一个星球，只要我愿意，我可以把自己也抛进去。不论我是否把自己抛进去，破碎的或完整的星球都将与我同在，不论我活着还是死去，星球都将伴随我，伴随我到达无始无终的永恒境界。我有能力把握这一切。我知道抛出某种物体的时机、场合、方式和结果。现在我只想抛出冷冰冰、傻乎乎的两块顽石，跟我亲爱的月亮开开玩笑。我的下一个紧迫想法是找块不太潮湿的地方靠一靠，吸支烟，拿出口袋里作为早点的食品提前享受一下。我对淹没了郭普云的静水没有愤懑，我迟早也会走下去。对天发誓，只要没有人恶意推我，我不会穿着衣服下水的。我有游泳裤，而且水温必须得适合，不能激我一身鸡皮疙瘩，更不能把我泡感冒喽。我需要健康的体魄以工作，需要畅通的鼻子以呼吸，需要正常的食欲以吃饭。总之，我需要水，我需要满足体能的消耗，需要清洁的仪表，需要与水有关的一切娱乐。但是，我绝不允许它袭击我的肺部器官，绝不。

我在清明节凌晨的冷风中等待黎明，等待那个朝朝相遇的太阳。我从来没有这么迫切地希望见到它。我忘记了自己的使命。我对郭普云的拙劣模仿宣告失败。当我划了十几根火柴都点不着一根烟的时候，我沮丧地肯定了一个新的想法：我试图理解郭普云是犯了一个跟冒进差不多的"左"倾机会主义错误。从另一个角度讲，我犯了一个大傻蛋应当犯的大傻蛋式的错误。

我挥舞解剖刀的结果只是虚张声势地炮制了一种沉思状态，思辨的随意性及其软弱无能，在这种华丽的状态中表现得淋漓尽致。归根结底，自杀，是一个实践的课题，而不是一个玄想的项目。任何一位主动死亡的人，既是大部队里怯懦的逃兵，又是英勇果敢的孤军奋战者。你不可能透彻地清理这种矛盾，除非你有勇气担当同样的角色。假如你在主观上没有太多拘束，实不妨把自杀者奉为一尊神，其意不在膜拜，而在于展示某种不可知，提醒你注意客观的无限可能和主观悲哀的局限性。那里似乎正是生存和死亡的共同基础。

我琢磨，思想飘到这个地方，解剖刀不可能不来点儿异化了。它变成一个果核，卡在我喉咙里，吞吞不下去，吐吐不出来。不过它确实激励了我的呼吸道，使我感到空前的亢奋和畅快。为了对付它，大脑里的马达正在轰轰地启动，我变得目空一切了。

凌晨三点，在水坝干燥处遇到一个阎罗似的钓鱼迷。他裹着一件雨衣，支援了鄙人一块塑料布。在将睡未睡的状态中聊着天，亲热得相见恨晚似的。

"半夜来钓鱼，老婆不说你？"

"敢说！老子扇不死她！"

这个粗人真可爱。他问我来干什么，我毫无保留地告诉了他。

他的胡须在香烟的微火里翘了翘，像根猪尾巴。

"傻帽！大傻帽！多余捞他！"

"可惜啦，难得的一个好人。"

"好个屁！我压根儿没见过好人……"

闹了半天这小子也愤世嫉俗得不行。我兴味索然，吐了一口痰就睡了。天亮时醒来，眼前一片血红。绿幽幽的水里掉着一枚初升的太阳，空气五彩缤纷。钓鱼迷背朝我站在岸边，雕塑似的叉着两条腿，正把膀胱里多余的液体射进埋葬了郭普云的神圣湖泊。那哗哗啦啦的响动好像生命嘹亮的歌声。他舒服了，哇哇地吼了几嗓子，就像他排泄的不是浊尿，而是那种使人类得以延续的腥味儿十足的黏液。

我告别了这个活得蛮地道的家伙。郭普云美丽的坟丘舒展在灿烂的阳光之下，但是我只停留了五分钟。我没有一点儿沉思默想的欲望，也失去了为死人设想点儿什么的兴致。我饿了，也乏了。生理感受直接影响了我的眼光，回头看看那块寄托了哀思的大碑，发觉它原来是一块相当委屈又相当窝囊的破石头。回去给吴炎编点儿什么呢？寄往西欧的信件将传达祭奠的信息，但是它和每日在世界上空飞来飞去的虚伪信件不会有任何区别，那是一篇真实而亲切的谎言。

我在下苇店最像样儿的小饭馆里喝了几杯啤酒。这个鬼地方居然有这么清洌纯净的啤酒，是我事前没有想到的。我看着桌子对面一位愁眉苦脸的青年矿工，差点儿走过去拥抱他一下。丫头养的，我爱你们！干杯吧！

太阳底下忙碌起来了。

欢乐飞机

手拉着手上路了。有我，还有我的老婆。我们钻进这架飞机不是没有原因的。我们要去加拿大，去温哥华，去度我们从来没有度过的蜜月。飞机不是合适的交通工具，在所有会飞的玩意儿里数它最蠢笨，最让人不放心。它哼哼唧唧离开地面那一刻，怎么能算起飞，只能叫垂死挣扎，让人都不好意思坐它了。要不是没别的办法，我宁肯骑到一只老鹰的背上去。

安全带勒紧膀胱；耳道变长，向脑袋深处延伸；舌头也莫名其妙地变硬了。有一种在水中抽筋的感觉。刚一挣扎，又被水草缠住了，幸好身边有老婆，我捏住了她的手腕。她大惊小怪地叫起来：你掐我干什么？一位白种人用管闲事的目光看着我们。我索性在老婆的脑门儿上亲了一口，悄悄告诉她：你听，发动机的声音有点儿不对头。她说：你有病！她想都没想，听也没听，就像抬手给了我一个嘴巴。那个无聊的白种人露出了满意的目光，把一张大脸扭到一边去了。

　　老婆说得对，我有病，有恐高症。只要离开地面十米以上，我的想象力就不再受自己控制了。小时候踏上十米跳台，我会突然发现游泳池是一块大玻璃，自己是摊在玻璃上的一张肉饼，大家正往我身上撒盐撒葱花倒花生油。老师爬上来救人。我哇一声就哭了，不是感动，而是怕他把我头朝下扔到水泥地上去。我弄不明白，人一到高处为什么总想悲剧，不想喜剧。在太平洋上空的愁云惨雾里，我不停地为这架倒霉的飞机制造麻烦。掉了一只翅膀怎么办？它可以斜着飞吗？斜着飞的时候人怎么上厕所呢？如果倒着飞，人岂不是要把小便撒在顶棚上？想来想去，就会发现机翼根部的一颗铆钉松了，整个翅膀正在裂掉。我想让老婆跟我一块儿注意那颗铆钉，又怕她真的当众给我一个嘴巴，只好闭嘴，独自默默地忍受恐怖的煎熬。翅膀终于保住了，可是强大的气流正从侧面袭来，弄不好会把机身锉成两截儿。我希望裂缝在我和我老婆座位后面，那样的话我们就可以留在前半截儿，说不定能跟着机头继续飞下去。为了证明我有病，飞机躲开了气流。不过，我立即发现前排有人取出手提包，一只手悄悄伸了进去。他长着一张越南人的脸，有一种来历不明的味道。他的手迟迟不从提包里掏出来，贼眉鼠眼地看看前边，又看看后边。我身上的血轰一下涌上了脑门儿，劫机！不明真相的空中小姐走过来，我听见劫机犯意味深长地对她说：小姐，给我来一杯矿泉水好吗？他没有掏出手枪，也没有掏出炸弹。我明白他为什么像越南人了，他有胃病。他手里拿的东西我们也有，是胃速乐。他对飞机构不成威胁，对飞机构成威胁的好像是我。我由胃速乐想

欢乐飞机 | 279

到草珊瑚，由草珊瑚想到驾驶仓。我看见驾驶员把药片分给周围的每一个人，副驾驶，领航员，报务员，等等。他们把安眠药当成润喉片，飞机成了没头苍蝇，他们却纷纷打起了甜蜜的呼噜。

空中小姐擦身而过，我险些脱口而出：快去告诉他们，别吃错了药！怕她听不懂，也怕吓着她，就把话咽了回去。老婆的神态也逼我沉默。她非凡的镇静是我的飞行保险。看她脸上的意思，当飞机解体以后，她会像鹰一样飞起来，并且不会忘记揪住我的脖领子。我相信她，可是我也得给自己留一手。万一我的胡思乱想惹恼了她，姑奶奶一松手我可就麻烦了。我为她掖好毯子，把肩膀凑过去给她当枕头。她很满意。不幸的是，飞机忽悠了一下，我随口说道：掉下来足有二百米吧？她听出我嗓子眼儿哆嗦，瞪着我：你有完没完？我很羞愧，觉得自己确实有点儿过分，我凭哪一条如此关心这架飞机呢，是我的动产吗？不是，它连我身上的湿疹都不如，我不想为它操心，我要睡觉了。

真正的麻烦就在这里，上帝总是选择漫不经心的时候下手，这是惯例和常识。在飞了七个小时之后，在白令海峡和夏威夷之间的大洋上空，飞机——这只呆鸟——从一万一千米呼一下降到了九千米，用了不到五秒。我从睡梦中弹起来，脑袋撞了顶棚，就像篮球砰一声砸了篮板。有人魔鬼一样尖叫，是女人。再一听不是女人，是爷们儿。惊魂未定，呆鸟又猛然一跌。来不及系安全带的人再一次弹起来。眼前一位空中小姐紧紧抓着扶手，身子倒立一般飘舞，美丽的长腿像两只鼓槌，咚咚地敲着天花板。紧绷绷的三角裤上绣着精致的花朵，是航空公司统一发的吗？那朵花是公司的标志吗？站着的时候她喊：请系好安全带！头一朝下，她哭了。飞机停止下降，她的腿劈着叉落下来，高跟鞋像榔头，狠狠地砸了一位秃顶。

秃顶没有抱怨，早就昏迷了。我这时候才想起老婆。她的嘴半开半闭，眼睛也是，没睡醒？还是没气了？我觉得自己就要模仿头等舱那位爷们儿，用娘们儿的声音尖叫起来了。透过她的牙缝，我看见那颗患过心肌炎的心脏卡在她的嗓子眼儿里，像个鲜红的小皮球。一向羞于显示的爱情顿时爆炸了，我真的叫了起来。

机舱里许多人在叫唤，但是我的声音很特别，像一只找不着家的猫头鹰：来人哪！我爱人有心脏病，她不行了，快来人救救她呀！瘆人的声音把自己都吓了一跳，可是没有人搭理我。有一半儿人在速降中晕眩，另一半儿人发出跟我差不多的声音，各种飞禽走兽的声音。谁也救不了谁，只能靠叫声彼此呼应。

按照扩音器的说法，飞机的尾舵出了问题。尾舵是什么？

我设想了那么多不幸，唯独没有考虑这条尾巴。伤了尾巴的飞机像个酒鬼，跌跌撞撞地落下去，太平洋成了一缸诱人的美酒。有人为我戴上氧气面罩，也可能是我自己戴上的，记不清了。我视线模糊，耳膜塌陷，神志出现空白，全身心沉没在对自己的无条件怜悯之中。我想抓紧时间拥抱一下老婆，死亡的恐惧却提醒我这毫无必要，还不如向空姐要一罐蓝带啤酒，在飞机掉到海里之前最后品尝一下人生的美味儿。不过，自己撒泡尿喝喝不是更真切吗，在这告别的时刻？我恍惚有点儿明白，上帝四十年前把我丢进人世，供我吃供我喝，任我喜任我悲，都是为了把我赶入今天这架飞机，让我们在他眼皮子底下砸个水泡儿，供他老人家悠悠一乐。我倒不怨他，只是觉得他煞费苦心，兜的圈子太大了一点儿。何必呢？想到上帝的辛苦，我歪在座椅上释然了。

我想琢磨一下活着的意义。如果来得及再把死亡的问题廓清一下。可是不行，好多具体事物抢占了思维通道。想放掉洗澡水吗，对不起，下水道堵了，闹不清哪儿来的那么多杂毛。

它们只能来自你的身体，不论其生长在哪座山岗或哪条沟谷。

蹲下来，一根一根地分检辨认一番吧。我要在上帝的怀抱里呕吐了。

首先想到儿子，担心他身上的许多毛病和日后由谁来纠正这些毛病。仿佛看见这小子又在挖鼻孔，自己的鼻子也跟着酸了。幸好立即想到存款，酸劲儿嗖一下消失，连打了几个冷战。不多几个钱要分成若干份儿，儿子、父母、岳父母、妹妹、小舅子，他们会打起来吗？不会，因为存折藏在非常保密的地方，他们根本找不到。钱固然不多，可是想到让工商银行、建设银行……人民银行占了便宜，我还是非常非常不高兴。就因为找不到存折，我儿子不能取出钱来买冰激凌吃，说明银行的制度在本质上有问题。可惜我管不了那么多了。

儿子二十年以后将在日记中写道：我的父母幸福地消失在太平洋上空。儿子的女友会用广告明星的口吻附和他：哇！爸爸妈妈好幸福好幸运哇！哇哇！那时候的人对这种窝心事或许真抱了完全不同的看法，也未可知。不过，如果越偶然越别致就越幸运，那些掉在茅坑里呛死的人又算哪一路福星呢？未可知，真的未可知！我能听到女孩子们哇！好香甜好香甜哇！哇哇哇！毫无疑问，失去父母的管束，儿子将成为一代疯子当中的一个，说不定会自己开着飞机来参观我们。随兔崽子的便吧！

我又想到另一个儿子，我的手稿。我梦想有一位朋友替我保管他，将未发表的部分整理后适时发表，使我获得加了倍的身后之名，就像卡夫卡的朋友干的那样。可是，人和人不同，手稿和手稿也不一样。明年这时候，谁敢肯定我那些宝贝就比金鱼牌的擦屁股纸更值钱呢？况且，经历了不多不少的被人误会和误会别人，我还有朋友吗？我害怕听人辩解自己也懒得辩解，我怎么会有朋友呢？我就是认定谁是我的朋友，我也不会告诉他，我怕自己害臊更怕他不好意思。我无法把手稿托付给任何人。可怜虫的遗物不是令人怜悯，就是令人轻蔑，与其在外人家的阳台上或鞋柜里占一个角落，不如留给儿子画小猪画小鸭子画小王八。小王八在我的字纸上爬来爬去，真让我难过。我不怕小王八挤兑我，我就怕未来的评论家提起来不知道我是谁：噢，知道，那个走钢丝绳的笨蛋！我还没鼓掌呢他就出溜下来了，别提他啦！听到后人这么说我，飞机掉到哪儿去我也不死心。我的杰作还差最后一段，本想从加拿大回去再接着写。可是……我必须现在就写！写完装进可口可乐的空塑料瓶，让空姐像投定时炸弹一样把它扔下去。当它爆炸的时候，这个世界将发现自己继承了一份多么珍贵的遗产，那是我绞尽脑汁也想不出来之后绞尽了胆汁写出来的：以下删掉 123456789 个字！我把今后几个世纪的名著都删掉了，有哪个评论家还敢说我的坏话吗？孙子辈的同行们拿起笔来都不能不提心吊胆，他精心构思的作品很可能早就被我一笔勾销了。终于没有写，飞机颠簸得太厉害，我怕写不清楚会让后人误以为是个白痴留下的账单。再说我也不能不给同行们留下一条活路，都让我删了，他们吃什么？

尾舵的问题没有解决。飞机像一张稀里哗啦的烂报纸。空姐们的短裙在颠荡中像一朵朵淋了露水的蓝色喇叭花儿，一会儿含苞欲放，一会儿凌空盛开。在这种人不人鬼不鬼的悲愤时刻，她们居然能跟跟跄跄地把一杯杯饮料送到大家手中，我纳闷是什么残忍的家伙训练了她们。除了那个过一会儿就号一嗓子的爷们儿，各位都已经停止了叫啸，可能累了，也可能是难为情，更大的可能是憋着一股劲儿，等着飞机砸在水面上。那将是地地道道的被迫发出的最后的吼声。现在，他们心平气和地喝着饮料，不管这些液体是溅到鼻孔里还是洒在肚子上。他们的古怪笑容告诉我，哪怕必须上厕所他们也不去了，懒得去，不值得去。对未来的鱼饲料来说，还有比自己的裤子更好的卫生间和马桶吗？没有了。在闹不清喂给哪条大马哈鱼或金枪鱼之前，还是先把自己拾掇得味道浓一些可口一些吧！旁边的那位白种人露出了陶醉的表情。刚才他还像丢了五十块钱的华北老农一样咧着大嘴哭泣，只不过往裤裆里撒了一泡尿，就让他恢复了种族的优越感，举着大鼻子，像举着一幅人种的广告牌。他可骄傲个什么劲儿！妈妈的，都渗到我的座位上来了！我不能跟他一般见识，我是有教养的黄种人，我们干不来这种神不知鬼不觉的勾当。我在飞机过道的地毯上吐了一口浓痰，明明白白地告诉他：谁也不比谁更低劣！你爷爷是殖民主义者又能怎么样？你会我们也会，不信就试试！我又吐了一口痰。这当然有另外的原因，傻子也清楚，这架坠落中的飞机已经不值得爱惜了。白人的报复很干脆，我不便说，我要说就有种族歧视的嫌疑了。如果做医生的老婆此时醒过来，会耸着鼻子发问：哪一位得了括约肌紧张综合征？我断定她得不到回答。当然，老婆尚未醒来，而体面的人们正一个接一个失禁。

头等舱的爷们儿又娘们儿了一声。这跟母鸡打鸣是一回事。世界的末日就要到啦！我挺不住了，真的挺不住了。

尾舱没有好转，可是也没有恶化。飞机在离海面二百米到二千米之间上下起伏。透过舷窗偶尔能看到一群群蓝鲸，它们在飞机经过时整齐划一地朝我们张开了血盆大口。这使我想起在花港观鱼看到的情景。还有那些海鸟，雾一样从机翼旁掠过，像我们家后院雨后腾空而起的蚊子。美丽的回忆真多，可是剩下的时间不多了。

我为妻子要了一杯她喜欢喝的茶，掰开她的嘴巴喂进去，确切地说是灌进去。平时很难找到这种献殷勤的机会，她通常都是自己亲自喝。嗓子里卡的东西已经缩回去了，她脉搏尚存，呼吸还有，就是不肯苏醒。她面色苍白，皮肤上比平时多了一层光。这就是每天早晨为我煎鸡蛋，每天傍晚为我洗袜子的老婆；这就是乐坏了把我当儿子，气坏了把我当孙子的老婆！没有人像她那样指着我的新作当面骂我笨蛋、蠢驴，可是恭维我并且坚信我是伟大作家的人，天底下似乎也只有她一个。她因为爱我嫁给了我，因为嫁给我而总是跟着我，并且一直跟进了这架飞机，仿佛中了谁的圈套似的。真对不起她。她再也不能煎鸡蛋了，我再也不能吃鸡蛋了，公母俩甚至再也不能像斗鸡一样吵嘴，气得双双上不来气了！想到这些，我热泪盈眶。我怎么能不热泪盈眶！我吻她的鼻头儿，在她的头发上摸了一把，然后起身向卫生间走去。

  在卫生间门口，我无意中发现了食品舱里的情景。尼龙帘没有拉严，曾经当众倒立的空中小姐背对着我，把一个泪流满面的类似机务员的白脸儿紧紧地拥在怀里。他们痛不欲生，口齿含混，显然已经生死诀别了无数次，可该死的飞机还在穷凑合！小白脸的手搁在男人喜欢搁的地方，像落在蓝色喇叭花上的两只白蝴蝶。小伙子哭得几乎失去知觉，蝴蝶也无所作为，耷拉着沉重的翅膀。这动人的一幕以死亡做背景，突然迸发了不可遏制的性感。在把肉体还给上帝之前，是否应当重温一下它的活力呢？道德感快要崩溃了，无比轻松，两肋生了翅膀，身子徐徐飘起来，鬼头鬼脑地朝美丽的喇叭花钻过去。但是，我在最后关头恢复了正人君子的面貌。因为我恍惚觉得老婆将适时地出现在背后，用苍蝇拍给我致命的一击。她做得对。一个人道貌岸然并不难，难的是一辈子道貌岸然。四十年道貌都过来了，顶多还剩半小时就不能岸然了吗？惭愧呀！

欢乐飞机

我蹽进卫生间,像勇士钻进了堡垒。我没脱裤子就在马桶上坐下来,掏出从老婆头上偷的发卡,把它扳得直溜溜的像一根小锥子,然后一下一下往手腕上扎,找那根怎么也找不着的动脉。这些动作一气呵成,美中不足是半天扎不出血来,壮举越来越像针灸。老婆常说你一脚踹不出屁一锥子扎不出血,真是英明。一锥子扎不出就多来几锥子!有了?……卡子头似乎挑到了一根大筋,锐角正轻轻地切进去,就像小时候用铅笔尖顶住了气球,就像当兵时用力伸进猪脖子去找那颗心脏,不知怎么一碰,血就哗一声泼出来了。

终于刺穿了动脉,可是血流得很不理想,像自行车慢撒气,比猪差得远,比鲸鱼头上那股喷泉差得更远。我从胳膊根用力往胳膊腕撸,撸一下喷一下,像老头撒不净尿。我把胳膊从两腿之间伸进马桶,让它自己滴答去了。血溅红了四壁,也溅红了镜子,里面那个人傻乎乎地看着我,让我一时想不起他是谁。不过我心情很好,充满快意。我觉得马桶在发抖,它被这么多与众不同的排泄物吓坏了。我就是想给飞机一点儿颜色看看,到底是它决定我的命运,还是我决定我的命运。它想让我屈辱得像个被捏死的瘪臭虫,我就真是个臭虫也不能让它捏,我自己捏!而且我已经捏了,我抢在前边了。我突然感到空虚。镜子里那张脸挽救了我。根据这张脸画的肖像拍的照片将传诸后世,他将成为一个永久性的条目和一个无法消失的故事。他用老婆的发卡子把自己消灭掉的轶闻将千古流传,以至女人们除了用这种东西来约束自己的头发,还用它来屠宰家禽。我在五彩缤纷的自我许诺之中坚强起来了。我的血没有白流。怎么可能白流?海明威用猎枪,川端用煤气,而我的工具最温情也最别致。难堪的是海明威在客厅,川端在厨房,而我却在茅厕。不知道这种区别是否意味着或暗示了彼此不同的档次?我难道比他们低吗？他们躺在地上，我却坐在空中，我只怕自己是高得太多了！

感觉良好。血水溢出马桶，浸湿了我的下肢，又钻出铝门下部的缝隙，沿着过道往我的座位那边流去。听见空中小姐婉转的声音：哪一位的咖啡洒了？不由窃笑。不论飞机下场如何，我的下场是不可逆转了。我做梦也想不到血管里会有这么多血，就像马路旁边浇花用的老也流不干净的皮管子。既然如此，尽可从容地思念一下所有的亲人们了。想起的却是一个又一个不相干的人，乃至仇人。噩耗传到家乡，一些人短暂惊讶，一些人冷漠无情，还有几个人幸灾乐祸。有个家伙会高唱树上的鸟儿成双对，夫妻双双把家还……以欢呼这架飞机把我和我老婆直接送到姥姥家去！那么，谁是我的仇人呢？肯定包括那个在公共汽车上踩了我一脚的人；也包括那个明明知道我跑肚却占着茅坑不起来的人。仇人真不少，一个像样儿的没有。多少日子了，下蛋一样下方块字，下得屁股疼，想停下来喘口气，不行！等着吃蛋的人捶你的后腰，说下呀快下呀。这是鼓励你成为下蛋模范，是莫大的好意，妙的是不吃蛋不拿蛋当蛋的人也来掰你的尾巴，阉鸡一样乱叫：叫你下！叫你下！

有本事下个王八蛋！下不出来了吧！我应该满足他们，哪怕屁眼儿烂掉，也要下个美丽的王八蛋出来。他们也应该满足我，把这个蛋囫囵着吞下去。我现在就给他们下。

飞机到哪儿了？我变得越来越轻盈，越来越光滑，恍然是个很好的好蛋，正沿着一条孔道从今天奔向来世。我的血滚到我老婆的皮鞋底下，她耸耸鼻子，立即醒过来了。她闻到了血里的大蒜味儿。她能根据洗脚水里有没有大蒜味儿来判断是我的还是儿子的，从而迅速决定是让我还是让儿子把洗脚水倒掉。她踏着血泊朝卫生间奔过来。我听见了她的脚步声，只有一百斤以下而且小腿儿特别发达的女人才能有的激动人心的脚步声。灵魂正抛弃我的肉体撒手远去。我准备在她猛然拉开厕所门的时候流尽最后一滴血，以便让她看到一具新鲜的没有血色而又不屈不挠的尸体，一具挂在骨头架子上且悬在马桶上的海蜇皮似的臭皮囊！这是一个绝望的恐高症患者献给爱人的最珍贵的礼物了。我能把她吓成什么样呢？门开了。我三魂出窍，她二目圆睁。她朝我一点儿一点儿逼过来，她要干什么？！

"你怎么进去就不出来了？"

"我……我好像睡着了。"

"快起来，温哥华到了。"

"他们敢保证起落架能放下来吗？"

"醒醒！醒醒！"

是的，她赏了我一个耳光，从而给了我又一次生命。我们相互搀扶着走向座位。我看见了蔚蓝色的温哥华。头等舱那位爷们儿朝着普通舱探过头来，用标准的男低音说道：请党员同志们过来一下！众人沉默。他想把奖给女高音的勋章奖给自己，让深有体会的大伙去给他捧场吗？他又说：请党员同志们到我这儿来一下！这一回没有人客气了，全机大笑，笑得飞机都哆嗦起来了。

我们的飞机狰狞地扑向温哥华，美丽的大地无处逃遁。起落架未能放下来，我们的飞机正用肚皮着陆。不成功似乎也没关系，它的肚皮不中用还有我的，我觉得经过万般磨难，我的肠子应该能在水泥地上留下比轮胎更黑的痕迹。铝合金擦上跑道了，光芒万丈，飞机的肚脐在喷火。老婆嘿嘿嘿地笑了起来。

她说：你快闻闻！

我们闻到了一股奇怪的味道。

我们活着到啦！

哀伤自行车

秋风紧了，小湖传来水声。夜多么凉，岸边那些草木跟着风动，过不多久便要落叶了。北方的山里静静的，连风声也没有，只有夜鸟不时突促地一叫，像你哀哀的长哭。你的哭久久没有声音，一声抽噎便令人心碎。孩子，你走吧，擦干眼泪从我的窗前离开吧。我不能再注视你挂满泪水的面孔，我怕我会跟着你哭起来，惊扰了安睡的人们。你小小一个孩子，在九泉会多么寂寞！如果我能够，我会抚摸你冰凉的头发，像抚摸我的亲生的儿子，我还能为你做什么呢？不论你哭泣多久，我会用手掌捧住你的泪水，陪你坐到天明。太阳升起来的时候，你可以去接着赶路了。湖上有大股的夜风吹来，孩子，你冷吗？

你从远道奔来那个日子，山上开满了野花。

你扔了行李，在花地里坐着，坐不够又躺倒，让花丛和野草埋住。你在父亲交给你的破帽子上插满了花朵，像顶着一只彩球。一些人在村口看到了你，走近了才发现是个孩子。没有人跟你说话，只默默地打量你瘦小的身子，像看一只迷了路的牛犊儿。你在生人面前匆匆走过，心里有些害怕，怕他们笑话你。

你的脸很脏，只有落汗的地方是白的。你的鞋露着脚指头，鞋带儿是电线，右脚的鞋帮上穿着铁丝。你的脖子很细，细得几乎撑不住大大的脑袋了。但是，没有人笑话你，现在你应该明白了，他们的心里跟你一样忧伤。有人在你背后叹息，可怜见的孩子呀！你听见了吗？你还记得么？

你站在道边给一辆颠颠跳跳的自行车让路，车上是年轻的女人，一件红衫子翅膀一样朝后鼓起来。她看见了你，叫着，是下窑来的锤子吧？不远了，往上三里！

你红着脸，站在道边的草丛里不吭声。车子冲过去了，突然刹在道心，女人扭过头来看你，一条腿翘在车座上。

"你是×县的吧？"

"是。"

"老乡等你好几天啦！下了火车就是汽车，逮着哪班坐哪班，别是下错站了吧？"

"车钱不够了。"

"走来的？"

"是。"

"真是锤子呀！今年多大了？"

"十六。"

"窑上有剩饭，饿了先吃着。"

她的脚点了一下土道，车子就刮着风滑下去了。她知道你在骗人，你不够十六岁。你很难过，站在草丛里不肯上路。你刚刚过了十四岁生日，可是父亲一再叮咛，别说实话，说实话找不到活儿做。你骗了人。芝麻大的谎话，让你整个心都空下去了。

你去窑上做了窑工。窑主捏捏你的小细胳膊，说出煤的日子按车算，不出煤的日子一天六块钱吧。你小心地问他，不是一天挣十块钱吗？窑主笑了，你长了多粗一根鸡巴，敢跟我要十块钱！大伙儿跟着哈哈地笑起来。

老乡是你远房的一位表哥，不知为什么对你很冷淡。他在窑棚的大炕上为你挤出两尺宽的一条炕席，让你勉强能够躺下来，随后便去赌牌了。你睡不着，想你千里之外重病的母亲。

她蓬着头，常常一连几日坐在窗里，不食不语。父亲哭着骂她，你哭着求她，都不能让她动摇。乡亲们说人要废了，快出钱给她治治吧。父亲把猪卖了，把鸡也卖了，母亲依旧苦苦地坐在那里，看一个很远很远的地方。父亲说废就废了吧，谁也不用活了。可是父亲最终也抗拒不住，唏嘘着把你送出了家门。你的两个小妹妹追你到村外，说哥，给我们买花花杆的铅笔呀，给我们买带白花的小红袄呀，给我们一人买个镜子吧！

你说买！买！竟在窑棚的炕席上哭醒了。

早晨，你听到自行车响，有人来伙房生火。吃饭的时候，穿红衫的女人走到你跟前，往你的粥碗里放了一块咸菜。你说不要，她说吃吧，不跟你算钱。你以为她走了，吃得很香，而她一直在身后悠悠地看着你。

"不吃馒头？"

"不吃。"

哀伤自行车 | 291

"两毛钱也省？"

"爱吃稀的。"

"小兄弟，到底十几啦？"

"十四。"

"我的天呀。"

她往你碗里满满地加了一勺。你记得母亲也做过同样的事。母亲老怕你吃不饱，常常看着你一口一口地把饭咽下去。

她说，儿呀，吃饱！你说，娘，烦死我！母亲一病，你想听那些烦人的话，可一句也听不到了。

午饭，你没要八角钱的炒菜，要了一角钱的菜汤。晚饭，又是菜汤。你先喝半碗，再用开水兑出一碗，兑了两次终于淡得没有味了。你去伙房找盐，见簸箕里有几片发黄的菠菜叶，便悄悄拾起来，去没人的地方洗净，掰在碗里。你刚要喝，她在身后吼住了你。

"小兄弟，你是属鼠的吧？"

"我爱吃稀的。"

"你爱喝泔水，你找死！"

"不敢乱花钱。"

"省钱娶媳妇呀？"

"我娘有病。"

"你早晚死你娘前边！"

她把汤泼了，盛了一碗熬扁豆，看着你吃。她说，小兄弟，吃饱！你愣了一下。她又说了一遍，你的眼泪就唰唰地下来了。她很奇怪，扳你的头，想看看你的眼睛。你梗住脖子，嘴里塞满豆角。后来你说，姐，你对我这么好，我要报答你！

姐一听眼也湿了，你觉出她心里像你一样，装了许多难过的事情。

你不知道如何帮她，就擦那辆自行车，让它一个土星儿也没有，永远明晃晃地亮着。起初，窑工们笑话你，说你一天到晚摸女人的车子，是想摸女人了吧！你不跟他们恼，红着脸搬来一个木墩儿，守着车子坐下来。一辆半旧的车子，让你擦来擦去的擦成了一辆新车，笑话你的人都不敢碰它了。姐很满意，姐累了一天，骑它的时候脸上带着笑容。你喜欢她骑车的样子。先偎着车座滑几步，然后高高地跷起右腿，人就婷婷地跨在上面了。你站到高处，做出看山景的模样，直到那件红衫子火苗一般烧过山弯儿。你中了魔法，在梦里骑上了那辆车子。你一路颠下去，想离开车座又不肯太离开车座，若即若离地只想愉悦地大叫，你恍惚觉得她也跨在车座上，她为了跨上车座在你眼前跷起了右腿，你终于叫起来了。

你很伤心，不知道出了什么事，就躲她，也躲那辆车子。

你钻在巷道里一天不出来，像小狮子一样拼命干活，干累了就爬到废巷里坐着，吃工友们为你捎的干粮。表哥曾经躲你，怕你拖累他，现在追上来跟你搭帮做事。你能不停地挥镐掘煤，细细的小胳膊好像不是你的了。你最后一个收工，走出窑口时山尖儿上亮着许多星星。你松了口气，到伙房的水缸舀水喝。

水很清，灯影里能看出自己的影子，又浮出另一个影子，你就吓得把瓢扔了。她靠在你背后的门框上，抱着胳膊，脸让红衫子衬得很好看。你想逃，一步也迈不动，让她怜惜的目光逼住了。她又说出了那句话。你和她都糊涂着，不知道那是多么妥帖而刻毒的咒语。

"早晚死你娘前边！"

"不累。"

"钱不是这个挣法。"

"我不累。"

"一天也见不着,寻思你死在窑里了。这是我男人的鞋,你试试大啊小啊?"

一双八成新的球鞋,不大不小。她用瓢为你浇水洗脚,帮你把鞋穿上,让你来回走几步给她看看。你穿着这双鞋送她上路,听着自行车叮叮当当把她载到坡道的尽头,整个人像浮到一片云彩上了。你说,姐,道不好走,慢些骑呀!夜里,你害怕做梦,怕得抖起来。你发誓再做出那种勾当,你就死!你吓住了自己的身子,竟真的无梦了。

一个落雨的日子,姐的男人在外边输了钱,跑到窑上来推自行车。两口子各拉着车的首尾,在泥地里扯来扯去,男人恼得用巴掌拍女人的嘴脸,直拍得她口鼻出血。可她倒在雨水里了,还是不撒手,宁肯让车子压在自己身上。男人踢她,不解气,蹿到伙房里找菜刀。你给吓呆了,见了菜刀才猛醒,冲上去把他拦住。你说把刀放下!男人就真的把刀放下了。看热闹的窑工们轰一下笑起来。大家都知道他不会砍人,都想接着看热闹,只有你不明底细,扫了大伙儿的兴致。姐的男人长得很周正,喝了太多的酒,眼泪汪汪地看着倒在地上的人,委屈得快要哭了。

不让拿车我把你押出去!

你打死我再动我嫁妆!

养只母鸡能下蛋,养你有啥用!

看热闹的人又一次笑起来。你听不出有哪里可笑,小心地挡在她和男人之间,防着醉鬼再来动手。他却不错眼珠地盯住了你的脚,所有人都盯住了你的脚。

我的鞋怎么在你脚上？婊子养的，你倒贴呀！看我回去怎么杀你！

大家围着你笑，你的头嗡嗡的不能想事。姐的男人不知何时走了。姐的脸像石灰，捂着鼻血走进伙房，插严了木门。车子躺在泥地里淋雨，水洼上的血丝越扯越长，顺着水沟流走了。你回到窑棚，坐在炕沿上发呆。有人凑过来问你鞋的事，哧哧的笑声像小刀子割你的肉。你有话，却说不出，一个字也说不出。又有人大声地问你女人的事，问到娘们儿的滋味和价钱，你听不懂，更不懂人们为什么这样快活。有人递烟给你抽，连表哥都阴阳怪气地拍你的肩膀，连说你行啊真行啊再有好事别忘了我呀！你怎么忍也忍不住，就抱着脑袋哭了。你哭得很伤心。大家感到突然，没有人说话，轮到他们莫名其妙了。

你脱了那双鞋，光脚穿过院子，把鞋搁在伙房的台阶上。

你无处可去，就扶起车子，脱了背心擦起来。背心沾满了泥水，车子越擦越脏，你的眼泪倒一滴也没有了。你赤足赤膊来到山上，在飘着雨雾的花地里走，发誓再也不跟旁人说话，挣几个钱就马上离开这里。你看见母亲在远方的窗里眺望，是苦等着游子回乡呢。从此，你成了沉默不语的人。他们，还有她，别想从你嘴里听到一句话。没有人拿你当真，都以为你在赌气，见你真的不肯说话了，众人才有些慌乱。你吃最便宜的菜，或者喝汤，拒绝她的照顾。她问你哑巴啦你哑巴啦？问得有些恼，见你倔强得出了边际，就叹息着不再说什么了。她腮上有男人打出的疤，粉粉的不肯愈合，你总是惦念着。索性不去看她的脸。窑工们向你赔不是，表哥也不让你拼着命做活，总想伸手帮你，都不能让你领情。你打定主意永不开口，除非有人跪下来求你。人们却不耐烦了，看你的时候带着轻蔑

哀伤自行车 | 295

的漠不关心的表情。没有人再为你的不语忍受折磨,你爱张嘴不张嘴,不说话死不了人,他们随你的便了。你自己也适应了沉默,觉得自己成了有力的人,再不怕任何欺侮。你只在黄昏的时候独自说话,那时你坐在山岗上向亲人问安,和妹妹们窃窃私语。你一直说到太阳落山,泪水打湿了衣襟却浑然不觉。你可以看见自行车颠过坡道,红衫子飘在风里,也在你心上燃出一堆小小的篝火。你说姐,你骑得太快啦!姐听不见你。姐很快就不见了。

你领到第一个季度的薪水。你抓着一把钱,像抓着一只刚刚捉到的鸟。你站在原地不动,数了一遍,又数了一遍。数第三遍的时候,你嘴唇哆嗦,会计以为你要说话,睁大了眼睛。

一些人讥讽地看着你,感到有趣。你舌头发硬,不想说了,可是不甘心。会计说你怎么啦?有什么话快说,该别人领了。

你说,少十五块钱!

他们笑了。

你又说,少了十五块钱!

他们笑你为了几个小钱,终于开口了。可是你并不气馁,十五块钱是件大事,你绝不含糊。你让会计给一个交代。会计笑够了,眼神儿深深刺痛了你。他的质问让你心惊,大炕是白睡的吗?一月五块,仨月几块?坐一边掰着脚指头算算去。

不等人家说完,你便逃了。你知道大炕收钱,可是数薪水的时候你忘了这码事。你出了洋相,你发誓不开口却开了口,自己打了自己一个嘴巴。这大炕不能睡了。你卷走了铺盖,站在院子当中想了想,扭头进了柴草棚。棚子四面无墙,堆着柴禾和秫秸。你在垛顶上拾掇了一个窝,平着躺进去很舒服,想坐起来很难,脸离棚子盖只有一尺。有人想取笑你,可谁也笑不出来,他们拿你没了办法。柴禾不平，铺盖又薄，躺一会儿便硌疼了骨头。你不在意，这是对自己的处罚，更是对他们的处罚。你要让取笑你的人不舒服，让他们在平展展的大炕上睡不着觉，让他们为你难过。你低估了大伙儿。睡不着觉的只有你，难过的也只有你。表哥打了半截牌跑出来，一边解手一边洗刷自己，你想回去就回去，炕席给你留着。你中了冷风我可不管。生了病你自己花钱治。我该说的都说了，你这么不懂事我有什么办法？表哥好像在跟别人说话，你等着他过来拉你，可是他没有拉你，急匆匆地回去打牌了。天黑前，窑主曾经路过，顺便来看看。他觉得很好笑，也觉得你睡不长，因而没怎么劝你。他指着你对大伙儿说，这小狗鸡巴怎么这么硬啊！做事不拐弯儿，有种！

你听不出他是夸你，还是骂你。就为这句脏话，你知道自己要在这个四面透风的棚子里长久睡下去了。还有姐，她对你也不上心。她拾掇了伙房，你等着她拾掇柴草棚，她却跨上车子走了。你不跟她说话，却怪她不来跟你说话。她不跟你说话，又不看你，你就受不了。就像母亲不看你，只看着远处一个地方，你就深知自己成了孤儿。你很后悔，不该当着那么多人把鞋甩给她。她男人打她的脸，你也打她的脸！你穿着那双鞋，他们又能把你怎样？谁敢把它从你脚上扒下来？你倒自己把它扒下来，还用它伤你的恩人。你狗一样躺在柴垛上，不该有人理你，你睡到猪圈去，睡到土道去，也不关别人的事。你心里冰凉，连可怜自己的念头也没有了。棚顶上有个裂缝，能看到几颗星星，亮晶晶的，像几只偷看你的眼。云彩不知何时蒙住了月光，你也入睡了。后半夜下起了雨，你睡得很沉，不知道被子上漏了雨水。姐来得很早，踏到棚顶上蒙塑料布，你醒了，以为头顶上沙沙地走着一只野狐。棚里没有电灯，柱子上吊着马灯，你看见两只脚从棚檐上放下来，知道是姐来疼你了。你不动身，像冬天躺在被窝里面，等着母亲来摇你揉你。

姐不知你醒了，移过来摸你的被子和被子上的雨水，呀了一声。她推你的肩，推不醒又推你的头。是母亲来推你啦！母亲软软的手指摸住你的头发了。一大颗眼泪从紧闭的眼里滚下来，落在姐的手上。姐凑近了看你，等着你，你对着她睁开了你的眼。你觉出被子湿透了，浑身像泡进了一个水洼。你不想起来，也不想说什么，只愿意鼻子酸酸地看着她的脸。那个疤亮亮的，还是不肯好啊。这样好的人，男人凭什么打她，像打一个牲口？倒在泥里了，还要踢她，像踢一只板凳！拿人不当人。还算人吗？欺负别人的人，还算人吗？如果这些人都是人，你真不想做这个人了！

雨声里传来姐的声音。

"省不了几个钱。"

你摇摇头。

"不说话，心里舒服？"

你摇摇头。

"这么糟蹋自己可不行。"

你不动了。

"岁数小，想家了吧？"

你终于缩着肩膀抽搭起来了。你胸口憋闷，难受，只有难受！母亲呆呆地坐在窗里，并不知你想她，想她又有何用？不愿想也想，恨不得将自己变成一剂药，将母亲治成原先那个母亲。没有人帮你。疼你的只有这个非亲非故的姐，可她自己都帮不了自己，动不动便让男人打得满地乱滚，比坐着发痴的母亲都不如了。你又哪儿来的力气帮她呢？你只会擦车子，只会端着饭碗得她给你的好处，像样的事情你一件也做不来了。

你说，姐，活着没有意思。

"胡说。"

"男人往死里打你呢。"

"生不出儿子，该打！"

"该打！"

"我对不起人家。"

"活着就是没有意思！"

"起来烤被子吧。挣了钱给自己买双鞋，光着脚乱走，小心长虫咬你。起！"

你不想起，你想泡在雨水里烂掉。白天雨停了，你像往日那样去窑里干活，推了两车煤，觉得腿沉，脑袋也大。推第三车的时候出了事。你的煤车挡着巷道，人倒在车底下。后来你醒了，还想干活，别人不让你干，你就自己往回走。去窑棚的一小截山道，你软软地倒了好几次，自己也弄不明白是怎么了。院子里没有人，你爬到柴禾垛上，恍惚看见红衫子从窑棚里闪出来。是姐，姐没有看见你，也想不到你还会爬到柴窝里去。你想叫她，却昏迷了，也可能是睡着了。直到人们收工回来，表哥钻进柴棚，姐才站在伙房的台阶上愣住了。你一睁眼，就看到她张着嘴在那里站着。那个表情不熟悉，从未见过，你想说没事，小病，可是喉咙里冒着火苗，烧得发不出声音。姐为你烧了姜汤，为你烤干了被子，小声地劝你睡到炕上去。你说不，姐就不敢说什么了，好像生怕吓着你。她为什么怯人呢？你没想，只觉出自己病得不轻，让她忧心了。

夜里，窑棚里有人吵架，你惊醒后半天听不明白，好像谁丢了钱，表哥在辩解。听了一会儿，才听出表哥在为你辩解！你？你会偷人家的钱？热着的身子和脑袋，几乎要裂开了。几个人凶巴巴地来到柴草棚，叫你去屋里说话。你不去，有人伸手便把你拖下来，往屋里拖的时候，有人踹了你一脚，你要看看是谁，又挨了一脚。你疼得叫起来。他们把你丢在地上，看着你往起爬，你一边爬一边说，不是我！我没偷！你刚站稳，又被踹倒了。丢了钱的人掉着眼泪，朝你疯子一样扑过来，要掐死你。别人见你脸都给憋紫了，就劝他松手。他松了手，却啪啪地打你的耳光，打得你两眼发黑，鼻血呼一下喷了出来。

天塌下来了。你只想大哭。可是你看见了滚在雨地里的挨揍的姐，她可掉了一滴眼泪吗？你不能哭！你一哭就丢了体面，再也找不回了。你朝着打你的人尖叫，没偷就是没偷！打死我我也没偷！

表哥靠着炕沿抽烟，不知所措。他垂着头说，他生着病，你们还这样待他。

我们要杀了他！

他们用两根锹把儿夹你的小指头，还敲你的踝子骨，疼得你跳脚。他们说都在窑上做工，就你一人回来，不是你是谁？

又说你没来的时候不丢钱，你一来就丢钱，你惜钱又惜成那样，不是你是谁！他们用打火机烧你的手心，你终于忍不住号啕，说，真的不是我呀！你哭得撕心裂肺。打你的人渐渐地住了手。丢钱的人绝望了，蹲在地上跟你一块儿哭起来。

表哥劝你，拿就拿了，别嘴硬！

你说，谁拿了谁是狗！

表哥让你睡在炕上，你不应，瘸着走回柴垛，找到枕头紧紧抱在怀里。这是父亲叮嘱的事，有了钱缝进枕头，别往衣服里塞。那人把钱藏在袜子里，袜子还在，钱飞了。

有人敢给你栽赃，就有人敢夺你的枕头。你看出了危险，一刻也不能等了。你天不亮就爬起来，一瘸一拐地上了土道。

你搭上了外乡的煤车，谎称去卫生院看病，在镇子里下车后径直去了邮政所。窑上的人起身后不见了你的影子，以为你逃了，把你的行李扔得满院子都是。聪明人便站出来说，那么吝惜的人，要逃还不把针都带上；肯丢下这些？姐听着众人议论，把扔散的行李一件件拾起来。

你把钱寄给了父亲。寄完了钱，你的心情平静了。你没去卫生院，却进了药铺。不知道药的名字，只说要退热的药片，没有药片，药水也行。你觉得省了钱，很高兴，来到水渠旁边，捧着水送下两片药，想快让身子凉下来，又吃了两粒，腿脚似乎一下子清爽了。

你去供销社买了一把铅笔，杆儿上没有花，只印着一些小红点，比有花的便宜。买了两个圆镜子，最小的那一种，胳膊伸直了才能照出整张脸。茶杯口似的镜面里，映出脸上的伤和肿着的鼻子，你看了一眼就不想看了。不知道是不是伤了骨头。踝子骨和指头节都在疼，鼻子一吸气也疼。不管疼不疼，钱已经寄出去了，没有什么让你害怕的事情了。

你在柜台里看见一个小瓷娃娃，有大拇指那么高，骑着一条鱼。是个男孩儿，很胖，光着小屁股。六块钱。你觉得太贵了。出了供销社，心里空得慌，闷着头转回去，交了钱拿了小人儿就走，生怕自己又反悔。一路上你有事情做了。一会儿数数铅笔，一会儿照照镜子，再不就掏出小人儿跟它说话。你不是窑工，你又成了往日那个孩子，身前身后的一切都不算什么了。没有搭上车，踝子骨又剜着疼，走到那片花地太阳便落了山。月光里的白色喇叭花泛着蓝光。别的花看不清楚，晃着一团团的影子。你坐在花地里歇息，想着母

哀伤自行车 | 301

亲看到了你寄的钱，苦苦的脸上竟有了笑容，心里的愉悦便装不下了。你是为母亲活着的呀，治不好她的病，活着还有什么意思呢？

月光下的坡道是一条河，离得老远你就听见自行车正在叮叮当当地颠下来。姐像掠过水面的燕子，眨眼就飞到眼前了。

你立在道边，痴了似的看着她。你说，姐！

车刹在道心，姐跨着一条腿站立，像第一次见她时一个样子。姐的脸在月光里清清楚楚地昂着，比平时白净，也比平时忧伤。她不知道你为什么那样高兴，小心地看着你。你凑到她跟前，说，我把工钱给家里寄去了！

你的话好像打了她一巴掌。

你只图自己高兴，顾不上她了。

"姐，我给你捎了一样好东西！"

"啥好东西？"

"猜吧！"

"猜不出。"

"一条小鱼儿。"

"小鱼儿？"

"小鱼儿上骑个小小子儿！"

"啥？"

"你自己摸吧。"

你把东西塞她手里，等她高兴，等她夸你。可是她刚一摸到小瓷人儿就不对了。她浑身发抖，站也站不稳。你替她支好车，她已在路上蹲下来，用拳头堵着自己的嘴。你说，姐！你好好摸摸，摸清楚。姐哭了，不敢出声，硬憋着，大口大口地抽气。你急了，拍她的背，拍了几下就不敢拍了。

她说，姐对不起你。

你无论如何听不明白。

又听她说，赌债还不清啦！

赌债？

你的头轰一下炸了。你糊里糊涂地退了几步，又凑近了看看她。你没想到别的，只怕她脱了手，把你心爱的小东西摔碎。还好，她攥得很紧。你买了一样好东西，你一点儿也不后悔。那辆车子静静地立在月光里，像一只活物，怪叫一声便要扑过来。她喘不过气，还要一遍一遍说，对不起你。这是说给她自己听呢吧？你越听越害怕，不打招呼就独自离开了。她终于放出了声音，奇奇怪怪地号起来，像一只丢了崽儿的母狼。

窑上的人也很怪，目光都躲你，好像你不是孩子，他们是。表哥来到柴草棚，为你打着手电，说那一百四十块钱在炕席底下找到了，那是贼怕了，自己塞回去的。大家错怪了你，现在差不多知道那人是谁了。表哥说着，往伙房那边努了努嘴。

你小声说，放屁。

你走进伙房，放两片药在舌头上，用半瓢水冲下去。脑袋太热，你把剩下的半瓢水浇了头发。姐的围裙挂在门后边，干净得像条被单，你走过去用鼻子闻了闻。

窑棚里赌着牌局，你挺着腰板跨进去，见丢钱的人正眉开眼笑，许是刚赢了庄吧？你本意是鞠躬，却昏头昏脑地跪下来。你说，下次再偷你的钱，你砍了我的手！我对爹娘发誓，再不偷了！

他们愣在那里。你头也不抬，爬起来就走，像是把一块石头丢下了。你躺回柴垛上，听着窑棚里叽叽喳喳的声音，觉得很英雄，就是他们再跑来打你，你也认了。他们没有来。你是英雄，他们不

哀伤自行车 | 303

敢惹你。英雄应该做英雄的事情，你想做的事情是什么呢？你想在梦里骑那辆自行车，你要找回久违的滋味了。

你果真梦到了它，也梦到了她。它颠着你的身子，给了你那么大的愉快。而她呢，为了跨上这辆车子，高高地跷起了她的右腿，鸽子一样领着你飞起来了。

醒的时候，大大的哀伤突然压扁了你。梦里梦外，姐已经不是姐，是你永远认不出的人了。你不知道将怎样见她。是她说对不起，还是你说对不起？忘不了她看你吃饭的样子，那份仁义成了杀你的刀子。好比母亲一向亲切多语，一下子便呆坐无声，不容分说便把你抛入深渊了。

你在天亮前离开院子，夜游神一样飘在黎明的雾里。你很难过，害怕见人，不管是什么人。你恍惚看见红衫子飘出了窑棚，像一把刀刺穿了你。没有人救你。不管你多么委屈，没有人看你一眼。你觉得自己会哭，结果没有哭，心情还一点一点地好起来。为了避开她，你决定先到窑上干活，把昨天没有挣到的钱多少补回一些。你在发烧，可是你觉得很舒服，好像有人背着你在巷道里走，而且是别人的胳膊带着你抡起了煤镐。

你算计着母亲收到钱的日子，一时觉得很幸福。

这是回采的大堂，你走得稍微深了一些，但是这没有关系。有关系的是一块石头在你身边翻身，悄悄贴近了你的后背。它很圆，像个大雪球，一人来高。它碰到了你，你还以为是自己倒向了它。你想站稳，却绊在自己的镐把上，没容你真的倒下，石头就把你夹在煤壁上了。你说，娘，拉我一把！她不理你，呆呆地看着别处。石头挤得很慢，你是一点儿一点儿咽气的，这使你想了许多事情。你看见自行车长着鲜红的翅膀飞下了山岗。你说，姐，实在没有钱，就把车子卖了吧。你闻到了一股甜丝丝的面味儿，是围裙上的发了酵的面味儿。姐像亲娘一样泪汪汪地看着你。你说，姐啊，我……我心里难受。

人们看到你的时候，你的样子很特别。你全力挤进一个正在关闭的房门，为此你把身子缩成了瘦长的一条。那些揍过你的人用千斤顶移动了石头，把你站着掏了出来。起初人们像干别的活儿一样平静。但是一托起你的身子，那不足一百斤的小身子，才知道你只是一个舍不得花钱的脾气古怪的孩子，你根本不该倒在这个鬼地方。于是，老爷们儿一块儿号啕了，泪飞如雨。姐在窑口等你，一见你细细的脖子和弯下来的大大的脑袋，叫一声弟呀，就昏厥了。乡亲们也哭。不是没在窑上见过死人，只是没见过这么短的人。摆在台阶上，小小的一截，又见从柴垛上掏出薄薄的被子，掏出小小的枕头，便无不想到你的孝顺和节省，哀叹一声可惜了！

父亲在县医院的冰柜中看到了你。他以为你血肉模糊，不料眉清目秀，像睡着了一样。他居然没有哭。窑主内定两万元的赔偿金，打死也不多给一分了。他让你父亲先提个数，父亲低着头不说话，几乎将窑主的亲友们吓死。他说，我就这一个儿子，你们也看了，多扎实一个儿子，我们要一万块不多吧？

窑主说，八千吧，算了算了，一万就一万！窑主的眼圈都红了，父亲还是没有哭。整理遗物的时候，他抓住了那一把铅笔，掉了几支，刚捡起来，又掉了几支。总共只有十支，数起来没个完，数着数着就泪流满面了。他对窑主说，他惦记着他妹子呢！窑主真心叹息，多结实一根小鸡巴，还没使呢就折啦。

父亲为了节省，没买骨灰盒，把你的骨灰装进了掏空的小枕头，一路紧紧抱着回了家乡。你很高兴。钱没有花在不该花的地方，正合了你的本意。可是你为什么哭泣呢？你在黄泉路上迟迟不去，夜夜凄苦徘徊，是恋着自己早已不在的生命吗？

孩子，我不知如何来帮你，只能掬一捧心酸之泪，促你上路了。

母亲依旧枯坐，看你看不到的地方。你的姐也常常那么凭窗坐着了，她看到的地方，你我都不能看到，是个上苍也不知道的神秘所在了吧？那辆自行车还了赌债，那个小瓷人儿拦腰折断，身首异处地躺在垫了院子的炉灰砟里。一些公鸡和母鸡经常卧在那里晒太阳，遗下许多粪便和羽毛。它们对你送给她的礼物不感兴趣。它们喜欢虫子，那种令人作呕的蛆一样的虫子！

我们不知道是谁骑着那辆自行车，更不知它颠簸在哪一条路上，我们永远与它失之交臂了。你就是为此而哭泣吗？

湖上的风好大好凉。

孩子，是你赶路的时候了。

天太黑了，从前夜黑到后夜，一直黑到黎明。我坐在湖泊的东岸，让一大团没有边际的黑暗浸泡着，与一个又一个哭泣的魂灵长叙。我不能动笔。我怕一动笔惊散了它们，更怕再也听不见如歌的泣声。我想我本人也成了游魂，离不开这秋风清冷的夜了。

太阳升起的时候，稿纸上显现了一行行似是而非的文字，小湖也披露了世俗的真相。水面飞着汽艇；岸边灌木似的布满钓具；不知何处，一头公驴也三番五次地叫起来了。我不喜欢白天。不喜欢人们用煤气炉炖小鱼儿；不喜欢啤酒罐砰砰的喷气声。还有年轻的女人，让年轻的男人逗着，发出了多么奇怪的笑声。空气里满满的全是恼人的腥味儿了。

我喜欢夜。又一个哀夜降临，久逝的不幸者将一一潜到窗外，在风里送来令人心碎的歌哭。我的灵魂一向平庸，如今却渴望沉没在浪漫精神的沼泽地里了。我是在拯救自己吗？我在墓穴里挖来挖去，是要寻出未朽的善良与高尚吗？在秋夜里沉醉，几乎要答不出了。

眼前是白露的黎明，九月里最凉的时辰。秋虫齐喑，连蚊子也飞不动了。我翻动稿纸，读着随意写下的自我，读着无意中遇见的一个少年，深感了笔触的无益。在小湖的美夜中冥思，尚可自娱，也能自哀，但是天亮了怎么办？回到叫卖声此起彼伏的人群里怎么办？没有办法，一切都将粉碎在现实的苍白的壁上，包括乏力的文字和含泪的梦境。以笔做刀也无用，刀刀落肉却永不见血，终归是一支木头做的或塑料做的臭笔罢了！

先泡一包方便面吃吃吧。

别的事情只好暂且丢他妈了。

狗日的粮食

　　日后人们记起杨天宽那天早晨离开洪水峪的样子,总找不到别的说法儿。他们只记住了一件事,不知道是不是顶重要的一件事。"他背了二百斤谷子。"这没滋没味儿的话说了足有三十年。它显不出味道是因为那天早晨以后的日子味道太浓的缘故。杨天宽是蹚着雾走的,步子很飘。他背着花篓,篓里竖着粮袋,鼓的。这些都陷入白烟,人们疑心他背着空篓。但他前几日的确跟各家借过粮食,谷子的用处也吞吐着挑了。他走得健就是因了这个。

　　人们却只说:"他背了二百斤谷子。"把一个火烧火燎的光棍儿汉说得丢了分量。杨天宽驴一样把谷子背到那地方,脸面丢尽了。不会说话,只会吐气,眼一劲儿翻白,晕噎中那个男人问他:"新谷?"他点头,甩一帘汗下来。那人身后立一匹矮骡儿，也不计分量，只掂了掂就用肩一顶，将粮袋拱到骡鞍上。"妥了，兄弟歇着。"那人一笑，便牵了骡走。骡屁股后面就移出了一个人，站在那儿瞭他。杨天宽只对了一眼，不敢看了，有心去宰走了的男人，又没有力气。他叹了一口气。这声长叹便成了他永远扔不脱的话柄。

丑狠了。二百斤谷子换来个瘿袋。值也不值？他思来想去，觉得还是值，总归是有了女人。于是他领了女人上路，光棍脑袋细打路的尽头那盘老炕的主意。事情比他想的来得快，女人有火。

"你的瘿袋咋长的？"出了清水镇的后街，杨天宽有了话儿。"自小儿。""你男人嫌你……才卖？""我让人卖了六次……你想卖就是七次，你卖不？要卖就省打来回，就着镇上有集，卖不？""不，不……"女人出奇的快嘴，天宽慌了手脚，定了神决断，"不卖！""说的哩。二百斤粮食背回山，压死你！"女人咯咯笑着蹽前边去，瘿袋在肩上晃荡，天宽已不在意，只盯了眼边马似的肥臀和下方山道上两只乱掀的白薯脚。"瘿袋不碍生？"天宽有点儿不放心。"碍啥？又不长裆里……"女人话里有骚气，搅得光棍儿心动，"要啥生啥！信不？""是哩是哩！"最后是女人到坡下小解，竟一蹲不起，让天宽扛到草棵子里呼天叫地地做了事。进村时女人的瘿袋不仅不让天宽丢脸，他倒觉得那是他舍不下的一块乖肉了。那时分地不久。杨天宽屋里添了人，地数就不够，村里把囫囵坨两亩胡萝卜地拨给了他，地很肥，可是路远，是日本人在的时候游击队烧荒撂下的，多年不种了，天宽性子钝，人人不要的地给了他，也嚼不出啥，苦着脸忍了，女人却不，爬到猪棚上骂街。句句骂的猪，可句句人不要听，唬得村干部谁也不敢露脸。

"猪哩，哪个托生的你呀？你前辈造了孽，欺负我家男人，今世

狗日的粮食 | 309

你可美了吧？哼哼啥，看老娘拉屎给你吃，你是个臭了心肝的……"人们只知道天宽娶了个瘿袋婆，丑得可乐，却不想生得这般俐口，是个惹不得的夜叉，都不敢来撩拨了。天宽也由此生出一些怕来，女人的瘿袋越哭越亮，圆圆的像个雷，他便矮下三寸去，觉着自己做个男人确是活得不带劲，比不上这娘们儿豁爽。他灶间里舀一瓢水，哀怯怯地劝她。

"累着，行啦……下来喝。""你哑啦？尿挤不出一星，屁崩不来一个的你！我下去你上来，你给我吃喝，给我日他欺人精的祖宗……"天宽挼女人进屋，愁得苦。这女人是个浑种，以后的日子怕难得好过。但是，凭怎么骂，女人还是女人，身条儿和力气都不缺，炕上也做得地里也做得，他要的不就是这个么。

女人果然勤快。扛了镢头、吃食，在囫囵坨搭个草棚，五宿不下山。白天翻坡地的黑土，两口子一对儿光膀，夜里草铺上打挺儿，四条白腿缠住放光。不下三日天宽就蔫了，女人却虎虎不倦，净了地留丈夫在棚里养精，独自下山背回一篓一篓的山药种。种块切得匀，拌了烧透的草灰，一颗掩进松软的泥土。这女人很会做。

秋后天宽家收的山药吃不清了。叔伯兄弟杨天德口儿众，四个娃儿，谷子又没有长好，天宽有心接济他。"屁话，饱日不思饥，你不怕我还怕日后饿煞哩，他吃自己种去……"女人挡了他，在屋后掘了一口大窖，把黄皮山药鸡蛋似的堆成小山，封了。她嘴伤人，心也伤人。天宽在乡人面前抬不起头，但他心里有数，女人侍他不薄。两口子熬日月，有这个够了。

以后他们有了孩子。头一个生下来，女人就仿佛开了壳，一劈腿就掉一个会哭会吃的到世上。直到四十岁她怀里几乎没短过吃奶的崽儿，总有小小的黄口叼她小萝卜似的奶头儿，吃饱了就在瘿袋上磨嫩牙，口水、鼻涕蹭她一脖儿。

她奶水一向充足。伏天吃饭，天宽蹲北屋檐下，她在灶间门口，孩儿玩她奶子弄不对付了，只需一压，一股白溜溜的长线能嗖地挂到天宽碗里去。两口子闲时打趣，奶柱儿时时滋得天宽眼珠麻痛。这些都成了男人的骄傲。

但是，女人到底不是奶牛，孩儿们也不是永远不大。他们要吃，孩儿们也要吃，大小八张嘴，总得有像样的东西来填塞。天宽起初只尝到养孩儿的乐趣，生得一多就明白自己和女人一辈子只在打洞，打无底洞。一个孩儿便是一个填不满的黑坑。他们生下第三个孩子的时候，锅里的玉米粥就稀了，并且再没有稠起来，到第四个孩儿端得住碗，捏得拢拢子，那粥竟绿起来，顿顿离不开叶子了。

孩儿们名字却好，都是粮食。大儿子唤作大谷，下边一溜儿四个女儿，是大豆、小豆、红豆、绿豆，煞尾的又是儿子，叫个二谷，两谷夹四豆，人丁兴旺。可一旦睡下来，撂一炕瘪肚子，天宽和女人就只剩下叹息。

几个孩子舌头都好，长而且灵活。每日餐后他们的母亲要验碗，哪个留下渣子就逃不脱骂和揍："就你短舌，舔喽！"脑勺上挨一掌，腮上掉着泪，下巴上挂着舌，小脸儿使劲儿往碗里挤，兄妹几个干得最早、最认真的正经事就是这个。外人进了天宽家，赶巧了能看见八个碗捂住一家人的脸面，舌面在粗瓷上的磨擦声、叭嗒声能把人吓一大跳。

天暗得看不清人形了，天宽常常顶着星星去串户。他拎一个小口袋，好像提拎着自己的心，又羞又慌，碰上不肯借粮给他的，他就恨不得整个儿钻到破口袋里去。洪水峪奸人少，没有借过粮给天宽的人不多，天德要算一个。

狗日的粮食 | 311

"你借不给，让瘿袋来！"叔伯兄弟说出这个，天宽料定早年山药蛋的账还未结，只好讪讪地走开，传话给女人，她就骂："这算一个爷的种？日歪了的！"出不够气，她便到天德菜园儿里将白日瞄下的一颗南瓜摘来，放了盐煮，待天德在菜园儿里揪着秃秧跳脚，天宽的孩儿们已经拉出了南瓜籽。一家人就这么活。女人姓曹，叫什么谁也不知。她对人说叫杏花，但没有人信。西水那一带荒山无杏，有杏的得数洪水峪，杏花是她嫁来自己捡的名儿，大家还都说她不配，因此不叫。人们只叫她脖上的那颗瘤，瘿袋！

她的西水口音短促、尖厉，说快了能似公鸡踩蛋儿，咕咕咯咯的满是傲气，人们觉得这种嘴只配骂人。她又的确会骂，骂起来脏字连珠，恍惚间一跃而为男人，又比一般男人多着胆量和本事，能让对手或与对手有关的一切女人受辱，不管她活着还是在坟里。

这里男人打老婆是一顿饭，常事，她来了就造出天宽这货，让老婆揪住耳朵在院里打悠儿。这又是西水的习气，人们简直近不得她，当她是西水的母虎。生红豆那年，队里食堂塌台，地里闹灾，人眼见了树皮都红，一把草也能逗下口水，恰逢一小队演习的兵从山梁上过，瘿袋抱着刚出满月的红豆跟了去，从驮山炮的骡子屁股下接回一篮热粪。天宽见了在阳儿里晒，真把它当了粪，拎起来倒猪圈里。瘿袋见了空篮，从屋里跳出来就给他两嘴巴："瞎了你的！我闻骡子屁都不嫌，你看一眼就嫌它？你自己拉！自己拉一锅能熬的来，能煮的来……"

谷子豆子们看着父亲让巴掌抢得转圈儿，好一阵挣扎才稳下来。墙头上有几个脑袋在笑，叹气。她不是母虎又是什么！但人们又发觉她夹着细筛到河里去了。骡粪沾了猪圈的脏味儿，淘得不能不细，草棍儿和渣子顺水漂去，余下的是整的碎的玉米粒儿，两把能攥住，一锅煮糟的杏叶上就有了金光四射的粮食星星,一边搅着舌头细嚼,一边就觉得骡儿的大肠在蠕动,天宽家吃得惬意,女人是好的,天宽用筷子在打肥的腮上拨,这么想。乡人们只好沉默,百孬不如一好,这娘们儿坏得不透。

那年头天宽家坟场没有新土,一靠万幸,二靠这脏嘴凶心的女人。日子苦,但让她得些怜悯也难。她做活不让男人,得看在什么地界儿,家里不消说了,推碾子腰顶主杠,咚咚地走,赛一头罩眼牲口,能把拉副杠的小儿小女甩起来;从风火铳背柴到家里,天宽一路打六歇,她两歇便足了,柴捆壮得能掩下半堵墙;担水一晨一夕十五担,雨雪难阻,五担满自家的缸,十担挑给烈属、军属,倒不是她仁义,而是每日四个工分诱着。地里就不同了,一上工立即筋骨全无,成了出奇的懒肉,别人锄两梯玉米的工夫,她能猫在绿林深处纳出半拉鞋底,锄不沾土;去远地收麻,男背八十,女背五十,她却嫩丫头似的只在胳肢窝里夹回镐把粗的一捆。

"瘿袋长到屁股台儿了,背不得?"队长怨她。"背不得,我腿根子夹着你的哩!""……你篓儿倒不空。""空了不饿死你六个小祖宗?亏是天宽揍下的,你的种儿你敢说这个?!"她笑得野,队长扯眉无话。她篓里是半下子泉里泡过的麻麻棵儿,绿格盈盈叶香,单等着掉锅里煮了,别人歇晌她不歇,草坡上乱扒土的就是这货,是村旁山地难得一见的野菜呢!队长能说什么?怪不得,自然地敬不得,还不由她去!

怪不得不止一项。她身上有口袋,收工进家手不知怎么一揉,嫩棒子、谷穗子、梨子、李子……总能揪一样出来。日积月累,也不能说是个小数目。但谁也逮不住她,不知道口袋在什么地方。有猜在裆里的,虽说是老娘们儿终究不是可探的地方,证实不易。或许又是人家不愿逮她罢了。天宽未必明白小秋收的底细,他只明白起初女人只是嘴坏些,有了孩儿,肚子一紧瘪,她的手便也坏了。不能说,他嘴打不过她,手打怕也吃力。况且养一堆活口,女人的本事哪一样都是有用的。

这爪子就难免四处撒野。邻家靠院墙搭了葫芦架,水汪汪一棚嫩叶,几朵白花挤到墙头这边来,绿豆和二谷伸着小手去够。"看落了!让它长……"瘿袋有了心思,也不说。白花枯后,茎上吊了拳大几颗蛋蛋,吹气似的胀起来。邻家女人也是精明的,趁瘿袋上工溜进来,用荆条圈将葫芦一一托牢,既免了坠秧,又宣白了它们的主人。瘿袋只当无事,邻人扒墙头窥动静,她就背身藏住冷笑,滴水不露。

葫芦大了,估量着掺俩茄子已够吃一天,瘿袋便刮北风似的割了它们。依旧是煮,然后骂也依旧,邻家的嫩崽打了先锋骑墙头日偷儿的娘。这边就威凌凌杀出了瘿袋。不骂人,只骂葫芦。骂得很委屈,葫芦成了骚娘们儿,把漂亮身子递过墙,将清白的瘿袋勾引了。

"心肝葫芦肉儿,你天生是个招人日的货哩,明儿个记着,有骚憋自家院儿里,便宜自个儿留着……"声气儿顿消,邻家女人羞得只剩下拔秧的力气,把一棚葫芦扯散了,吃亏的都说,西水的娘们儿不是个人。天宽也觉得女人八成是着了魔。那一年粮食又不济。可二谷都七岁了呀!魔鬼附体的日子没个休、没个休。天宽五十了,闹不清自己是怎么长的,也闹不清自己肚里是什么下水。人呆得像个木桩,横炕上总打不住要想年轻时那沉甸甸的二百斤谷子。鼻凉酸,哀气也跟着涌,一声叠着一声。

"哀啥?见我那天就打哀声,半辈子也下来了,我亏了你没?""不亏,不亏!"两口子捂一床破絮无事可做。早年几句话逗下来,天宽就能折腰腾身,压女人一身腥汗。如今不行了,女人的屁股他看都不要看,况且又有满满一炕大的小的孩子,大谷大豆怕已听不得爹娘喘气。

最后一次是在园子里,黄瓜架后边。俩人在月亮底下办事,不紧不慢做得渐浓,瘿袋就开了口:"明儿个吃啥?"天宽愣住了:"吃啥?"自己问自己,随后就闷闷地拎着裤子蹲下。好像一下子解了谜,在这一做一吃之间寻到了联系。他顺着头儿往回想,就抓到了比二百斤谷子更早的一些模糊事,仿佛看到不识面的祖宗做着、吃着,一个向另一个唠叨:"明儿个吃啥?"

"你说吃啥哩?"他问瘿袋,不论月光把她粗皮照得多么白细,他算彻底失了兴趣了。"子。""哪儿拾的?""鞍子房。小豆眼快,这丫头出息了。""……仓库后头地里有鼠坑儿,怕能掏下正经粮食。"天宽认真琢磨耗子窝儿的走向。从此清心寡欲,与女人贴肉的事算淡了。瘿袋也到了日子,仰炕上不再向他伸手。吃啥?细想想,祖宗代代而思的老事,两口子可是一天都不曾怠慢过。女人日见憔悴。如虎也是病虎了,急躁中添了忧伤。瘿袋有了皱儿,再不似亮亮的粉红气球,骂人时也鼓不起来。天宽呆想:操心操够了吧?看看六个孩儿个个饿相,大的小的都有舔鼻涕的病,心里就有了火苗,燎着熏着朝上顶。他想逮上活的揍一顿,揍死它!绿豆退学、二谷上学那年,洪水峪日子不坏。虽说新崽儿不在这家就在那家哇地降世,人均土地已由九分降到七分,但返销粮是足的。家家一本购粮证,每人二十斤,断了顿儿就到公社粮栈去买。夏粮绿在地里时辰,山道上总有拎着空的鼓的口袋的人,来回踟蹰地走。那天早上瘿袋挑了八担水,留七担晚上挑,伺候鸡、猪、人吃了,便掖着购粮证离了家。出村的时候,凡见她的人都觉得她气色不坏。过后人们才明白,凶人善相不是吉兆。

公社粮栈柜台外边挤着人,虽挤倒并不显得怎么饥饿,瘿袋捏着空口袋,发现钱和购粮证一并丢掉了。生就的急性子,当即便嗷地怪叫一声,跌到地上吐开了沫儿。买粮的卖粮的四下里围住,看那有趣的瘿袋在她胸脯上滚来滚去,人人探个鸡脖儿,眼也都乌鸡似的鼓出来。粮栈一个人物拨不开人,拿腔儿抓调儿地念出一段语录,说的是大家都来自五湖四海,为了一个什么目标共同走到这地方来了,意思是他要挤进去……帮助帮助,那时候兴这个,而且管用,于是人们闪一条缝出来。他看明白了,到柜台后里端出个大茶缸,含一口水漱了漱嗓子,然后喷到瘿袋脸上。几口刷牙水浇下来,她嘴不抽抽了,眼却愣直。

"哪村的?""丢了。""姓啥?""丢了。""啥丢了?""丢了丢了……丢了……"女人撒了癔症,围的人更添趣味,那人加倍逗能,逮住人中狠掐,嘿嘿着:"丢不了,你过来呗!"瘿袋乱扑楞,终于尖号:"日你娘!"她爬起来,夺路而去。瘿袋哭软了,一辈子刚气,不知哪儿积了那么多泪。她打了两个来回,把十几里山路上每块石头都摸了,又到灌木林儿里脱光,撅着腚撕衣裳补丁,希望里边藏点儿什么。有了月亮她才进家,油灯底下天宽在吸烟袋锅,旁边炕桌上给她晾着一碗稀粥。她盯住那碗粥愣了神儿。

"娘,快吃粥!"二谷蹦过来拽她。"不吃,再不吃啦……"女人猫似的。天宽一下子知道出了事。一边问,一边就有火苗在心里拱,手巴掌打着抖没处搁没处放,女人不曾现过的软弱使他勇气陡升,人有了胆了不得!"败家的!"他吼一声,把粥碗往地下一砸。"吃货!"一辈子没这么痛快过。"丢了粮,吃你!老子吃你!"说着说着就管不住手，竟扑上去无头无脸一阵乱拍，大巴掌在女人头上、瘿袋上弹来弹去，好不自在。乡人们蹲在夜地里听，明白瘿袋的男人又成了男人，把女人的威风煞了，半世里逞能扒食，却活生生丢了口粮，这是西水女人的造化。天宽，往死里揍她！

正揍得紧，一声长号让他悬了手。"天爷，哪个拾了粮证，让他给我家还来呀，我的粮唉……"这歌是复调，一遍一遍唱。月亮把那脖上的瘿袋照成个白球，在黑院里闪。天宽撸一把酸鼻涕，点个马灯拎着去了。有睡不实的乡邻，半夜里听到瘿袋到水泉担水，白薯脚在石板上踏踏地蹭，又听到蒜臼响，响得很脆，啪啪的像是硬壳碎了。以后就没有声音。天宽趴在山道上拿马灯东照西照的时候，他女人卧在席上服了苦杏仁儿。天上有不少星星，眨着眼冷冷地瞧着他们。天宽耗尽了灯油回家，隔二里地就听到村里有惨哭。是自己那窝"粮食"在响。院子里嘈杂，豆子们从门里滚出来迎他："爹，快看娘！"他一听就怕了，硬挺着踱到炕前，老娘们儿丑脸歪着，还有气，只是喘得骇人。他从二谷手里接过碗来，在粗瓷儿上抹下一指杏仁儿渣子，这才记起她一天不曾吃什么。她再不想惦记吃，所以她就吃了这个。一辈子不饥，天宽也有吃的意思了。

黎明时分，一扇门板离了村庄。几个邻家后生抬举着，瘿袋高高地睡在上边，眼脸发荣光，大谷在前头引路，天宽由叔伯兄弟天德陪着殿后，一行人在雾里向山下滑。天宽迷迷瞪瞪走路，恍然回到差不多二十年前的那个早晨，但二百斤谷子正沉得把他压扁，压作薄薄的骨饼。

大谷唤他："爹，娘有话！"门板撂稳，天宽把耳朵凑上去。听不清，他扒拉一下瘿袋球，挨她嘴近些。"狗日的！"静了半天，又吐出两个字，"粮……食……"天宽赞同地点点头，很悲哀。他在女人头发上摸了一把,最后一把。门板将要漂出山谷时,大谷把天德的儿子换下小解。那小子绕到大石头后面哗哗地撒了一通,接着便狂叫,蛇啃了似的。天宽赶来,只一眼就上了那个皮筋扎紧的包包。它躺在石根子那儿,几束草掩着,像块灰石。两尺开外有两节不大新鲜的绿粪,是人的。为什么绿,天宽明白。但他分明已完全糊涂,傻了似的看看这、看看那,脸上迅即失了血色。

赃物如有幸石化,将使后世的考古学者出丑。他们将陷入历史的迷宫,在年代和人种问题上苦苦纠缠。瘿袋却是离去了。天德的儿子拾了布包抢功:"婶子,天爷还你粮证哩!"她两目圆睁,阔嘴微开,大瘿袋亮着黄光,仿佛对突如其来的窝心事儿大吃了一惊。"婶子,你!""闭你娘的嘴!"天宽吼过侄子,大谷便哭了。天德踹儿子一脚。看看人确是没了气,又赶上去踹儿子一脚,天宽也就下了泪。他收了布包,把女人身下垫的麻袋抽一条出来。卫生站不必去,粮食不能不买。余人抬了瘿袋回头,两口子一硬一软算是暂且分了手。

一袋粮食买回,刚够助丧的众乡亲饱食一顿,天宽的一家自然也扎进人堆抢吃,吃得猛而香甜。他们的娘死也对得起他们了。"明儿个吃啥?"夫妻合谋的事,剩天宽独自苦想,他深知了女人的不易。夜里头赤条条翻身,被里的空儿叫他心痛,接着就有女人脆响的脏话传来:"狗日的……粮食!"这仁义的老伴儿竟去了。洪水峪少了母虎,清静了,也寂寞了。听不到她公鸡踩蛋儿似的骂声,日子便过得不够紧迫,谷子豆子们摆脱了母亲的淫威,活得反而快活起来。岁月毕竟是一天一天不同,个个肚子大了不止一倍,却大抵充实得可以。

如今杨天宽六十多岁了,仍旧慈眉善目,老娘们儿似的低声细气。他一辈子没有逞过大男人的威风,也许试过一次,但只一次便要了老婆的命。到承包的田里做活,时时要拐到坟地里去,小心拔土堆旁的杂草,他好悔!

　　孩子们可没有什么债务,他们几乎将母亲忘却了。认真回想一番,也无非更加肯定那是个不可思议的人物。二谷念高中时翻过一本医书,发现瘿袋即是"甲状腺肿大"之类,于是母亲就脖上吊着个肉球在他脑海里走。虽说只是一闪,也算有了一份想念,不能说是不孝的了。大谷、大豆、小豆们都有了孩儿,他们的孩儿是不要苦杏核儿的,可见有些事他们也还记着。

　　老辈儿人却爱讲瘿袋的故事。开头便是:"他背了二百斤谷子。"语调沉在"谷子"上,意味着那不是土、不是石头、不是木柴,而是"谷子",是粮食,是过去代代人日后代代人谁也舍不下的、让他们死去活来的好玩意儿。

　　曹杏花因它而来又为它而走了,却是深爱它们的。"狗日的……粮食!"哪里是骂,分明是疼呢。是不是骂,骂个谁,得问在她坟上的天宽,老家伙心里或许明白。

(选自《中国》1986 年第 9 期)